Paul Werner

die rechtlosen rattenfänger vom redonda ritz

KD Fischler jagt auf den Kleinen und Großen Antillen

Bibliografische Informationen der Deutschen Nationalbibliothek:
Die Deutsche Nationalbibliothek verzeichnet diese Publikation
in der Deutschen Nationalbibliografie, detaillierte bibliografische
Daten sind im Internet über dnb.dnb.de abrufbar.

Verlag:
BoD · Books on Demand GmbH, Überseering 33,
22297 Hamburg, bod@bod.de
Druck:
Libri Plureos GmbH, Friedensallee 273,
22763 Hamburg
Umschlaggestaltung und Satz:
uc graphic, Heidelberg
Illustration: Evelyn Mantei

ISBN: 978-3-7693-5761-5

INHALTSVERZEICHNIS

1. WIE DER BLITZ IM RITZ

Die dunkle Silhouette des wie eine lebensgroße Bronzeskulptur reglos im Scheitelpunkt der etwa 300 Meter hohen Inselkuppe verharrenden Mannes zeichnete sich messerscharf gegen den milchigen Schein der soeben aufgegangene Sonne ab.

Kopf und Torso der „Statue" waren einer westlichen Gewitterfront zugewandt, die, jeder meteorologischen Logik Hohn sprechend, bedrohlich schnell gegen den über die Kuppe fegenden Nordost-Passat zu ziehen schien.

Das winzige kahle Inselchen, dessen abweisende Basaltfelsen vor Jahrtausenden von einem unterseeischen Vulkanausbruch an die Oberfläche gehoben worden waren, lag genau in der Zugbahn der schwarzen Wolkenwalze, der grelle, sich auf dem Weg nach unten mehrfach verästelnde Blitze vorauseilten.

Sowohl der spärliche Haarschopf des Mannes als auch sein etwas zu weit ausgefallenes T-Shirt und die Beine der khakifarbenen Leinenhose begannen in den Gewitterböen so heftig um seinen Körper zu flattern wie Lumpenfetzen um die gekreuzten Stangen einer weit draußen am Ackerhain Wind und Wetter trotzenden Vogelscheuche.

Schließlich sah der Mann die Nutzlosigkeit seines Widerstandes gegen die immer heftiger anrennenden Böen offenbar ein und ließ sich, seine vom Boden aufgelesene Reisetasche fest unter den Arm geklemmt, wie ein Strandsegler vom Wind nach Lee treiben.

Da er bei jedem holprigen Schritt knöcheltief in den dicken, weichen Teppich aus uralter Vulkanasche, neu herangewehtem Staub und verwitterndem Vogelkot einsank, der die vegetationsarmen Felsen bedeckte, glich sein schwerfälliger Gang dem stapfenden Schritt eines zotteligen Yetis im tiefen Neuschnee des Hochgebirges.

Und als fiele ihm sein Fortkommen nicht schon schwer genug, sah sich der Mann auch noch fortwährender Angriffe der um ihre Brut besorgten und im Sturzflug auf ihn herabstoßenden Möwen, Tölpel und Seeschwalben ausgesetzt.

Seine lederne Reisetasche mit dem linken Arm gegen den Leib drückend, ließ der Mann seinen seltsam steif wirkenden rechten Arm kraftlos herabhängen, anstatt ihn zur wirksamen Abwehr der aggressiven Vögel einzusetzen.

Unterdessen hatte sich die schwarze, blitzende und donnernde Gewitterwalze über die Sonnenscheibe geschoben und damit die Insel schlagartig in eine apokalyptische Finsternis gehüllt, die auf Mensch und Kreatur umso unheimlicher wirken musste, als sie sich zu Beginn und nicht am Ende des Tages einstellte und damit den kosmischen Gang der Dinge ad absurdum führte.

Der sich nur unmerklich beschleunigende Gang des Mannes mit der Tasche unter dem Arm war zu einem Wettlauf mit der Zeit geworden. Fand er nicht umgehend einen Unterschlupf, lief er Gefahr, zur mobilen Zielscheibe der unablässig zuckenden Blitze auf zu werden.

In einem solchen Fall würden die Fragen nach dem Wie und Warum der Präsenz dieser erbarmungswürdigen Gestalt auf der notorisch schwer zugänglichen, unbewohnten und allem Anschein nach auch unbewohnbare Felseninsel nie Antwort finden.

Die offenkundige Orientierungslosigkeit, mit der er auf deren, von Bodenwellen durchzogenen „Hochebene" umherirrte, ließ jedenfalls die Vermutung zu, dass es sich um seinen ersten und womöglich zugleich letzten Besuch handelte.

Ihm die drohende Gefahr unmissverständlich zu vergegenwärtigen, hätte es der anhaltenden, sich krachenden überschlagenden Donnerschläge vermutlich nicht bedurft, deren in Sekundenbruchteilen aufeinander folgende Echos die porös bröckelnden Felswände erschütterten wie ehedem Posaunenstöße die Mauern von Jericho.

Immerhin ließen wenigstens die Vögel von dem Mann ab und verkrochen sich in ihre Nesthöhlen im löchrigen Gestein.

Aus den Augenwinkeln bemerkte der Mann im atemberaubend schnellen Wechsel von blendendem Blitzlicht und blinder Finsternis die Umrisse einer primitiven Baracke, die wie eine

Schanzhütte von Noahs Arche durch die Sintflut über Bord gespült und hier auf dem Kamm einer Bodenwelle gestrandet war.

Sogleich lief der Mann unter Aufbieten seiner letzten Kräfte zur Hütte und erreichte deren türlos klaffenden Eingang mit dem Zerplatzen der ersten weintraubengroßen Regentropfen auf das flache dünne Dach, das wie der Rest aus grobem, verwittertem Stein bestand.

Um durch das offene Rechteck in die Hütte zu gelangen, musste sich der Mann, obwohl normalwüchsig, leicht nach vorn beugen.

Im Inneren der steinernen Behausung war es noch dunkler als draußen. Fensterlöcher gab es keine, so dass der penetrante Ammoniak-Gestank hier zögerlich einem feuchten, irdenen Muff wich, der an den klammen Mief einer allzu lange verschlossen gebliebenen Gruft erinnerte.

Im unregelmäßig, aber immer noch in schneller Folge aufflackernden Licht der um die Inselkuppe zuckenden Blitze erkannte der Mann zu seinem Erstaunen Anzeichen dafür, dass dieser ungastlich wirkende Unterschlupf wider alles Erwarten bewohnt schien.

Ein aufgeschnürter Rucksack lag wie eben erst vom Rücken seines Besitzers abgestreifte und achtlos auf einen faltbaren Camping-Schemel geworfen. Drei oder vier offenbar mit Wasser gefüllte PET-Flaschen standen schräg an die der Türöffnung gegenüberlegende Wand gelehnt und ein in der Ecke liegender Plastikbeutel enthielt offenbar Abfall, hauptsächlich leere Konservendosen, deren runde Wandungen und scharfen Deckelkanten da und dort bereits das Plastik durchstoßen hatten.

Der Mann nahm den Rucksack vom Schemel, rückte diesen zur Wand, setzte seine Reisetasche auf den nackten Boden und nahm stöhnend auf der einzigen Sitzgelegenheit der Hütte Platz.

Seufzend und erschöpft schloss er die Augen, während draußen jemand weiterhin den Weltuntergang probte.

Möglicherweise war er mitten in der Apokalypse für einen Moment weggedöst. Jedenfalls ließen ihn die unverkennbaren Geräusche von sich nähernden, im nun feuchten Dreck abwechselnd watenden und saugenden Schritten sowie des stoßweisen Röchelns einer nach Luft ringenden Kreatur wie von der Tarantel gestochen hochschnellen.

Die Erinnerung daran, wo er sich gerade befand, konnte such bei ihm noch kaum eingestellt haben. Die Erkenntnis, dass, was immer da draußen zur Hütte kam, keine noch so dicke Ente war, dürfte ihm jedoch sogleich gedämmert haben.

Wie zur Bestätigung dieses Eindrucks wurde die ganze Breite des Eingangs von einer weiteren, gleichsam sprungbereit geduckten Männergestalt ausgefüllt, die ihren ungeladenen Gast bereits entdeckt zu haben schien.

Kaum hatte das für Augenblicke aussetzende Herz des Mannes auf dem Schemel seine Arbeit wieder aufgenommen, als dieser sich vom gleißend hellen Lichtkegel einer starken Taschenlampe geblendet sah. Instinktiv riss er den linken Arm hoch und bedeckte sein Gesicht mit der Hand, während er sich im Licht wand wie ein vom Vater im Bett von dessen Tochter überraschter Hallodri.

Dann erlosch die Taschenlampe, aber die Blendwirkung hielt noch eine Weile an, bis sich die zusammengezogenen Pupillen des Eindringlings erneut an die relative Dunkelheit angepasst hatten.

Auf den zweiten Blick nahm er die stumme Gestalt da draußen im Blitzlicht-Feuer als nicht nur klatschnass, sondern auch als abgerissen und gleichsam heruntergekommen wahr. Die Kleidung des Mannes hing in tropfenden Fetzen vom Leib. Regenwasser lief in dünnen Bächen von seinen, offenbar dreckverklebten Haaren über sein Gesicht, durch dessen Staubschicht sie regelrechte Furchen zogen.

Wie lange mochte dieser seltsame Zottelige bereits gegen seinen Willen in der deprimierenden Einsamkeit der Insel vor sich hinvegetiert haben, bevor er sich nun so unerwartet einem Besucher gegenübersah wie Robinson seinem Freitag?

Hatte er wirklich den Hubschrauber nicht gehört, von dem der Eindringling mit seiner Reisetasche auf der Kuppe abgesetzt worden war? Oder hielt er sich freiwillig hier auf, so dass es ihn womöglich nicht im Mindesten drängte, diese unwirtliche Insel schnell wieder zu verlassen?

Handelte es sich gar um einen entflohenen Papillon, der hier Zuflucht gesucht hatte, weil er selbst die Hitze der Hölle dem Gefängnis vorgezogen hätte und sich darauf verlassen hatte, dass man ihn hier zuallerletzt suchen würde?

Schließlich schritt die abgerissene männliche Gestalt durch die Öffnung, richtete sich auf und baute sich so dicht vor seinem Gast auf, dass dieser weder dem Mann selbst noch dessen stark nach Rum und Ölsardinen in Tomatensauce riechenden Atem entrinnen konnte.

Nichts auf dieser vermaledeiten Insel schien brauchbar, aber alles stank zum Himmel.

„Sie wissen sehr wohl, was auf Hausfriedensbruch gemäß § 124 StGB steht?"

Der Eindringling wusste nicht, worüber er sich mehr wundern sollte - über den tiefen, heiseren und belegten Bass der Stimme oder über den unerwartet formaljuristischen Inhalt des in deutscher Sprache Geäußerten.

Offensichtlich hatte sein Gegenüber seit langem schon keine Gelegenheit mehr gehabt, sich mit jemandem auszutauschen. Wie konnte er dann wissen, dass sein ungeladener Gast des Deutschen mächtig war? Und wieso fiel ihm als Eröffnung nichts Besseres ein als diese merkwürdige, wiewohl angebrachte Rechtsbelehrung?

Das dröhnende Gelächter, mit dem der Mann seinen offenbar als Scherz gemeinten Hinweis begleitete, schien dem Schlund des Leibhaftigen entwichen.

Dann streckte der Zottel dem Gast seine rechte Hand zum Gruß entgegen. Nicht einfach so, sondern auf eine Weise, die dem Gast keine andere Möglichkeit ließ, als die Hand mit seiner eigenen Linken zu drücken.

„Georg Neumeier, nehme ich an? Willkommen im Redonda Ritz. Ich sehe, Sie lassen nichts anbrennen, sondern sind bereits dabei, es sich gemütlich zu machen. Gut so, gefällt mir, diese manifeste Anpassungsbereitschaft."

Die sich allmählich normalisierende Stimme des „Hausherrn" klang für den mit „Neumeier" titulierten Gast vertraut und zugleich fremd. Die Gesichtszüge waren unter der feuchten Schmutzmaske kaum zu erkennen und auch sonst gab es nichts, was seine Identität zweifelsfrei offenbart hätte. Bis auf die Mokassins vielleicht und der auf ungewöhnliche Weise angebotene Handshake.

Niemand in diesem Teil der Welt und erst recht kein menschliches Wesen auf dieser gottverlassenen Insel konnte Georg Neumeiers Namen kennen und wissen, dass sein rechter Arm infolge eines Unfalls im Rahmen eines polizeilichen Einsatzes auf der Strecke geblieben war, so dass ihm für die zahlreichen Verrichtungen des Alltags, darunter der Handshake, nur die Linke zur Verfügung stand.

Und Mokassins wie diese würde außerhalb eines Apachen-Reservats wohl auch kein Mensch tragen - hier auf dieser auf Guano gebetteten Insel schon mal gar nicht.

So unwahrscheinlich es im Geiste Sherlocks auch anmutete: hinter der Maske dieser pitschnasse Vogelscheuche konnte nach menschlichem Ermessen niemand Geringerer stecken als ex-Kriminaldirektor („KD") Fischler, ehedem vom Wiesbadener BKA, jetzt vom westindischen FKK, der Union Früherer Karibischer Kolonien.

„KD? Ich….eh, ich meine…."

„Sagen Sie, was Sie wollen, Georg. Nur kommen Sie mir nicht damit, dass ich mich kaum verändert hätte," lachte der pudelnasse KD und schlug Neumeier in einer für ihn eher untypischen Aufwallung von Jovialität gegen die linke Schulter.

„Freut mich, Sie zu sehen. Kommen Sie, setzen wir uns.

Hier, ich habe noch einen zweiten Schemel. Ist ja nicht wie bei armen Leuten. Mann, schiebe ich einen Durst. Kraxle schon seit zwei Tagen da draußen auf der Insel umher wie ein gottverdammter Gecko und atme unablässig diesen stinkenden Staub ein, der sich wie Mehl in die Lungenbläschen setzt. Ein paar Stunden auf Redonda und Sie haben diesen Staub überall im und am Körper. Und ich meine wirklich überall, in jeder Hautfakte,

12

Ritze und Öffnung. Meine Ohren sind vermutlich so verstopft davon, dass ich Ankunft und Abflug Ihres Hubschraubers überhört haben muss. Dann überraschte mich das Gewitter, hab´s einfach nicht kommen sehen, weil ich Unheil nicht aus dem Westen vermutete und ihm so die ganze Zeit den Rücken zukehrte. Moment mal eben."

Neumeier trat zur Seite, so dass Fischler sich in der Hütte frei bewegen konnte, die mit der Belegung durch zwei Personen bereits ihr maximales Fassungsvermögen erreicht zu haben schien.

Fischler setzte sich, griff blind hinter sich nach einer Wasserflasche und trank sie auf einen Schluck zur Hälfte aus. Dann knipste er seine Taschenlampe an und leuchtete das Innere der Hütte aus, um seinem Gast die ganze Pracht ihrer Einrichtung vor Augen zu führen.

„Nicht gerade Ikea-Style, aber gemütlicher, als man auf den ersten Blick glauben möchte. Sind Sie hungrig? Durstig? Hier drüben steht abgekochtes und in Flaschen gefülltes Trinkwasser und im Rucksack befinden sich noch etliche Dosen mit Ölsardinen, Corned Beef und Baked Beans. Hausmannskost. Aber nach einem Gang über die Insel, so klein wie sie ist, hat man einen Wolfshunger. Und der Nutri-Score von Ölsardinen gehe durch die Decke, sagte man mir. Aber erzählen Sie mal! Wie geht´s dem werten Befinden? Wie war die Reise?"

Fischler schlug Neumeier aufmunternd auf den Schenkel und löschte die Taschenlampe.

„Durst ja, Hunger eher nein, vorläufig," fand auch Neumeier allmählich seine Sprache wieder.

Das Gewitter war inzwischen in Richtung Barbuda weitergezogen und die ersten Sonnenstrahlen brachen durch die sich allmählich auflösende Wolkendecke.

Erste krächzende Schreie da draußen verrieten, dass auch die Vogelwelt sich wieder aus ihren Löchern wagte.

„Trinken Sie immer noch diesen teuflischen Rum?" fragte Neumeier, während Fischler sich eine weitere Wasserflasche griff und ihm hinhielt.

„Sie meinen…Demon´s Share? Nun, ich mag, jedenfalls bei

oberflächlicher Betrachtung, die Seiten gewechselt haben. Doch ist das ein Grund, auch seine Gewohnheiten zu ändern? Ich denke nicht."

Sprach´s und zog seinen Flachmann, den Neumeier noch von ihrer gemeinsamen Zeit in Hamburg kannte, aus der rechten Gesäßtasche.

„Hat seit seinem Einsatz bei den Ermittlungen um den Mord an dem tätowierten Troll ein paar Schrammen mehr aufzuweisen, aber der Inhalt ist von gewohnt hoher Qualität."

Neumeier nahm den Flachmann entgegen, schraubte den Verschluss auf und nahm einen ordentlichen Schluck. Dann gab er ihn Fischler hustend und tränenden Auges zurück.

„Wo um alles in der Welt sind wir hier?"

„Aber das wissen Sie doch, auf der Insel Redonda. Ihr voller Name, den ihr niemand Geringerer als Christoph Columbus verlieh, ist Santa Maria La Redonda, was so viel bedeutet wie die rundliche Gottesmutter."

„Ziemlich pompöser Name für diesen öden Felsen."

Fischler lachte.

„So pompös wie unzutreffend. Obwohl, einen femininen Touch hat sie schon, lockt sie den ahnungslosen Odysseus doch von weitem mit ihren Rundungen und offenbart ihre Ecken und Kanten erst, wenn es für Odysseus zu spät ist. Hätte Columbus sich die Mühe gemacht, hier an Land zu gehen, was sich zugegebenermaßen damals schon nicht unbedingt aufdrängte, wäre ihm zweifellos aufgefallen, dass Redonda keineswegs so rund ist wie Nevis oder die ein Stückchen weiter nördlich gelegene Saba. Eigentlich weist sie eine eher längliche Gestalt auf, fast so wie…ein Schuh. Dessen ungeachtet, hat sich der Name Redonda, der als Toponym auch anderswo in den Antillen vorkommt, hier gehalten. Verständlicherweise, denn Santa Maria wäre ja auch hochgradig missverständlich gewesen. Mehr Rum?"

Neumeier lehnte dankend ab und nahm stattdessen einen Schluck Wasser.

„Rund oder eckig – in diesen…Schuh mag doch kein Mensch schlüpfen."

14

„Sagen Sie das nicht. Redonda hat verborgene Schätze und Menschen, die verzweifelt genug sind, begnügen sich bisweilen mit viel weniger. Versuche, sich hier dauerhaft niederzulassen, hat es daher durchaus gegeben. Siedler von Montserrat, denen dort der ewig schweflig fauchende Soufrière und die immerwährend leicht bebende Erde wohl mit der Zeit auf den Senkel ging oder die als Parias von der dortigen Community ausgestoßen worden waren, kamen hierher und brachten eine kleine Herde Wildziegen mit, deren Resilienz diejenige der bald resigniert aufgebenden Siedler bei weitem übertraf."

„Vielleicht esse ich doch eine Kleinigkeit," unterbrach ihn Neumeier.

„Sollten wir uns nicht raus in die Sonne setzen, um schneller wieder zu trocknen?"

„Gute Idee," pflichtete Fischler ihm bei und kramte im Rucksack.

„Ölsardinen oder Corned Beef?"

„Weder noch, nur eine Portion Baked Beans, so vorhanden. Mein Magen spielt zurzeit verrückt."

Sie stellten ihre Schemel nach draußen und ließen ihre Kleidung von Wind und Sonne trocknen.

„Dann haben die Siedler diese Hütte gebaut?" fragte der bedächtig kauende Neumeier.

„Nein, das waren nicht die Siedler. Als sehr viel später, so um die Mitte des 19. Jahrhunderts, der Run auf Guano einsetzte, der wegen seines Stickstoff- und Phosphorgehaltes als Dünger hochgeschätzt wurde, suchte man weltweit nach Vorkommen in Mengen, die einen systematischen Abbau rentabel erscheinen ließen. Man fand solche vor allem auf vernachlässigten Inseln wie dieser, deren karstige oder Basalt-Oberfläche Unmengen von nistender und brütenden Seevögeln Zuflucht bot, Vegetation jedweder Art jedoch mangels Scholle und Humus ablehnend gegenüberstand. Denn nur dort, unter solch drastischen Bedingungen, konnte der verwitternde, mit Harnstoff versetzte Vogelkot durch den direkten Kontakt mit dem Gestein die gewünschten chemischen Reaktionen durchlaufen, die zur Stickstoff- und Phosphor-Anreicherung führten. Auf entlegenen Inseln wie Ichaboe vor der namibischen Küste oder auf dem peruanischen Chincha-Archipel häufte sich Guano in unvorstellbaren Schichten von bis zu zehn, zwölf Metern Dicke, so dass der jährliche Abbau locker Mengen von mehreren hundert Tausend Tonnen erreichte.

Eine der Hochburgen des Guano-Handels war übrigens ihr geliebtes Hamburg, wo man schon immer Scheiße zu Geld zu machen wusste.

Die berühmten Flying P-Liner des Reeders Laeisz waren bekanntlich wie geschaffen für den billigen Transport nicht besonders eilbedürftigen Schüttguts wie Getreide oder eben Guano. Kein Wunder, dass Hamburger Firmen wie die Herren Ohlendorff & Co schnell zu den weltweit größten Guano-Importeuren heranwuchsen. Gegen solche Größenordnungen konnte Redonda im Wortsinn nicht anstinken. Dafür lag sie jedenfalls für die Amerikaner der Ostküste näher und regelrecht verstecken musste sich eine jährliche Förderung von rund 7000 Tonnen auch nicht gerade."

„Heute schwer vorstellbar…"

„Gequirlte Vogelscheiße, die, wenn man so will, eine weitere deutsche Erfindung war. Denn die Düngertauglichkeit des Guanos wurde praktisch von Alexander von Humboldt den landwirtschaftlichen Praktiken südamerikanischer Völker abgeschaut, die den Huono, wie sie ihn nannten, auf ihren Feldern einsetzten. Am Goldrausch, den er damit ausgelöst hatte, wäre von Humboldt steinreich geworden, wenn er diese Welt nicht zu früh verlassen hätte.

Die Erfindung des Kunstdüngers ein halbes Jahrhundert später bereitete der Karriere des Guanos allerdings ein jähes Ende."

„Aber sieben Tausend Tonnen Vogelmist müssen ja auch erst mal zusammenkommen?"

„Das ist noch das geringste Problem. Die Häufchen, die allein Gänse etwa alle zwanzig Minuten hinter sich lassen, würden so manchen Hund vor Neid erblassen lassen. Kormoran-Kolonien kann man beim Veröden ganzer Schäreninseln durch ihren ätzenden Kot in Schweden regelrecht zusehen. Und wem Möwen mal auf die Klamotten geschissen haben, der vergisst das auch nicht so schnell wieder. Nicht die schiere Menge Vogelkot ist das Thema, sondern die längeren Zeiträume benötigende ungestörte Verwitterungsprozess auf der richtigen Unterlage, um den geht es."

„Verstehe, und zum Abbau brauchte es natürlich Arbeitskräfte…."

Fischler nickte.

„Darauf können sie wetten. Um die Jahrhundertwende schufteten hier im Tagebau nicht weniger als zweihundert vermutlich schlecht bezahlte Arbeiter. Die bauten nicht nur das Redonda Ritz, sondern erstellten eine primitive, aber funktionstüchtige Infrastruktur mit weiteren Hütten und sogar einer Lasten-Seilbahn, die den Guano schneller in die unten im Wasser dümpelnden Leichter verlud, von denen er zu den auf Reede liegenden Schiffen transportiert wurde.

Als sich der Abbau nicht mehr lohnte, ließ man wie auf vorläufig eingemotteten Kernkraftwerke für alle Fälle noch Anlagen, Gerätschaften und eine Handvoll Leute als Stallwache zurück, bis Ende der zwanziger Jahre der schwarze Freitag einerseits und ein besonders heftiger karibischer Hurrikan andererseits dem Treiben hier endgültig den Stecker zogen. Das ist jetzt also knapp ein Jahrhundert her. Damals gab man Hurrikans noch keine Namen."

„Zweihundert Arbeiter? Hier? In solchen Hütten? Ich fühle mich zu zweit schon beengter als in einer Gefängniszelle. Die Vorstellung, in einer solchen Bleibe zusammen mit, was, zehn anderen hausen zu müssen, jagt mir kalte Schauer den Tücken runter."

„Und da haben wir von den Ratten noch gar nicht mal geredet."

Neumeier saß plötzlich kerzengerade.

„Ratten? Welche Ratten?"

„Die Ratten, die vor den Bergleuten und Schiffen eingeschleppt worden waren. In Ermangelung natürlicher Feinde vermehrten die Nager sich rasend, so dass irgendwann sechzig

17

Ziegen und zweihundert Menschen rund sechs tausend Ratten gegenübergestanden."

„Um Gottes willen!"

„Ich denke, der Allmächtige sieht sich nicht als kosmischer Kammerjäger, sondern billigt Ratten dasselbe Recht auf Leben zu wie Ihnen und mir.

Die Konsequenzen für die Insel waren allerdings verheerend. Während die Ziegen die noch vorhandene Rest-Flora auf Jahrzehnte vernichteten, weil sie alles mit Wurzel, Stumpf und Stiel zu fressen pflegen, lebten die Ratten vornehmlich von den Vogeleiern sowie von den endemischen Eidechsen und Zwerg-Geckos wie diesem neugierigen Bürschchen hier," sagte Fischer und streifte das winzige Tier mit einem Finger vorsichtig von seiner Hose.

„Ratten sind schlau. So suchen sie des Nachts gern die Nähe schlafende Vögel, nagen diese an und trinken das aus der kleinen Wunde tröpfelnde Blut. Die Wunde wird vom Vogel kaum wahrgenommen und verheilt, bis sie wieder melkbereit ist."

„Und wie viele davon gibt es hier heute noch?"

„Von was? Ratten? Keine einzige, wurde mir glaubhaft versichert. Und da mir im Laufe meines mehrtägigen Aufenthaltes hier noch kein Nager begegnet ist, bin ich geneigt, dieser Zusicherung Glauben zu schenken. Amerikanische Naturschützer die Redonda gern wieder in den Zustand versetzen möchten, in dem sie sich befand, als Columbus hier vorbeischaute, rotteten die Nager mit hunderten von überall aufgestellten Fallen regelrecht aus. Wie es scheint, konnten die Ratten dem süßlichen Geruch der mit Frostschutzmitteln versetzten Köder einfach nicht widerstehen."

„Und die Ziegen?"

Die brachten die Amis aufs Festland, um den dortigen Gen-Pool um die ausgewiesene Resilienz dieser feralen Rasse zu bereichern."

„Eindrucksvoll. Habe ich Sie richtig verstanden? Nannten Sie diese erbärmliche Hütte tatsächlich das Redonda Ritz?"

Fischler lachte.

18

„Ein Scherz, Neumeier. Die geringe Größe einer Insel allein schützt nicht vor der Torheit inflationärer Namensgebung. Nehmen Sie zum Beispiel Fair Isle, eine winzige Insel oben im Atlantik zwischen den Shetlands und den nördlichen Orkneys, können Sie an einem guten Tag dreimal umlaufen. Trotzdem verzeichnet eine ältere Karte dort gut und gerne mehrere Dutzend Toponyme, als handele es sich um, sagen wir, Irland. Fast jeder Fels, jede noch so kleine Einbuchtung der Küste oder bescheidene Bodenerhebung trägt einen eigenen Namen. Aber dazu bedarf es natürlich einer, wenn auch nicht sehr zahlreichen ständigen Bevölkerung, die nach und nach solche Namen erfindet und verleiht.

Redonda hatte bestenfalls Laufkundschaft, die, wenn überhaupt, nur spöttische Toponyme zu verleihen bereit war. Sie reflektieren ironische Weise die ausgesprochene Ungastlichkeit der Insel.

Das Ritz, sprich diese einzige überlebende Hütte, steht zum Beispiel auf dem Mogul Point. So nannten ihn Arbeiter offenbar nach einem alten irischen Erz-Bergwerk. Und eine der schroffen Steilwände auf der Leeseite der Insel heißt Diéguez Beach, obwohl ich niemand raten würde, dort ein Sonnenbad zu nehmen. Aber lassen wir das. Ich fragte nach Ihrer Reise."

„Meine Reise? Gefühlt endlos. Nachdem wir uns in Hamburg voneinander verabschiedet hatten, rechnete ich, ehrlich gesagt, nicht mehr damit, je wieder von Ihnen zu hören - aus den Augen…und so weiter. Insofern war ich schon ziemlich baff, als Sie mich baten, in die Karibik zu kommen. Woher wussten Sie, dass ich einen Antrag auf Invalidität gestellt und das LKA Hamburg verlassen hatte?"

Fischler winkte ab.

„Ich bitte Sie, das war doch abzusehen, nur eine Frage der Zeit Was macht übrigens Ihr früherer Chef, der gute alte….Wie hieß er noch gleich?"

„Wagenschmied."

„Richtig. Der gute alte Wagenschmied?"

„Wartet, soweit ich weiß, immer noch auf seine Ernennung

19

zum Kriminaldirektor. Nun ja. Um auf Ihre Bitte zurückzukommen. Ich sagte mir: Georg, warum zögerst du? Was hast du zu verlieren? Die langen einsamen Abende vor dem Fernseher, den gelegentlichen Kaffeeklatsch mit früheren Kolleginnen unter den Rathaus-Arkaden oder das Gedränge im siffigen Hauptbahnhof? Ich machte mich also auf die Socken und hielt mich dabei genau an Ihre Vorgaben: TGV nach Lille, Eurostar nach London, Victoria Station und Flieger von Gatwick nach St. John´s, Antigua. Dort übernachtet und heute Morgen in aller Herrgottsfrühe mit dem Heli hierher. Ich hatte mich zwar auf Google Earth ein wenig über die Insel informiert, aber dass mein Sprungbrett in die Karibik ein, mit Verlaub, von oben bis unten zugeschissener Steinhaufen sein würde, damit hatte ich dann doch nicht gerechnet. Kann ich noch einen Schluck Rum....“

Fischler reichte ihm den Flachmann.

„Gemach, Georg. Hitze und Alkohol vertragen sich nicht so gut, wissen Sie. Es bedarf schon einer gewissen Eingewöhnung.“

„Apropos, wie geht´s Laura? Wo ist sie gerade?“

„Solange ich nichts von ihr höre, gehe ich davon aus, dass sie okay ist. Wo sie gerade abhängt, weiß nur der Allmächtige. Und der hält dicht.“

„Nun, als der Hubschrauber ohne mich wieder aufstieg, abdrehte, in der Ferne verschwand und nichts von Ihnen zu sehen war, kam ich mir vor wie der Astronaut auf dem Mars, der den letzten Erd-Shuttle dieses Jahrzehnts verpasst hat und nun einer kleinen Ewigkeit allein in einem absolut lebensfeindlichen Milieu entgegensieht. Und dann kam auch noch dieses Gewitter wie aus dem Nichts. Ich dachte schon, die schwarzen Wolken hüllen mich ein und tragen mich weit hinaus auf die See.“

„Das könnte Ihnen so passen. Und jetzt?“

„Jetzt? Wenn ich Sie mir so ansehe, bis zur Unkenntlichkeit in Staub und Schmutz gebacken und wie diese ganze Insel nach Ammoniak riechend, stelle ich mir die Frage, ob ich unter den Arkaden oder selbst auf dem Bahnhofsklo nicht doch besser wegkäme als hier mit Ihnen abzuhängen. Was machen Sie eigentlich auf Redonda und weshalb haben Sie mich hierher gelotst?“

„Eins nach dem anderen, Georg. Von Lotsen kann doch wohl keine Rede sein. Ich hab´ Ihnen keine siebzig Jungfrauen für den Fall in Aussicht gestellt, dass Sie mein Angebot zur Mitarbeit annehmen. Wobei ich mal ganz davon absehe, dass Sie nach meinem persönlichen Eindruck schon von einer weit geringeren Anzahl solcher Damen hoffnungslos überfordert wären. Ich entschuldige mich für die Beschwerlichkeit der Anreise, aber ich musste sicher sein, dass Ihnen niemand folgen würde."

„Das hätte wohl auch dann niemand getan, wenn ich das Ziel meiner Reise auf YouTube an die große Glocke gehängt hätte.... Nein, im Ernst, es ist mir kein Mensch gefolgt."

„Sagte das Kaninchen, kurz bevor es vom Pfeil des Jägers getroffen wurde."

„Türkisches Sprichwort?"

„Konfuzius."

Sie schwiegen eine Weile und blickten ins Leere, sprich ins Einzige, von dem es hier neben Guano mehr als genug zu geben schien.

„Die Tage hier fühlen sich kürzer an als uns die klugen Astronomen und Meteorologen glauben machen," murmelte Fischler.

„Ist dem so? Ich hätte wetten mögen, dass einem jeder Tag hier wie eine Woche vorkommt...."

„Früher war gefühlt einfach mehr Dämmerung, wenn Sie verstehen, was ich meine."

„Ich hatte eigentlich gehofft, wir würden vor Sonnenuntergang wieder zurück in der Zivilisation...."

„Das können Sie sich abschminken. Abgeholt werden wir erst morgen früh und nicht vom Heli. Tut mir leid, aber eine Nacht werden Sie es mit mir zusammen auf Redonda aushalten müssen."

„Es gibt wohl Schlimmeres. Aber nicht viel. Als Sie mir eine Mitarbeit in Ihrer Agentur anboten, sah ich mich bereits an einem so gut wie menschenleeren Strand mit feinem, weißem Sand im Schatten von Palmen liegend Daiquiris aus hohlen Kokosnüssen schlürfen."

Fischler lachte.

„Stattdessen sitzen Sie in einem Rattenloch und schlürfen den letzten Tropfen Demon´s Share aus einem Flachmann. Das nenne ich mal knapp am Ziel vorbeigeflogen. Hier, nehmen Sie noch einen für die Oma.."

Fischler reichte Neumeier den Flachmann mit dem gallischen Zaubertrank.

„Ich weiß nicht, wie es Ihnen geht, aber ich fühle mich hinreichend schockgetrocknet und würde mich gern wieder in den kühlen Schatten der Hütte zurückziehen."

Neumeier hatte den Kopf in den Nacken geworfen und hielt den Flachmann fast vertikal an die Lippen, damit nur ja kein Tröpfchen übrigbliebe.

„Einverstanden. Lieber noch feucht im Schritt als weich in der Birne."

Sie trugen die Klappschemel wieder in die Hütte mit den Mienen zweier deutscher Rentner, die, erstmals in London, gerade einem Cricket-Match zugesehen hatten, aber kopfschüttelnd an den esoterischen Regeln des Spiels gescheitert waren.

„Wie sollen wir hier schlafen? Auf dem nachten Boden?"

Fischler nickte.

„Auf die harte. Dort neben dem Abfallbeutel liegen zwei zusammengerollte Schlafsäcke. Die dazu passenden Daunenkissen habe ich leider einzupacken vergessen."

Fischler gähnte lauthals.

„Sorry, ich bin anscheinend menschlicher Gesellschaft bereits entwöhnt. Dass das so schnell geht, scheint mir kein gutes Omen für unsere Rasse im Allgemeinen. Noch etwas Wasser, vielleicht…? Hier, diese Flasche trägt Ihren Namen- Ich selbst bin nicht so scharf auf Wasser, wie Sie sich vielleicht erinnern werden. Anonymer Aquatiker, sozusagen."

Wieder schwiegen sie eine Weile. Schließlich blickte Neumeier auf seine Armbanduhr.

„Verflixt, ich vergaß, die Uhr umzustellen…"

„Beim letzten Ton des Zeitzeichens war es fünfzehn Uhr dreiunddreißig Ortszeit."

„Dann haben wir doch noch ein paar Stunden bis zum Sonnenuntergang. Wir können entweder durchs Städtchen flanieren und irgendwo auf der Terrasse des Café du Chocolat an unseren ungesüßten Cappuccinos nippen. Oder, ganz verrückter Gedanke - Sie verraten mir, was zum Teufel Sie hier treiben und weshalb ich hier bin."

Fischler überlegte nicht lange.

„Sagen wir so: ich bin auf der Jagd nach Ratten, zweibeinigen, wohlgemerkt. Das ist die Kurzfassung, die Sie vermutlich nicht völlig zufriedenstellen wird. Die ausführliche Version nimmt naturgemäß etwas mehr Zeit in Anspruch, weshalb ich sie eigentlich erst für morgen eingeplant hatte. Außerdem handelt es sich um eine grimmige Moritat, die sich auf nüchternen Magen wahrscheinlich noch eine Spur gruseliger anhört."

„Machen Sie sich da mal keine Sorgen, KD. Gar so nüchtern fühlt sich mein Magen zurzeit nicht an. Und was die uns zur Verfügung stehende Zeit betrifft, haben wir genug davon, um abwechselnd sowohl Ilias als auch Odyssee zu rezitieren, wenn wir es dann könnten. Verglichen damit dürfte ihre bleiche Moritat doch wohl eher kurz ausfallen, oder?"

Fischler lächelte.

„Ah, Homer, das sagen Sie was, Georg. Obwohl, von der ganzen Situation her wäre vermutlich eher Marlowe einschlägig. Joseph Conrad kennen Sie, oder? Herz der Finsternis. Marlowe ist sein Erzähler vom Dienst, der seinen Zuhörern die Wartezeiten zwischen den Tiden auf der Themse mit seinen Geschichten auszufüllen pflegt.

Ein Rahmen, der Homer gefallen hätte. Doch da er im Gegensatz zu seinem Protagonisten weder real noch gedanklich je übers Mittelmeer hinausgekommen sein dürfte, kannte er keine Tiden. Ich bin kein Marlowe und schon gar kein Homer. Bei mir müssen Sie sich eher auf die eine oder andere epische Längen gefasst machen. Sagen Sie nachher nicht, ich hätte Sie nicht gewarnt."

23

2. ZWISCHEN DEN WASSERN

„Es war einmal ein wohlhabendes englisches Brüderpaar namens Henry und George Richardson, eineiige Zwillinge und auch im vorgerückten Mannesalter von Mitte fünfzig nur für ihre Nächsten jederzeit an winzigen körperlichen Merkmalen und individuellen Marotten eindeutig voneinander zu unterscheiden. Die beiden hatten, so schien es, genau zum rechten Zeitpunkt von ihren, bei einem Autounfall in Marseille ums Leben gekommenen Eltern nicht nur die seit Urzeiten in Familienhand befindlichen Liegenschaften - allen voran das Tudor Manor - auf der Kanalinsel Guernsey geerbt, sondern waren obendrein in den Besitz eines „mobilen" Vermögens in Form von Wertpapierdepots und Bankguthaben gelangt. Diese vorerst nicht versiegenden finanziellen Quellen ermöglichten es den beiden passionierten Seglern, ihre jeweilige Berufstätigkeit - der eine war Anwalt, der andere Steuerberater – an den Belegnagel zu hängen, um fortan zusammen mit ihren Frauen Judith und Barbara auf ihrem, ebenfalls aus der Erbmasse stammenden vintage Gaffelschoner Southern Seas die Ozeane zu durchpflügen."

„Beneidenswert," kommentierte Neumeier versonnen.

„Was zeichnet einen…Gabel…?"

„Gaffelschoner. Der Name kommt von den gabelartigen Stengen, die das rechteckige Großsegel halten. Schoner sind Zweimaster, deren Fockmast entweder niedriger ist als der Großmast oder die gleiche Höhe wie dieser aufweist. Unter dem Strich ein anspruchsvoller Yachttyp, der in Nordeuropa häufiger anzutreffen ist als im Süden. Müsste Ihnen als Hamburger eigentlich bekannt vorkommen."

„Bin ja auch nur Wahl-Hamburger und selbst unter den waschechten Hummels gibt es vermutlich solche, die einen Gaffelschoner nicht vom Gabelstapler unterscheiden können."

„Das mag so sein, kann ich nicht beurteilen. Beneidenswert, sagten Sie? Nun ja, wie man´s nimmt. Hienieden streben alle Din-

24

ge nach Ausgleich, sagt Konfuzius. Am 13. Februar dieses Jahres hielt sich die Sothern Seas aus Gründen, über die wir bis zum Ende unserer Tage wohl nur spekulieren können, gegen Mittag hier in diesen Gewässern um Redonda auf. Wie wär's jetzt mit einem Schluck Wasser? Man dehydriert hier sehr schnell, ohne es zu merken."

Neumeier schüttelte den Kopf.

„Danke, aber wenn Sie da in Ihrem Rucksack noch ein paar Ölsardinen hätten, wäre ich ein freudiger Abnehmer."

„Klar. Hier, nehmen Sie sich selbst eine Dose, so sie eine finden. Wo war ich, als Sie meinen Erzählschwung rüde zum Halten brachten?"

„Beim rätselhaften Aufenthalt der Richardsons auf Redonda."

„Richtig. Ich meine, falsch. Wir wissen nur um die genaue Position der Yacht zum genannten Zeitpunkt. Ob die Richardsons hier an Land gegangen sind, entzieht sich unserer Kenntnis und ist angesichts der wenig einladenden Insel-Topographie eher unwahrscheinlich. Aufschluss über die Position der Southern Seas lieferte das letzte Gesprächs Henry Richardsons mit seinem Sohn John, genannt John-boy, über das Satellitentelefon. Diese Art fernmündlichen Austausches war den Richardsons zur lieben Gewohnheit geworden und fand augenscheinlich fast täglich statt. Diente nicht nur der verbalen Fellpflege, sondern auch der Sicherheit, konnte John-boy sich doch auf diese Weise regelmäßig davon überzeugen, dass auf der Back alles wohl war und alle Lichter brannten, wie es in einer dieser klassischen Singsang-Meldungen an Bord von Rahseglern hieß.

Die regelmäßige Kontrolle hatte ihren guten Grund, denn schließlich setzten sich die Richardsons im Rahmen ihrer Langfahrten häufiger den Launen der Witterung ebenso aus wie den Attacken moderner Piraten oder den Übergriffen korrupter Küstenwächter.

Hätten die Richardsons irgendwann Hilfe benötigt, wäre John-boy als ihr privilegierter Ansprechpartner in der Lage gewesen, alles Erforderliche vom Basislager aus agierend in die Wege zu leiten."

„Haben Sie vielleicht eine Wolldecke oder so etwas? Ihre Geschichte jagt mir schon jetzt frostige Schauer den Rücken hinab und außerdem scheint es zusehends kühler zu werden."

„Müdigkeit und Nässe bewirken das. Kein Wunder. Alles, was ich Ihnen anbieten kann, ist der Schlafsack. Hier, nehmen Sie. Rollen Sie ihn aus und öffnen Sie den Reißverschluss ganz, dann können Sie ihn sich wie einen wattierten Wintermantel um die Schultern legen. Ja, genau so."

Fischler wartete, bis Neumeier sich eingekuschelt hatte.

„Natürlich kam es ab und an vor, dass die telefonische Kommunikation nicht zustande kam oder mitten im Gespräch abbrach. Das gehörte zur Routine und wurde meist achselzuckend zur Kenntnis genommen.

Als John-boy seine Eltern jedoch an den zwei unmittelbar auf das letzte Gespräch vom 13. Februar folgenden Tagen nicht erreichte, ohne dass es dafür einen ihm einleuchtenden technischen oder sonstigen plausiblen Grund gegeben hätte, flackerten bei ihm in London, wo er bis heute eine kleine Wohnung im Stadtteil Croydon unterhält, alle Alarm-Lämpchen auf. Er zögerte nicht länger, sondern setzte umgehend so etwas wie eine internationale maritime Vermisstenmeldung ab, mit der er aber nach eigener Aussage zunächst auf taube Ohren stieß: Zuständigkeitsgerangel, fehlender Notruf der Yacht als auslösendes Moment, fernmeldetechnische sowie sprachliche Probleme waren nur einige der von den Behörden genannten Hinderungsgründe, die einer unverzüglich in Angriff genommenen Suchaktion im Wege standen. Man mag das im Nachhinein als generalisierte Inkompetenz abtun, aber wenn sich die SAR-Dienste der weitläufigen Küsten dieses Teils des Nordatlantiks immer unverzüglich auf die Suche nach angeblich verschollenen Yachten machen würden, deren Besatzungen bei irgendeinem Atoll ihren Rausch ausschliefen oder deren Besitzer gar nicht gefunden werden wollen, hätten sie noch viel mehr zu tun als ohnehin der Fall ist.

Und nicht zuletzt stand auch die Frage der Kostendeckung im Raum. Erst, als John-boy sich schriftlich damit einverstanden er-

26

klärte, den Löwenanteil der bei einer umfangreichen Suchaktion rasch in die -zigtausende gehenden Kosten zu übernehmen, kam Bewegung in die Sache. Georg? Sind Sie noch wach?"

Neumeier schreckte hoch und nickte mehrmals heftig.

„Klar, ich hänge an Ihren Lippen wie dieser unbelehrbare Gecko mit seinen Saugnäpfen an ihrer Hose."

„Der hat wohl einen Narren an mir gefressen. Sei´s drum, solange er mich nicht in die Hoden beißt…Nun, der einzige, zu diesem Zeitpunkt verfügbare Hubschrauber der Küstenwache Antiguas, auf deren Schreibtisch die Vermisstenmeldung schließlich landete, gehört der hiesigen Luftwaffe. Die leiht ihn von Mal zu Mal der Küstenwache aus. Ungern, denn oft kriegt sie ihn nur mit irgendeinem Defekt wieder zurück."

„Ist das der Heli, mit dem ich hierherkam?"

Fischler schüttelte den Kopf.

„Nein, der war privat gechartert und viel kleiner als der Chinook der Luftwaffe, dessen Piloten man erst mal aus einer Bar von St. John´s holen musste. Dann konnte es endlich losgehen und das systematische Absuchen des in Frage kommenden und in Planquadrate unterteilten Seegebiets beginnen.

Die Crew, zu der glücklicherweise auch ein ehemaliger US Seal gehörte, brauchte nicht viele Schleifen zu fliegen, bis sie ein gutes Stück südwestlich von hier auf die mit erschreckend niedrigem Freibord augenscheinlich führerlos quer zur Dünung treibende und schwerfällig von einem Bug auf den anderen rollende Sothern Seas stieß. Das achterliche Gaffelsegel war noch gesetzt und zum Teil bereits an den Lieken eingerissen. Der hin und her schlagende Baum zerrte an der Schot und an den Blöcken und die beiden backstehenden Vorsegel, Fock und Klüver, hingen in Fetzen."

„Freibord will sagen…?"

„Der Abstand zwischen Wasseroberfläche und Schiffsdeck. Je geringer der Freibord, desto schwächer der Rest-Auftrieb und desto größer die Sinkgefahr.

Hier hatte dieser Freibord vermutlich bereits am Vortag einen kritischen Wert erreicht und war von der Besatzung auch nicht durch die Betätigung der Lenzpumpe wiederhergestellt worden.

Die Heli-Crew versuchte, über Funk und mit dem Megaphon Kontakt zur Besatzung der Yacht herzustellen, doch niemand reagierte. Die Männer fragten sich, ob überhaupt noch jemand an Bord war oder ob sie es mit einem Fliegenden Holländer zu tun hatten.

Der Pilot sah mit der Abgabe der Meldung seine Aufgabe als erfüllt an. Sollte sich die SAR-Leitzentrale der Antillen um den Rest kümmern. Doch bevor er abdrehen und nach Hause fliegen konnte, bat ihn Jack „the Flipper" Burton, der bereits erwähnte Seal, den Heli neben der Yacht so tief wie möglich zu drücken. Auf das Zeichen des Piloten sprang er im Neopren-Anzug in die See."

„Mutiger Move. Doch wozu?"

„Jack hatte erkannt, dass sich die nur noch mit etwa zwanzig, fünfundzwanzig Prozent Restauftrieb im Seegang dümpelnde Southern Seas in einem äußerst prekären Schwebezustand befand, der jeden Augenblick von Wind und Wetter zu ihrem Nachteil sowie dem der Ermittlungsbehörden beendet werden konnte.

Unter diesen Umständen auf das Eintreffen des Küstenwachbootes zu setzen, erschien ihm mit anderen Worten nicht angezeigt."

Fischler hielt inne und leerte die vor ihm am Boden stehende Wasserflasche.

„Die Wettervorhersage am Morgen hatte für den Nachmittag von möglichen Starkwind-Böen gesprochen. Käme es in den folgenden Stunden tatsächlich dazu, würde die Yacht auf die Backe gelegt und gegen die See gedrückt werden. Grünes Wasser würde über die Reling schwappen, das Deck überspülen und sich in den darunter liegenden und ohnehin bereits reichlich gefüllten Hohlräumen des Rumpfes sammeln. Das würde die angeschlagene Southern Seas unmöglich überleben."

Wieder hielt Fischler inne.

„Sorry, aber ich brauche mehr Wasser. Ich habe schon lange

nicht mehr so viel gesprochen und meine Kehle fühlt sich an wie die Innenseite eines Kängurubeutels."

Er griff nach einer weiteren Flasche, öffnete sie und trank einen ordentlichen Schluck. Dann rülpste er und fuhr fort.

„Jack gelang es, über das tief liegende Heck an Deck zu steigen. Der Laie macht sich meist keine Vorstellung davon, wie unendlich schwierig es für eine in der See treibende Person sein kann, ohne fremde Hilfe oder eine heruntergeklappte Badeleiter an Bord einer mit Spiegelheck versehenen Yacht wie dieser zu gelangen. Man ist auf See schon auf verlassene Yachten gestoßen, deren mit Blutspuren gezierten Rümpfe Zeugnis davon ablegten, dass ihre, vermutlich zum Baden ins Wasser gesprungenen Besatzungen verzweifelt versucht hatten, wieder an Bord zu gelangen, aber irgendwann entkräftet aufgaben und ertranken.

Nun, ich schweife ab. Das war nicht Jacks Problem. Einmal an Deck, holte er als erstes die Schot dicht und drehte die Southern Seas mit der Nase in den Wind, damit das Geschaukel aufhörte.

Er verstand sofort, dass sich hier kein Unfall ereignet hatte, sondern ein grausiges Kapitalverbrechen verübt worden war. Glück im Unglück für die Ermittler: die Täter - man geht von drei oder vier Männern aus - hatten sich keine besondere Mühe gegeben, ihre Spuren an Bord zu beseitigen, sondern sich stattdessen damit begnügt, das Seeventil der Yacht zu öffnen und die Southern Seas damit normalerweise auf den Grund zu schicken. Bei Wassertiefen von hundert und mehr Metern rund um die Insel hätte man behördlicherseits vermutlich auf eine spätere Bergung der Yacht verzichtet, womit alle stummen Zeugen unwiederbringlich verloren gewesen wären.

Grob fahrlässiges Handeln der Täter, nicht so lange zu warten, bis sie die Southern Seas vor ihren Augen in der Tiefe verschwinden sahen. Vermutlich wollten sie sich nicht länger bei der, ihnen offenbar zu langsam sinkenden Yacht aufhalten als unbedingt erforderlich, um nicht von einem zufällig des Weges kommenden Boot beobachtet zu werden."

„Und wieso hielt sich die Yacht dann allen Naturgesetzen zum Trotz noch so lange über Wasser?"

„Eine Frage, um deren plausible Beantwortung auch ein Archimedes gerungen hätte. Die Lösung des Rätsels konnte nach menschlichem Ermessen nur darin bestehen, dass sich das anfangs funktionierende Seeventil irgendwann verstopft hatte, so dass die Yacht ab einem bestimmten, relativ frühen Zeitpunkt nur noch sehr wenig Seewasser zog.

Nach Jacks Einschätzung waren, wie gesagt, noch etwa fünfundzwanzig Prozent des Auftriebs der Yacht vorhanden. Wie lange der daraus resultierende prekäre Limbo zwischen den Wassern noch anhalten würde, hing vor allem vom Wetter als Zünglein an der Waage ab. Anhaltender Starkregen, ein böiger Wind und die Messe wäre gelesen."

Erneut unterbrach sich Fischler und blickte auf die Uhr.

„Was jetzt folgt, könnte Ihnen den Magen umdrehen. Sind Sie sicher, dass Sie es heute noch hören wollen, selbst auf die Gefahr hin, dass Sie ihre Baked Beans oder Ölsardinen von vorhin halb verdaut wiedersehen oder sollen wir uns lieber auf morgen früh bertagen?"

Neumeier schüttelte den Kopf.

„Morgen früh ist mein Magen vermutlich noch viel labiler als jetzt."

„Wie Sie meinen. Aber schnallen Sie sich an und stellen Sie das Rauchen ein."

„Die Southern Seas besaß zwei Schotts mit je einem Niedergang an Steuerbord und Backbord. Das Backbord-Schott stand offen. Seine beiden im Wind und Seegang auf- und zuschlagenden Flügel klapperten mal abwechselnd, mal im Gleichtakt. Das Steuerbord-Schott war geschlossen.

Als Jack sich dem offenen Schott näherte, schlug ihm bereits der so penetrante wie unverwechselbare Geruch verwesenden Menschenfleisches entgegen. Jack hatte sich an Rettungsaktionen um brennende Ölbohrinseln im Golf von Mexiko beteiligt. Der Gestank von Verbranntem und Verwestem war ihm also nicht fremd.

Der Lichtkegel seiner Lampe erfasste unten im halb gefluteten schummrigen Salon die vier, von den Verwesungsgasen aufge-

30

blähten Leichen der beiden Ehepaare Richardson. Sie trieben in einer ekelerregenden Brühe aus Dieseltreibstoff, fauligem Wasser sowie Blut und anderen Körperflüssigkeiten.

Drei der Leichen lagen auf dem Rücken und blickten ihn aus leeren Augen scheinbar vorwurfsvoll an. Die vierte und als einzige auf dem Bauch liegende, hatte ihre Hände hinter dem Rücken mit Kabelbindern gefesselt. Was, wie sich bald zeigen sollte, für die anderen drei gleichermaßen galt."

Neumeier hustete nervös. Leichen, auch solche von übel zugerichteten und gefolterten Mordopfern, waren ihm im Laufe seiner mehr als zwanzigjährigen Berufstätigkeit schon häufiger untergekommen, aber das hier klang noch ein Stück gruseliger.

„Jetzt würde ich gern noch einen Schluck Rum zu mir nehmen."

„Im Ernst? Stellen Sie sich vor, ich auch. Aber Sie haben einen mächtigen Zug am Leib und der Flachmann ist leider schon leer. Müssen wir eben warten, bis wir morgen die erste Füllstation erreichen."

„Apropos, wie kommen wir hier eigentlich wieder weg, wenn schon nicht mit dem Heli?"

„Sie sind doch quasi eben erst angelangt und denken an nichts anderes als ans Wegkommen? Warten Sie´s ab. Ein Schiff wird kommen…."

„Melina Mercuri?"

„Nana Mouskouri.

Neumeier wusste mit der Antwort offenkundig nicht viel anzufangen. Generell war schwer zu sagen, wann Fischler scherzte und wann er es ernst meinte. Am besten, man ging stets von der jeweils schlechteren Hypothese aus.

„Hätten die Leichen auf See getrieben, wären die Möwen längst über ihre Augen und Gesichter hergefallen. So aber trieben sie dort unten in diesem unbeschreiblichen Pool. Der Eindruck, vorwurfsvoll angeblickt zu werden, traf Jack so unmittelbar und tief, dass er sich unwillkürlich laut bei allen vier Toten entschuldigte, obwohl ihn ja nun wirklich keinerlei Schuld traf. Selbst eine noch am 13. Februar eingeleitete Suchaktion hätte das

31

Leben dieser Leute nicht retten können."

„Was um Himmels Willen war den Leuten widerfahren?"

„Das Tatgeschehen, das sich zunächst niemand so recht vorstellen wollte, ließ sich erst dank der Obduktion rekonstruieren und rationalisieren. Darauf komme ich gleich zu sprechen.

Damit eine forensische Leichenbeschau jedoch überhaupt stattfinden konnte, musste die langsam sinkende Yacht noch eine ganze Weile über Wasser gehalten und in den nächstgelegenen Hafen geschleppt werden.

Jack fürchtete, dass Schlepperhilfe sehr wahrscheinlich zu spät eintreffen würde. Also überwand er seinen Ekel und sprang in die blutige, stinkende Brühe des Salons. Dort löste er die Bodenbretter und tauchte in die Bilge hinab, wo er sich zum Seeventil durchtastete. Er sah natürlich da unten die Hand nicht vor Augen, konnte aber fühlen, dass ein Stück Plastikmüll ins Spundloch des Ventils gesogen worden war und sich darin so verkeilt hatte, dass es dieses, einem Pfropfen gleich, verschloss.

Wie lange es dort noch festsitzen würde, stand in den Sternen und da die Täter den eigentlichen Ventilverschluss entfernt hatten, hing bis auf weiteres alles an diesem Stück Plastik.

Erneut tauchend und tastend fand Jack seinen Weg in die vordere Segellast und griff sich mehrere jener Holzpflöcke, die jedes Fahrzeug in verschiedenen Größen mit sich zu führen pflegt, um kleinere Rumpfdurchbrüche bis zum Erreichen des nächsten Hafens provisorisch abdichten zu können. Es gelang ihm, den zu diesem Ventil passenden Holzzapfen in das Spundloch zu drücken, so dass mit weiterem Eindringen von Seewasser bis auf Weiteres nicht mehr zu rechnen war."

Neumeier pfiff leise durch die Zähne.

„Ein echter Teufelskerl, dieser Jack."

„In der Tat. Gut, er trug einen Neopren-Anzug, aber trotzdem.... Und das war noch längst nicht alles, was er an diesem Tag leistete.

Da die Elektrik an Bord natürlich ein Totalausfall war, konnte er die Menge des an Bord befindlichen Wassers nur durch die Betätigung der leistungsschwachen Handpumpe wenigstens zu ei-

32

nem Teil aus dem Rumpf entfernen. Ein äußerst mühsames und schweißtreibendes Geschäft, kann ich Ihnen aus eigener Erfahrung versichern. Aber unbedingt erforderlich, um das Schiff wieder halbwegs flott zu machen und ihm jenen Mindest-Auftrieb zurückgeben, den es für eine, wenn auch kurze Weiterfahrt benötigte. Es dauerte mehrere Stunden, bis Jack es so weit geschafft hatte. Er war jetzt im Übrigen schon eine ganze Weile allein mit der Yacht und den Leichen darin, denn der Hubschrauber hatte nicht mehr genug Treibstoff, um das Ende der Operation abzuwarten und das Boot der Küstenwache von St. John´s erlitt zu allem Überfluss kurz nach dem Auslaufen einen Maschinenschaden, der es an der Weiterfahrt hinderte."

„Was war mit den anderen und vielleicht nähergelegenen Inseln?"

„Die Küstenwachen Montserrat sowie Nevis und St. Kitts boten ihre Hilfe an, doch Antigua beharrte auf ihrer ausschließlichen Zuständigkeit und begründete das mit der vermutlich zutreffenden Hypothese, dass sich der räuberische Überfall auf die Yacht aller Wahrscheinlichkeit nach in den Hoheitsgewässern Antiguas und Barbudas ereignet hatte, zu denen ja auch die Gewässer um Redonda gehören."

„Wahnsinn. Da bringt der Mann sich fast um, damit die Yacht gerettet werden kann und die Behörden haben nichts Besseres zu tun, als sich über die Zuständigkeiten zu streiten. Klingt für mich irgendwie sehr nach den Zeiten europäischer Kleinstaaterei."

„Ja, die Eifersucht, mit der die Inseln über ihre Souveränität wachen, scheint mir ein Reflex ihres generellen Minderwertigkeitskomplexes zu sein und nimmt jedenfalls bisweilen pathologische Züge an.

Auf das Eintreffen eines vor Barbuda liegenden Ersatzfahrzeugs der Küstenwache wollte Jack nicht warten. Da der Maschinenraum der Southern Seas jedoch geflutet und damit außer Gefecht gesetzt worden war, konnte Jack den Dieselmotor nicht anwerfen, sondern musste die paar Segel setzen, die er allein auf sich gestellt und ohne Unterstützung der elektrischen Winschen zu bedienen imstande war. So segelte er die Southern Seas nach

Jolly Harbour, Antigua, wo sie von Jimmy „the Coxswain" Lerbanks Leuten in Empfang genommen und noch in der Nacht an Land gekrant wurde."

„Mit den Leichen immer noch im Salon?"

„Exakt. Die Yacht war zum Tatort geworden und die Kollegen von der Londoner Metropolitan Police, die man klugerweise um Amtshilfe gebeten hatte, bestand darauf, dass bis zum Eintreffen ihres Teams von Experten in der Ermittlung von Gewaltverbrechen niemand mehr die Yacht betreten dürfe. Einmal an Land, wurde sie daher sofort mit Flatterband abgeriegelt und von örtlichen Polizisten rund um die Uhr bewacht, so dass sich zum Leidwesen vor allem der Medienvertreter niemand ihr auch nur auf zehn Meter nähern konnte."

„Die Yacht, nicht die Insel, war wirklich der Tatort?"

„Genau wusste man das erst, nachdem die Kriminaltechniker von Scotland Yard jeden Quadratzentimeter des Inneren der Southern Seas inspiziert hatten und die Resultate der ebenfalls von den Briten durchgeführten Obduktion vorlag."

„Dieser…Jack…Also wirklich. Der hat doch mindestens einen Orden verdient."

„Ich bezweifle, dass er darauf scharf wäre. Aber Sie haben recht: ohne sein beherztes Eingreifen wären die Richardson-Morde vermutlich nicht einmal entdeckt, geschweige denn aufgeklärt worden. Das Besondere an Jacks Person: eigentlich ist er Texaner und hatte mit der christlichen Seefahrt bis vor wenigen Jahren so gut wie nichts zu schaffen. Kam mehr zufällig zur Küstenwache von Houston und blieb nach einem Urlaubsbesuch in der Karibik auf Antigua hängen."

„Was treibt er jetzt? Zurück zur Küstenwache?"

Fischler lächelte vielsagend.

„Nein. Ich konnte ihn dazu überreden, fortan für uns zu arbeiten. Genauer gesagt, für Laura, die ihn bei der Küstenwache auslöste. Das war insofern nicht allzu schwierig, als der recht beträchtliche Bergelohn, der Jack zusteht, weil die Yacht ohne sein Eingreifen mit an Sicherheit grenzender Wahrscheinlichkeit verlorengegangen wäre, dieser Bergelohn also lässt bis heute auf sich warten. So etwas kann man mit einem ex-Seal nicht machen. Wenn mich nicht alles täuscht, werden Sie noch Gelegenheit haben, ihn persönlich kennenzulernen."

„Scotland Yard übernahm also die Ermittlungen?"

„Ja. Und da muss man den hiesigen Behörden ein Lob aussprechen. Sie erkannten schon früh, dass die Aufklärung dieses Falles ihre technischen Möglichkeiten ebenso zu überfordern drohte wie ihre individuelle und kollektive Erfahrung mit derlei Gewalttaten. Und Fehler, die ganz zu Beginn der Ermittlungen gemacht werden, wiegen, wem sage ich das, doppelt schwer, weil sie später meist nicht mehr auszubügeln oder wettzumachen sind. Außerdem waren die Richardsons auch nicht irgendwer, sondern politisch und geschäftlich gut vernetzte und in der englischen Gesellschaft bestens beleumundete Familien. Wenn sich folglich jemand bei den Ermittlungen die Finger verbrennen musste, dann doch lieber die Briten selbst. So oder ähnlich lautete wohl die Ratio."

„Und dieser ganze Aufwand, obwohl sich mit KD Fischler bereits eine kriminalistische Koryphäe vor Ort befand…?"

Fischler lachte.

„Danke für die Blumen. Aber erstens war ich zu jenem Zeitpunkt nicht mal in der Nähe von Antigua und zweitens hatte ich noch nie ein Problem damit, von in- oder ausländischen Kolleginnen und Kollegen zu lernen. Hier noch dazu von so renommierten wie denen des Scotland Yard. Ich kannte den Teamleiter, Chief Superintendent Michael Forbes, von früher. Er war mehrere Male in Wiesbaden und ich besuchte ihn zweimal in London. Die Briten arbeiteten bei aller ihnen zu Recht nachgesagten Gründlichkeit erstaunlich zügig und legten ihre vorläufigen Ermittlungsergebnisse in jenem konzisen Bericht an die Staatsanwaltschaft von Antigua und Barbuda nieder, den ich bereits erwähnte."

„Lassen Sie mich raten: eine Kopie des Berichtes gelangte zufällig in Ihre Hände…"

„In Gestalt einer pdf-Datei, ja, so ist es."

„Wenn da mal nicht eine gewisse Laura Förster erneut ihr Finger im Spiel hatte…."

Fischler grinste.

„Nein, hatte sie ausnahmsweise nicht. Bis zum Yard hinauf reichen auch ihre Beziehungen nicht. Aber ich kannte, wie gesagt, den Teamleiter und, wie das Leben so spielt, er schuldete mir noch einen kleinen Gefallen."

„Und? Was steht an Aufregendem in dem Bericht der MP?"

„Das, mein lieber Georg, war, um in ihrem Bild zu bleiben, die Ilias. Die Odyssee folgt morgen, wie bei Homer, dessen Vortrag sich ja auch über mehrere Tage erstreckt haben soll. Klar, dann konnte er immer wieder neuen Eintritt verlangen. Ich weiß nicht, wie es Ihnen geht, aber ich bi, ehrlich gesagt, hundemüde von meinem Tagewerk. Ich schlage vor, wir legen uns aufs Ohr - Sie hier, ich dort - und nehmen eine Mütze Schlaf. So ruhig wie hier werden Sie es vermutlich nie wieder haben."

Neumeier waren bereits mehrmals die Augen zugefallen, so dass er keine Einwände gegen Fischlers Vorschlag erhob, sondern sich in den Schlafsack wickelte, den Fischler ihm gegeben hatte.

Eine kurze Weile lag er noch wach, bis ihn das an- und abschwellende Heulen des Windes und das unablässige Hämmern der atlantischen Dünung gegen die Steilwände der Insel in den Schlaf wiegte.

36

3. SCHALL UND RAUCH

„Auf die Gefahr hin, mich zu wiederholen: wie kommen wir wieder von dieser Insel?" lautete Neumeiers erste Frage am darauffolgenden Morgen, da die Insel von einem feinen Dunstschleier verhüllt war, dessen Feuchtigkeit mühelos nicht nur durch die Kleidung, sondern auch durch die Haut drang und sich auf die Lunge legte.

Die zu dieser frühen Stunde noch über Redonda liegende Stille wirkte ähnlich beklemmend wie das schlagartige Verstummen der gefiederten Fauna kurz vor dem gestrigen Gewitter.

Irgendetwas lag in der Luft, so viel stand fest. Etwas, gegen das man sich so lange nicht wappnen konnte, wie man nicht wusste, was genau im Gefolge der Dunstschwaden auf die Insel zuhielt.

Selbst die schwatzhaftesten unter den Seevögeln gaben nur dann und wann halbherzig Laut, wie um sich zu vergewissern, dass sie den Startschuss zum allgemeinen Exodus nicht überhört hatten und jetzt nicht etwa mutterseelenallein zurückgeblieben waren.

Ein akustisches Ambiente vermutlich ganz nach dem Geschmack der von Natur aus verschwiegeneren Echsen und Geckos, die ihren Alltag im Wesentlichen stumm zu bestreiten und sich einen Dreck um gute oder böse Omen zu scheren pflegten.

Die blassrosa Sonne schien sich mit größerer Mühe als sonst vom jetzt gerade unsichtbaren Horizont zu trennen. Ihre Strahlen verloren durch die Brechung in Myriaden von Tautropfen den Großteil ihrer wärmenden Kraft und vermochten die atmosphärische Feuchtigkeit um die Insel nicht zu vertreiben.

Fischler kam aus seinem Schlafsack gekrochen wie ein winterschlaftrunkener Grizzly aus seiner Höhle, gähnte auch herzzerreißend wie ein solcher und blickte reflexhaft auf seine Uhr, als fürchte er, einen wichtigen Zahnarzt-Termin zu verpassen.

Nüchtern und mit innerem Abstand bei Tageslicht besehen, gewann Fischlers Gestalt, nun bar jeden dämonischen Beiwerks, das ihm die Dunkelheit verliehen hatte, an äußerer und innerer Zerrissenheit.

Hatte er während des gestrigen Gewitters auf Neumeier wie ein zotteliger Yeti gewirkt, glich er nun einem anonymen Alkoholiker, der seinen Rückfallrausch im Abfallcontainer des Supermarkts nebendran ausgeschlafen hatte und vom Müllwagen geweckt worden war.

„Nicht mit dem Heli, so viel wissen Sie ja bereits. Und eine Warnung meinerseits gleich hintendran: falls Sie sich erleichtern müssen, solange es so dunstig ist wie jetzt, entfernen Sie sich bitte nicht zu weit vom Ritz. Sie kennen das tückische Gelände mit seinem lockeren, bröckeligen Gestein und der rutschigen Oberfläche noch nicht gut genug und ich möchte sie nicht gleich wieder verlieren, weil Sie sich an einer Abbruchkante in den Tod gekotet haben oder nicht mehr zur Hütte zurückfinden, irgendwo abrutschen und im Meer verschwinden. Machen Sie es wie die Vögel, die kacken, mit Verlaub, auch einfach dort, wo sie gerade stehen oder gehen."

„Wie erledigen Sie denn solche Verrichtungen?"

„Oh, bei mir ist das ist was ganz anderes. Ich bin hier inzwischen so gut wie zuhause. Wahrscheinlich entwickle ich bereits Saugnäpfe an Händen und Füßen. Glauben Sie an Echsenmenschen, Georg?"

„Sehe ich so aus?"

„Wie ein Echsenmensch oder wie jemand, der an ihre Existenz glaubt? Gestern hätte ich diese Frage erst gar nicht zu stellen gewagt. Heute bin ich mir da schon nicht mehr absolut sicher. Und an morgen wage ich noch gar nicht zu denken. Haben Sie mal auf diese faltig glänzende Lederhaut mancher der halbnackten wechselblutigen Sonnenanbeter am Strand geachtet, deren dann und wann hervorschnellende gespaltene Zunge die Witterung von Aas aufnimmt?"

„Gegenfrage; haben Sie gestern Abend doch noch eine eiserne Reserve Demon´s Share im Rucksack gefunden und auf konventionelle Weise entsorgt?"

Fischler ächzte.

„Leider nein, Georg. Geben Sie mir zehn Minuten, um Betriebstemperatur zu erreichen. Dann frühstücken wir zusammen auf der Terrasse und ich verrate Ihnen, was im Bericht der Metropolitan über die Richardson-Morde steht - falls Sie das immer noch wissen möchten. Dann sehen wir, was der Tag sonst noch so im petto hat. Einverstanden?"

Neumeier zuckte mit den Achseln.

„Habe ich eine Wahl?"

„Streng genommen ja, praktisch betrachtet, nein. Zum Frühstück gibt's Wasser und Kekse, das Ritz Special. Essen Sie nicht zu viel davon, sonst sind Sie gegen Mittag so verstopft wie das Seeventil der Southern Seas und ich werde Sie bestimmt nicht abpumpen."

„Gibt es hier in diesen Gewässern Haie?"

„Wie kommen Sie jetzt darauf? Wollen Sie sich im Wasser erleichtern oder nach Hause schwimmen? Würde ich nicht direkt empfehlen. Obwohl, hier in der Gegend habe ich noch keine Menschfresser mit Dreiecksflosse auf dem Rücken gesehen. Schätze, der smarte Raubfisch meidet Redonda. Früher fiel den Haien mal eine Ziege oder eine tote Ratte in den Rachen, aber in jüngeren Jahren platschten nur noch ohnmächtige Geckos ins Wasser und von denen allein kannst du als Hai oder Barracuda nicht leben."

„Gut zu wissen. Was ist mit Schlangen?"

Fischler schüttelte den Kopf.

„Was soll mit denen sein? Ich hab' hier noch keine gesehen und bevor Sie die ganze restliche Gefahren-Fauna durchgehen: Kroks oder Gators gibt es ebenso wenig wie Wölfe oder Bären. Nein, wenn Sie auf Redonda sterben wollen, müssen Sie schon selbst Hand anlegen." „Na, immerhin etwas. Dann gehe ich mal kurz für kleine Mädchen....."

„Nehmen Sie Toilettenpapier mit und vergessen Sie das Händewaschen danach nicht."

„Toilettenpapier? Ich hatte nicht damit gerechnet, hier so etwas anzutreffen."

„Wie oft soll ich es noch sagen, Georg: Sie sind hier im Redonda Ritz, Premium Suite mit Meerblick. Schon wieder vergessen?"

Fischler gab Neumeier eine kleine Rolle Klopapier und klopfte ihm auf die Schulter.

„Verlaufen Sie sich nicht. Die Insel ist zwar klein, aber auch auf 1,3 Quadratkilometern kann man im Nebel schnell mal die Orientierung verlieren."

Während Neumeier sein morgendliches Geschäft besorgte, packte Fischler das Frühstück aus und rollte seinen Schlafsack zusammen.

„Und? Wie war´s? Ganz neue Erfahrung, oder? Haben Sie unterwegs zur Nasszelle jemand interessanten getroffen?" fragte er Neumeier, der schneller als erwartet wieder zur Hütte zurückgefunden hatte.

Neumeier winkte wortlos ab und reichte Fischler die nur unwesentlich dünner gewordene Rolle.

„Bin offenbar jetzt schon verstopft."

„Ja, Verdauungsstörungen der einen oder anderen Art sind Teil des Preises, den man für längere Flugreisen entrichten muss. Die Peristaltik braucht eine Weile, bis sie sich an den neuen Tagesrhythmus eingestellt hat. Aber keine Sorge, so etwas renkt sich schnell wieder ein. Hier, trinken Sie einen Schluck Wasser. Essen wird sowieso überschätzt."

Neumeier setzte sich neben Fischler und knabberte missgestimmt an den Keksen.

„Am besten, Sie kommen gleich zum springenden Punkt und sagen mir frei heraus, um was es hier eigentlich geht. Vielleicht bringt Ihr Narrativ meine Peristaltik wieder auf Touren."

„Sofort mit dem Punkt ins Haus zu fallen, ist nicht die feine karibische Art. Hier liebt man die hohle Phrase und die theatralische Geste. Außerdem würde das, wie Sie gleich merken werden, nicht der Komplexität des Geschehens gerecht. Und Ihre Kaugeräusche, mit Verlaub, sind meiner Konzentration abträglich. Ich würde es daher begrüßen, wenn Sie beim Kauen den Mund schließen könnten. Danke."

Fischler fasste sich mit Daumen und Zeigefinger an die Nasenwurzel und schob sich einen hölzernen Zahnstocher zwischen

40

die Lippen. Bei ihm eine Geste äußerster Fokussierung.

„Als Ergebnis der, wie gesagt, ebenfalls von den Briten in eigener Regie vorgenommenen Obduktion konnte zweifelsfrei etabliert werden, dass die vier Personen an Bord ihrer Yacht von drei bis vier Angreifern so plötzlich und unerwartet überrumpelt worden sein müssen, dass ihnen weder Zeit zur Flucht noch zur Gegenwehr blieb. Was für die Kollegen von Scotland Yard die Hypothese nahelegt, dass die ahnungslosen Richardsons ihre Mörder freiwillig an Bord genommen haben dürften."

„Wer oder was sollte sie dazu veranlasst haben?"

„Irgendein Vorwand der Täter zum einen und die grundsätzlich lobenswerte, in diesem konkreten Fall allerdings fehlgeleitete Hilfsbereitschaft der Richardsons zum anderen.

Die Leute vom Yard gehen jedenfalls davon aus, dass der Angriff von der Insel aus erfolgte. Ein sich in dieser verkehrsarmen Gegend schnell näherndes Motorboot hätte sehr wahrscheinlich das Misstrauen der ja nicht völlig naiven Richardsons geweckt und sie veranlasst, vorsorglich die an Bord befindlichen Schusswaffen gebrauchsfertig bereit zu halten."

„Solche Waffen waren also vorhanden?"

„Scheint so. John-boy gab jedenfalls zu Protokoll, dass sein Vater Henry ein guter Jäger und Sportschütze gewesen sei und seine Beretta Kaliber 9mm stets an Bord mitgeführt habe. Und dann war da ja auch noch die Signalpistole, die einem Angreifer auf kurze Entfernung erhebliche Brandwunden zufügen kann."

„Und wie sollten die Täter von den Richardsons unbemerkt auf die Insel gekommen sein?"

„Eine regelrechte Anlandung auf Redonda von See aus ist angesichts ihrer abweisend schroffen Steilwände mindestens ebenso schwierig, wie ein Übersteigen von der praktisch uferzonenlosen Insel auf eine Yacht. Dessen ungeachtet, sind die Leute vom Yard felsenfest der Überzeugung, dass den Tätern beides gelungen sei. Was sicher auch damit zu tun haben dürfte, dass die Briten es nicht für erforderlich hielten, sich durch eigenen Augenschein ein Bild von den hiesigen topographischen Gegebenheiten zu machen. Darin sehe ich ein Versäumnis, welches ihre Hypothesen in meinen Augen relativiert."

„Gibt es irgendwelche Hinweise auf die Identität der Täter? Fingerabdrücke? Irgendwas?"

„Ja und nein. Viele Spuren wurden durch das Salzwasser vernichtet, das sich im Rumpf und nicht zuletzt im Salon gesammelt hatte. Es blieben immer noch genug übrig, aber mit welcher daktyloskopischen Kartei wollen Sie die abgleichen? Einige können auch von Gästen stammen, die einer Einladung der Richardsons auf die Southern Seas in Gott weiß welchen Häfen folgten. Dergleichen findet sich ja nicht einmal in den Logbüchern."

„Und wie lauten insgesamt die Schlussfolgerungen des Yard?"

„Nun, die Metropolitan hält es für sehr wahrscheinlich, dass die Passage der Southern Seas von aufmerksamen Beobachtern beispielsweise auf Nevis oder schon früher auf St. Kitts bemerkt und den Piraten, wenn ich sie mal so nennen darf, gemeldet worden war.

Die hiesigen modernen Freibeuter pflegen sich auf PS-starken Motorbooten fortzubewegen und besaßen insofern einen Geschwindigkeitsvorteil, der es ihnen ermöglicht hätte, die Southern Seas in einem weiten Bogen zu umfahren und dennoch vor ihr im Seegebiet um Redonda anzukommen."

„Die alte Geschichte von Hase und Igel," kommentierte Neumeier.

„Mit der wichtigen Nuance, dass hier eben die Hasen doch etwas schneller gewesen sein dürften als der Igel. Jedenfalls hatten die Täter ausreichend Zeit, irgendwo an Land zu steigen. Was für recht athletische Männer mit sehr soliden Ortskenntnissen sprechen würde."

„Männer, die wusste, woher die Yacht kam. Doch wie sollten sie auch deren Ziel kennen?"

Fischler nickte.

„Das kann, ja muss man sich in der Tat fragen, zumal Redonda ja außer heutzutage wertlosem Guano nichts zu bieten hat, was sie für Laufkundschaft wie die Richardsons interessant erscheinen ließe."

„Ornithologie?"

42

„Dafür, dass die Richardsons begeisterte Vogelkundler gewesen wären, spricht nichts. Wenn sich Henry für Enten und Gänse interessierte, dann nur, um sie abzuschießen und nicht, um sie bei der Brutpflege zu unterstützen. Alles andere wäre John-boys Aufmerksamkeit vermutlich ja auch nicht entgangen."

Fischler kaute mit dem Ausdruck der Todesverachtung an einigen Keksen und goss Wasser nach.

„Die Leute vom Yard nehmen an, das Piraten-Trio hätte auf den bloßen Verdacht hin gehandelt, dass die Southern Seas hier beidrehen und sich eine Weile aufhalten würde - gerade weil die Insel so selten Besuch erhält und sie sich daher bestens als Vipernnest eignet."

„Vipern? Sie sagten doch vorhin, es gäbe hier keine Schlangen...."

„Ein Bild, Neumeier, nichts als ein Bild. Kennen Sie den Western Zwei Halunken mit Kirk Douglas und Henry Fonda? Nein? Nun, Douglas, der dreimalschlaue Bandit, dem der Sheriff dicht auf den Fersen ist, versenkt, kurz bevor er geschnappt wird, seine Beute in einem Klapperschlangennest, weil er davon ausgeht, dass niemand dort seine Hand oder Nase reinstecken wird.

Am Ende vorzeitig freigekommen, sucht er das Loch auf, erschießt, wie er glaubt, alle Schlangen, wird aber von der einen, die sich in den Sack mit der Beute verkrochen hatte, in den Hals gebissen und stirbt. Redonda hat keine Vipern oder Klapperschlangen. Sie bezieht ihre Qualifikation als Versteck aus ihrer fast völligen Unzugänglichkeit, die fast so wirksam ist wie ein Vipernnest."

„Verstehe, aber Sie scheinen die These der MP nicht zu teilen. Wieso nicht? Was spricht dagegen?"

„Da haben Sie Recht, ich teile sie in der Tat nicht. Meines Erachtens spricht mindestens so viel dagegen wie dafür. Angefangen beim teuren Benzin. Klingt für Außenstehende vielleicht lächerlich, aber bevor sich hier jemand mit einem spritfressenden Schnellboot auf den Weg macht, überlegt er sich in der Regel dreimal, ob sich die Spritztour auch wirklich lohnt. So einfach aufs Geratewohl losfahren...nein, glaube ich nicht.

Zumal die Southern Seas keine Yacht ist, bei deren bloßem Anblick Piraten das Wasser im Munde zusammenliefe. Wirklich reiche Leute wie der russische Oligarch Abramowitsch leisten sich riesige, mit allen Schikanen ausgestattete Luxusyachten und würden keinen Fuß auf einen Oldtimer wie die Southern Seas setzen."

„Schon, ja. Aber wenn ich als Pirat an die großen Yachten nicht herankomme, halte ich mich eben an kleinere."

„Mag sein, aber nicht an solche. Glaube ich nicht - es sei denn, es gibt gute Gründe dafür."

„Wie erklären sich die Londoner Kollegen, dass die Wahl der Piraten auf die Southern Seas fiel?"

„Da rühren Sie am neuralgischen Punkt. Die MP geht nämlich, kurz gesagt, von einer Namensverwechslung aus, die auch keineswegs so weit hergeholt ist, wie es zunächst den Anschein haben mag.

Die Southern Seas gehört, wie bereits angedeutet, zu einer Kategorie von Segelyachten, die in diesen Breiten eher selten anzutreffen sind. Eine Takelage, die nicht unbedingt für achterlichen Passatwind geeignet erscheint und ein hölzerner Rumpf, bei dessen Anblick der in diesen warmen Gewässern heimische tenedo navalis, vulgo gemeiner Schiffsbohrwurm, genießerisch mit der Zunge schnalzt, sind nur einige der Charakteristika, die gegen diesen Schiffstypus in äquatornahen Gewässern sprechen."

„Ein weißer Elefant also…?"

„Für die karibischen Verhältnisse ja, kann man so sagen. Das Kuriose daran: es gab schon länger einen mehr oder weniger baugleichen weißen Elefanten mit Namen Southern Skies und Heimathafen Barbuda, was sich für manche wie Barbados anhören mag, dem Registerhafen der Southern Seas. Eine relativ hohe Verwechslungsfähigkeit ist als nicht zu leugnen."

„Soll heißen, die Piraten hätten es eigentlich auf die Southern Skies abgesehen?"

„Das vermuten jedenfalls die Londoner und haben insofern Grund dazu, als die Southern Skies schon häufiger in krumme Sachen verwickelt war und zwischen Miami, Florida, und Port-au-Prince, Martinique, als notorischer Drug Runner gilt.

44

Sie wurde schon häufig aufgebracht, aber gefunden hat man nie genug für die Eröffnung eines regulären Strafverfahrens. Der Umstand, dass sie am 13.2. vor Barbuda auf Reede lag, ist für den Yard ein zusätzliches Argument dafür, dass die Piraten das falsche Schiff überfielen und die Richardsons zu Tode folterten, weil sie sie dazu bringen wollten, ihnen das vermeintliche Versteck der Drogen zu verraten."

„Während die Richardsons ihrerseits keine Ahnung hatten, wovon diese Leute überhaupt redeten. Klingt für mich plausibel."

„Wie man´s nimmt. Den Briten fehlt, wie gesagt, die Ortskenntnis im engeren wie im weiteren Sinne. Karibische Piraten sind längst keine albernen Jack Sparrows mehr, sondern gewiefte Unternehmer, die vielleicht mal zwei Yachten, aber keine zwei Namen verwechseln, auch wenn die einander stark ähneln. Nein, ich glaube, die Täter wussten genau, wen sie vor sich hatten und handelten im Auftrag."

„Im Auftrag wessen und weshalb mit dieser überschießenden Grausamkeit? Dieser Lust am Töten?"

„Ich nehme an, dass dies, so unglaublich es klingen mag, zur spezifischen Jobbeschreibung gehörte. Man bestellt bei solchen Leuten heutzutage nicht einfach nur einen Mord, sondern fügt die gewünschten Begleitumstände hinzu wie die Beilagen zum Burger. So soll der eine Mord wie ein Unfall aussehen, der andere soll so vollzogen werden, dass dem Opfer maximale Schmerzen zugefügt werden und so weiter. Kostet natürlich alles extra, gehört aber heute zum Dienst am Kunden. Hier verlangte der Auftraggeber offenbar, dass es wie ein brutaler Piratenüberfall aufgrund einer Namensverwechslung aussehen sollte."

„Hm. Wenn ich Sie recht verstehe, glauben Sie, die Richardsons seien bei Redonda in eine Falle gelockt worden. Die Anschlussfragen lauten dann aber wie, mit Hilfe welchen Köders und vor allem, von wem?"

„Richtig, jetzt legen wir des Pudels Kern frei. Was hier als Köder diente, weiß bis jetzt keiner. Die Beantwortung der Frage nach dem Anstifter oder Auftraggeber gründet wie immer auf

45

dem uralten Prinzip des cui bono: wer zieht aus dem Tod der vier Richardsons den größten Nutzen? Da sind als erste natürlich die voraussichtlichen Erben zu nennen.

Als da wären der bereits mehrfach erwähnte John-boy und seine Cousine Deborah, genannt Debbie, die Tochter von George und Barbara Richardson, ein paar Jahre älter als John-boy und definitiv unternehmungslustiger und unabhängiger als dieser."

„Sie glauben wirklich, einer von beiden steckt dahinter? Eine schaurige Vorstellung."

„Ich bin da unbefangen. Aber in Ermangelung von anderslautenden letztwillentlichen Verfügungen der Mordopfer rücken die beiden als gesetzliche Erben von ganz allein ins Licht der Suchscheinwerfer. Und dann gibt es da noch eine Merkwürdigkeit, die der Yard nicht auf seinem Schirm hat."

„…und von Ihnen auch nicht darauf hingewiesen wurde?" Fischler zuckte mit den Achseln.

„Die britischen Kollegen stehen mit beiden Beinen so tief im Morast ihrer Hypothese von der Namensverwechslung wie wir hier im beschissenen Guano. Das Sachindiz, von dem ich spreche, hätte sowieso nicht ins Bild der Kollegen gepasst."

„Verstehe, Perlen vor die Säue?"
Fischler lachte.

„Sie ahnen nicht, wie richtig Soe damit liegen könnten. Ich selbst erlangte erst Kenntnis von diesem kuriosen Detail, als die Ermittlungen des Yard bereits abgeschlossen waren und der Bericht fix und fertig vorlag. Außerdem schwankte ich damals selbst noch zwischen deren Thesen und meinen eigenen."

„Und dieses…Sachindiz gab für Sie den Ausschlag? Klingt spannend. Um was handelt es sich?"

„Um das auslösende Moment, wenn man so will. Um nichts mehr oder weniger als das Indiz, um dessentwillen wir beide jetzt hier oben am Arsch der Welt sitzen und die Vögel beim Kacken beobachten."

„Machen Sie es nicht so spannend, KD, sonst fresse ich Ihnen alle Kekse weg und lasse Sie hier oben hungers sterben."

Fischler lachte.

46

„Ihr Instinkt für passende Stichwort wird mir allmählich unheimlich. Die Sache verhält sich so, dass John-boy Richardson unmittelbar nach dem Bekanntwerden der dramatischen Umstände, unter denen seine Eltern sowie Onkel und Tante umgekommen waren, ein Flugzeug nach Antigua bestieg. Vor Ort kam ihm die traurige Pflicht zu, die inzwischen nicht mehr ganz so frischen Leichen amtlich zu identifizieren. Außerdem erstellte er auf Bitten des Yards eine Liste von Objekten, die sich seiner Erinnerung gemäß an Bord befunden haten, nun aber fehlten."

„Normale polizeiliche Routine-Maßnahme, oder?"

„Absolut. Eine Kopie dieser Liste wurde dann auch seiner Cousine Deborah bei ihrem etwas später erfolgten Besuch auf Antigua übergeben. Diese Debbie macht einen etwas naiv-naturbelassenen Eindruck, kümmerte sich angeblich nie sonderlich um den Reichtum ihrer Eltern, sondern ist in dem Bereich aktiv, den man früher mal Entwicklungshilfe nennen durfte.

Zurzeit unterrichtet sie Englisch und Französisch in Ponce, einer Stadt an der Südküste Puerto Ricos - wilde Gegend, alles, was recht ist.

Zum Zeitpunkt des Überfalls war sie in einen Autounfall verwickelt, bei dem sie verletzt und ins Krankenhaus eingeliefert wurde. Deshalb konnte sie erst nach ihrer Entlassung Antigua anfliegen.

Als sie wieder nach Puerto Rico zurückgekehrt war, rief sie irgendwann Laura an, die sie als gute Freundin ihrer Eltern vom Namen her kannte, aber noch nie persönlich getroffen hatte. Warum gerade Laura, weiß auch sie nicht. Manchmal taugen Außenstehende aufgrund ihrer Unvoreingenommenheit ja für derlei Gespräche am besten. Spielt keine Rolle. Was sie Laura bei diesem Anruf mitteilte, klang zunächst zu banal, um sonderlich ernst genommen zu werden: Debbie war nämlich aufgefallen, dass ein Objekt, von dessen Anwesenheit an Bord der Southern Seas sie definitiv zu wissen glaubte, dort nicht mehr vorhanden war, aber auch nicht auf John-boys Liste auftauchte."

„Und zwar…?"

„Eine zerbeulte alte englische Keksdose einer landesweit berühmtem Short-Bread Marke."

47

„Wow! Da ist bei den Briten aber Schluss mit Lustig. Vier brutal ermordete Menschen, na ja, Schwamm drüber und einen teuren Schampus drauf. Aber sich als Gangster nicht zu schade zu sein, auch noch die Keksdose mitgehen zu lassen, ist so was von stillos, da bleibt einem das Short Bread im Halse stecken. Was ist das eigentlich?"

„Eine trockene, krümelige Kekssorte, gewohnheitsbedürftig wie fast alles, was Briten so essen. So, wie Sie gerade oder ähnlich hätte wohl auch Laura reagiert, wenn Debbie ihr nicht im gleichen Atemzug mitgeteilt hätte, was sich tatsächlich in der Dose befand."

„Kein staubtrockener Keks, sondern steinharte Marsh Mallows?"

„Heiß, aber kein Treffer. Nein, die Keksdose enthielt die Asche ihrer Großeltern."

„Fcht jertr? Die Richardsons waren mit den zu Ache zerfallenen Überresten ihrer Eltern beziehungsweise Schwiegereltern unterwegs? Krass. Dachten die, das bisschen Asche fällt im allgemeinen Gekrümel sowieso nicht auf? Die Briten galten ja immer schon als leicht skurril, aber die Asche seiner Erzeuger in einer Keksdose an Bord mitzuführen, das hat schon was von krankem Gothic."

„Zugegeben. Aber wenn man mal das Pietätserfordernis kurz ausblendet und nüchtern darüber nachdenkt, gar keine so abwegige Idee. Wie oft würde ein herkömmliches Doppelgrab auf Guernsey von einem oder einer der mobilen Richardsons besucht werden? Eben. Da sind Opa und Oma in der Bordbüchse besser aufgehoben. Auf einer oft über alle Achsen rotierenden Segelyacht würde es eine konventionelle Urne nicht lange machen. Würde sich vielmehr beim Herunterfallen öffnen und due ganze Asche in die Bilge entlassen."

„Ja, danke, ich seh´s direkt vor mir. Dann hat John-boy die Keksdose vielleicht an sich genommen und nicht in der Liste erwähnt, weil sie sich dort für Außenstehende merkwürdig bis lächerlich ausmachen würde? Titelseite: Wer hat diese Keksdose gesehen?"

„Das dachte Debbie zunächst auch. Doch als sie ihren Cousin anrief und befragte, sagte dieser angeblich, er habe die Dose an Bord nicht vorgefunden und nur vergessen, sie auf die Liste zu setzen."

„Klingt immer seltsamer. Was hätten die Täter mit der Asche vorgehabt? Sie sich im Redonda Ritz wie eine Ladung Koks Linie für Linie reinziehen und dann mit ausgebreiteten Armen von der Klippe springen?"

„Möglich. Ich argwöhne hingegen, dass die Asche von sentimentalem Wert sich nur in der Dose befand, um deren eigentlichen, materiell wertvolleren zweiten Inhalt zu kaschieren."

„Lassen Sie mich dieses Rätsel auflösen, Sherlock: kleines Volumen bei geringem Gewicht und hohem Wert. Könnte es sein, dass wir über Diamanten sprechen?"

„Na also, geht doch. Roh oder geschliffen, registriert oder blutig, auf jeden Fall glitzernd - Diamanten, ja, genau."

„Sekunde mal, Papillon. Mich überkommt da ein schrecklicher Verdacht. Sind Sie vielleicht drei Tage lang wie ein Gecko über die Insel gekrochen, nicht etwa, weil sie irgendwelche Spuren zu finden hofften, sondern weil Sie hinter den Diamantensuche her waren?"

„Ich bekenne mich schuldig im Sinne der Anklage."

„Aber warum hätten die Täter diese Steinchen hier deponieren sollen. Vipernnest hin oder her. Niemand verfolgte sie, also hätten sie sie ja auch einfach mitnehmen können."

„Gut, vielleicht können wir uns darauf einigen, dass meine von Piraten-Klischees unterwanderte Fantasie an dieser Stelle mit mir durchgegangen ist: Freibeuter, Schatzkisten, einsame Inseln mit tiefen Höhlen und höllischen Nixen, die sie bewachen.

Davon abgesehen, sind Rohdiamanten jedenfalls von Laien in diesem Geschäft nicht so leicht zu Geld zu machen, wie manche glauben. So gesehen, erscheint es durchaus sinnvoll, die Steine erst mal an einem sicheren Ort zwischenzulagern, bis man einen geeigneten Abnehmer gefunden hat. Aber unsere beruflich bedingte Neugier müsste eigentlich sowieso viel früher ansetzen. Wieso, frage ich mich, segeln die ja offenbar gut betuchten

Richardsons mit Diamanten an Bord durch die Weltgeschichte?"
„Eine eiserne Reserve, falls mal alle anderen Stricke reißen?
Diamanten sind ein universales Zahlungsmittel, nehmen wenig Raum ein und widerstehen der ätzenden Seeluft. Vielleicht waren die Richardsons in Wahrheit auch längst nicht oder nicht mehr so wohlhabend, wie allgemein angenommen, sondern auf den gehobenen Obdachlosenstatus von Liveaboards gesunken?",

„Oder jemand hatte ihnen die Diamanten untergejubelt und sie hatten keine Ahnung, mit welch gefährlicher Ladung sie da unterwegs waren? Ich meine, die werden ja die Keksdose nicht jeden Tag geöffnet und nachgesehen haben, ob Mutti und Papi noch beisammen sind. Und je weniger sie wussten, desto unverdächtiger werden sie in den Marinas und Häfen auf dem Zoll gewirkt haben."

„Für wen wären die Diamanten in einem solchen Fall dann aber bestimmt gewesen?"

„Nun, ich nehme an, es handelte sich um das den Mördern vom Auftraggeber in Aussicht gestellte Entgelt. Wie Sie schon sagten: universales Zahlungsmittel, schwer zurückzuverfolgen, ideal für solche Zwecke.

Der oder die Auftraggeber hatten den Killern das Versteck genannt, so dass diese allein schon um der Diamanten willen die Southern Seas erforderlichenfalls auch bis ans Ende der Welt verfolgt hätten, wenn sie etwa nicht vor Redonda Halt gemacht hätte."

„Gut, alles nachvollziehbar. Aber das erklärt noch immer nicht, was meine Wenigkeit zur Klärung des Falles beitragen kann oder soll. Sie scheinen die Dinge auf Ebene der hypothetischen Konstruktion auch ohne mich voll im Griff zu haben."

Fischler lächelte.

„Das würde ich so nicht unbedingt behaupten wollen. Ich tappe doch ziemlich im Dunkeln. Nun, wie auch immer. Laura kam der Anruf Debbies spanisch vor und da sie mit Robert und Barbara Richardson eine durchaus enge Freundschaft verband, bat sie mich, diskrete Ermittlungen in alle Richtungen anzustellen, um den schlimmen Verdacht der Anstiftung durch John-boy oder

50

Debbie entweder zu erhärten oder zu entkräften. Und da Lauras Bitten für mich Befehlskraft besitzen…."

„Verstehe. Aber das erklärt zunächst nur Ihre eigene Anteilnahme. Mal ganz nebenbei: wie groß ist eigentlich die theoretische Erbmasse? Von wie vielen potenziellen Millionen sprechen wir hier?""

„Henry Richardson hatte offenbar etwas geschickter mit seinem Teil des von beiden geerbten Vermögens spekuliert als sein Bruder Robert. Die mobile Erbmasse, die John-boy in den Schoß fallen würde, ist daher umfangreicher als diejenige Debbies. Aber regelrecht darben müssen wird auch sie nicht. Das eigentliche Kernvermögen steckt ja in den Liegenschaften auf Guernsey, vor allem natürlich im Tudor Manor.

Inwieweit diese bereits durch Hypotheken belastet sind, ist mir allerdings nicht bekannt. Die Immobilien würden John-boy und Debbie jedenfalls sehr wahrscheinlich zu gleichen Teilen gehören. Ich gehe davon aus, dass es daher früher oder später zu einer Veräußerung kommen wird. Alles steht aber noch unter dem Vorbehalt eines Placets von Scotland Yard. Erst wenn der die Akte Mordsache Richardson schließt, kann die Nachlassregelung beginnen."

„Wann wird man damit rechnen dürfen beziehungsweise müssen?"

„Ich fürchte, schon bald."

„Verstehe. Ihre Ermittlungen stehen mithin unter erheblichem Zeitdruck… Mal angenommen, Debbie würde noch während dieser Karenzzeit oder auch kurz nach deren Ende erneut Opfer eines diesmal tödlichen Unfalls….?"

„Nun, ich kenne mich in der englischen gesetzlichen Erbfolge nicht so gut aus, wie etwa in unserem deutschen Erbrecht, vermute aber, dass zumindest Debbies Hälfte der Liegenschaften in die Seitenlinie fließen, sprich, John-boy zufallen würde. Jedenfalls, solange Debbie ihrerseits keine leiblichen Nachkommen zur Welt bringt."

„Was wiederum John-boy, angenommen er sei der Austraggeber, zwingen würde, rasch zu handeln und noch einmal morden zu lassen."

„So ist es. Der Vollständigkeit halber: umgekehrt würde auch ein Schuh draus."

„Und was, wenn die beiden gemeinsame Sache gemacht hätten?"

„Das würde nicht viel ändern. Wer sich als so habgierig und skrupellos erwiesen hat, die eigenen Eltern umzubringen, wird auch vor der Cousine oder dem Cousin nicht Halt machen. So oder so wird jemand Debbie und John-boy genauer auf den Zahn fühlen und herausfinden müssen, ob Debbie wirklich so naiv ist, wie sie sich gibt und was John-boy bewogen hat, die Keksdose zu unterschlagen. Wer von den beiden um deren geheimen Inhalt wusste, dürfte der Auftraggeber sein.

Das zu ergründen wird Ihnen und mir zufallen. Da ich mich auf absehbare Zeit nicht in Europa blicken lassen kann und Laura anderweitig eingespannt ist, täten Sie uns beiden einen großen Gefallen, wenn Sie sich, nennen wir es des englischen Teils der Sache Richardson annehmen würden.

Die portorikanische Seite wird Estrella übernehmen. Die Einzelheiten besprechen wir in der Agentur. Jetzt und hier suche ich zunächst einmal nur um ihr grundsätzliches Einverständnis nach."

Wieder hielt er Neumeier seine Rechte hin, in die der ex-Kollege wie gehabt mit seiner Linken einschlug.

„Einverstanden. Und was tun Sie?"

„Willkommen in der Soko Redonda. Das halten wir jetzt erst mal fest. Meine Rolle wird doppelter Natur sein. Erstens werde ich versuchen, die Spur der drei Ratten aufzunehmen, die den Richardsons an die Kehle gesprungen sind. Vieles spricht ja für die These, dass es sich um Bewohner dieser Inseln handelt. Und zweitens werde ich mich bemühen, das Ganze zu koordinieren, ohne selbst den Überblick zu verlieren."

„Gibt es übliche Verdächtige?"

„Sicher."

„Aber Sie haben keinen Zugang mehr zu irgendwelchen einschlägigen Karteien?"

52

Fischler lächelte.

„In der Karibik arbeitet man nicht mit Karteien, Georg, das werden Sie auch noch lernen. Hier geht es darum, die richtigen Leute zu kennen. Gut vernetzte Leute mit Langzeitgedächtnissen."

Er spuckte seinen alten Zahnstocher aus und schob sich einen neuen zwischen die Zähne.

„Gut, nachdem dies geregelt ist, packen wir auf mehrfachen Wunsch eines einzelnen Herrn unsere Siebensachen zusammen und brechen auf, denn in…" er blickte auf seine Uhr, „…etwas mehr als einer Stunde werden wir abgeholt."

4. DIE TOTMANNS-RUTSCHE

„Wohin gehen wir?" fragte Neumeier, während er sich bemühte, wie ein geübter Ski-Langläufer genau in Fischlers durch Staub, Grasreste und Guano gezogener Spur zu bleiben.

„Weiter nach unten, zum Einstieg in die Rutsche," rief der schwer mit Rucksack und Schlafsäcken bepackte Fischler über seine Schulter. Die Klappschemel hatten sie zurückgelassen, gaben sie doch dem Redonda Ritz erst sein wohnliches Gepräge.

„Halten Sie mir die verdammten Vögel vom Leib!"

Neumeier gab sein Bestes, aber das war leichter gesagt als getan. Entweder, die längst schon wieder aktiven Seevögel sahen im Dunst besser als Menschen oder sie waren einfach an sich wiederholende Verhältnisse wie diese gewöhnt. Jedenfalls stürzten sie sich wie gehabt mit Geschrei auf die beiden Wanderer, die ja nicht wild um sich schlagen konnten, sondern vorsichtig, Schrittchen für Schrittchen, vom Mogul Point zu den tiefen gelegenen Regionen der Insel mehr stolperten und staksten als liefen.

Vorbei an Guano-Lagerstätten, denen man die alte Abbautätigkeit zum Teil noch ansah, so, als hätten die hier ehedem beschäftigten Arbeiter nur mal eben Frühstückspause eingelegt, setzten sie sich entlang der Abbruchkante einer besonders schroffen Steilwand einen Fuß vor den anderen, ohne allzu oft nach links unten in die gähnende Tiefe zu blicken.

„Das ist Diéguez Beach, von dem ich Ihnen erzählte," rief Fischlerüber die Schulter und lachte.

„Suchen Sie gar nicht erst nach Sonnenschirmen und Liegestühlen, die werden Sie hier nicht finden. Dort unten warten nur nadelspitze Basaltklippen, die alles aufspießen, was runterfällt."

Dem alles andere als schwindelfreien Neumeier lief es abwechselnd kalt und heiß den Rücken hinunter. Jetzt, da sich der Dunst ein wenig aufzulösen schien, waren die halb von der Brandung überspülten Felsen da und dort zu sehen. Es gehörte nicht viel Fantasie dazu, sich vorzustellen, was die mit einem herabfallenden menschlichen Körper machen würden.

Die schroffe Steilwand erinnerte Neumeier an die alten Geschichten von kleinen Inseln, auf denen es zu den ungeschriebenen Gesetzen gehörte, dass die Alten und Schwachen, die zum Wohlergehen der Inselpopulation nichts mehr beitragen konnten, dafür aber die ohnehin raren Nahrungsmittel verknappten, sich alsbald von hohen Klippen ins Meer stürzten, um den Jüngeren und Leistungsfähigen nicht über Gebühr zur Last zu fallen.

Hätte Redonda je eine feste Bevölkerung besessen, wäre diese Steilwand möglicherweise zum Schauplatz solcher Selbstaufopferungs-Rituale geworden.

Schließlich stoppte Fischler an einer Stelle, die so aussah, als hätte ein Riese mutwillig mit seinem Messer eine gewaltige, sich nach unten erweiternde, leicht abflachende und bis an den Fuß der Steilwand reichende Schneise in das Basaltgestein geritzt.

Tatsächlich hatten wohl die tektonischen „Zuckungen" vergangener Jahrtausende im Verein mit der langsam, aber unaufhörlich nagenden Verwitterung des Gesteins diesen eigenartigen Felsspalt geschaffen. Der Vergleich mit den aufblasbaren Rutschen, über die Passagiere eines notgelandeten Flugzeuges ihre brennende Maschine verlassen können, mochte hinken, aber viele andere Möglichkeiten, die Insel fußläufig zu verlassen oder von See aus zu betreten, gab es auf Redonda vermutlich nicht.

„Die Totmann-Rutsche." stellte Fischler dieses Konstrukt der Natur lapidar vor

„Eine dieser ironischen Bezeichnungen, von denen ich gestern sprach. Wer sie einst prägte, weiß heute wohl niemand mehr. Sicher hat sie irgendeinen realen Bezug. Vielleicht stürzten unvorsichtige Männer hier gern mal diese rund hundert Meter in den Tod oder man ließ die in Tücher eingenähten Leichen Verunglückter oder von einer Krankheit Dahingeraffter einfach diesen Hang herunterrutschen, anstatt sie mühsam bergab zu tragen. Begraben konnte man sie auf der Insel nicht wirklich, höchstens unter eine dicke Schicht Guano schieben. Aber das verbot sich wohl schon aus Pietätsgründen."

„Und was jetzt? Sollen wir da ebenfalls runterrutschen?"
Fischler lachte.

55

„Steht Ihnen frei, es zu versuchen. Aber es gibt noch eine andere Option. Die fleißigen Rattenfänger haben da und dort Stahlhaken eingeschlagen, an denen man Tauwerk befestigen und Bergsteiger spielen kann. Hier zum Beispiel müsste sich einer befinden."

Er deckte eine dünnere Schicht Guano auf, unter der tatsächlich ein Stahlhaken von der Art zum Vorschein kam, wie Kletterer sie verwenden, um sich und andere beim Auf- und Abstieg zu sichern.

„Das Tau muss auch hier irgendwo...Ah, ich hab´s gefunden." Sprach´s und zog mit einiger Mühe ein dickes, langes, säuberlich in viele große Buchten aufgetürmtes Tau aus dem Dreck.

„Barrierefrei kommt demnächst. Hier und heute müssen wir noch mit dem hier Vorlieb nehmen. Legen Sie die beiden Augen des doppelten Palsteks um ihre Hüfte, dann haben Sie eine Art Bootsmannsstuhl unter dem Hintern. Keine Angst, der zieht sich nicht zusammen. Ich fixiere das lose Ende hier am Haken und lasse Sie Hand über Hand runter. Auf geht´s."

Neumeier war noch nicht ganz von der Genialität dieses vorgeschlagenen Verfahrens überzeugt.

„Sind Sie sicher, dass es mein Gewicht hält?"

Fischler hatte Verständnis für die Besorgnis des Kollegen, der den Abstieg ja praktisch mit nur einer Hand bewältigen musste.

„Es hat bereits mehrfach das Meinige gehalten und von dem dürfte Sie noch ein wenig entfernt sein. Ihre Tasche lassen sie besser hier oben, die fiere ich danach ab. Wenn Sie unten ankommen, rühren Sie sich nicht vom Fleck. Oder besser, treten Sie so weit zurück, wie Sie können, denn die Brandungswellen schwappen manchmal ziemlich weit und hoch herein. Möchte nicht, dass Sie vom blanken Hans erfasst und entführt erden."

Neumeier reichte Fischler die Tasche und wandte der Tiefe den Rücken zu, so dass er die Gischt dort unten nicht mehr sah, sondern nur noch gegen die Felsen schmettern hörte.

Es kostete ihn einige Überwindung, sich durch den engen Spalt zu quetschen und dann auf der steilen, schiefen, rutschigen Ebene Fuß über Fuß nach unten eher zu gleiten als zu schreiten.

56

Jedes Mal, wenn ihn danach verlangter, kurz mal wieder festen Boden unter die Füße zu bekommen, sank er entweder knöcheltief ein oder rutschte weg. Ohne die Sicherung durch das Tau, das Fischler oben Hand über Hand fierte, hätte er diesen Abstieg nie bewältigt.

Wie unendlich schwierig und schweißtreibend musste sich erst ein Aufstieg gestalten.

Dies konnte unmöglich die einzige Stelle sein, an der man auf die Insel gelangte. Doch wenn Fischler diesen Ort gewählt hatte, dann doch wohl, weil die anderen noch um einiges schwieriger zu meistern waren. Zudem handelte es sich möglicherweise um den einzigen Ort, der einen schnellen Zugang zu den höher gelegenen Regionen Redondas gewährte.

Endlich unten angekommen, überspülte ihn prompt die Gischt einer höheren, sich an den vorgelagerten losen Basaltblöcken brechenden Brandungswelle.

Von oben bis unten klatschnass, verlor Neumeier seinen Stand, geriet aus dem Gleichgewicht, taumelte ein paar Schritte zurück und kam erst kurz vor der Rutsche wieder zum Stehen. Erst jetzt konnte er sich vom Tau befreien und Fischler mit dem erhobenen Daumen das Zeichen zum Hochholen der Leine geben.

Kurz danach trafen Fischlers Gepäckstücke und Neumeiers eigene Reisetasche ein, denen Fischler selbst auch nur Minuten später folgte.

„Na, wie war´s? Glauben Sie nach dieser Klettertour immer noch, dass die Killer von hier aus auf die Southern Seas gelangt sind?"

„Eher nicht. Aber wie dann? Vielleicht wie die Ziegen? Die können doch unmöglich hier abgeseilt worden sein...."

„Oh, unterschätzen Sie Wildziegen nicht. Als Paarhufer können sie fast so gut klettern wie Gämsen. Es gibt, davon abgesehen, andere Zugänge, aber die sind erstens auch nicht viel leichter als dieser und zweitens führen sie nicht so schnell vom Ufer zum Ritz und wieder runter.

Nein, ich glaube, die Täter waren, so absurd das klingen mag, mit den Richardsons hier in Lee von Redonda verabredet und warteten im Motorboot auf der Luvseite, bis die Yacht beigedreht hatte, um die Richardsons nicht frühzeitig mit ihrem finsteren Anblick in Alarm zu versetzen. Dann bogen sie um die Nord- oder Südspitze und näherten sich im Handumdrehen der Southern Seas, die im Schwell dümpelte. Sie sehen ja selbst: anlegen kann man hier nirgends und zum Ankern bräuchte man bei diesen Wassertiefen eine sehr lange, schwere Kette, wie sie von Schiffen, nicht aber von Yachten mitgeführt wird."

„Aber warum sollten die Richardsons…"

„Jemand muss ihnen mit irgendwelchen Ammenmärchen den Mund wässrig gemacht und beispielsweise von wertvollen mineralischen Rohstoff-Vorkommen gefaselt haben - Lithium, seltene Erden, was weiß ich.

Die Richardsons witterten das Geschäft ihres Lebens wie damals die Guano-Schaufler und tappten in die tödliche Falle. So oder ähnlich könnte es sich abgespielt haben."

Neumeier nickte.

„Ja, möglich. Und was jetzt? Schwimmen?"

„Aber nein. Der nächste Bus muss jeden Augenblick eintreffen. Gleich haben Sie´s geschafft und werden vermutlich nie wieder einen Fuß…."

Wie aufs Stichwort übertönte plötzlich ein rhythmisches, sich den beiden von rechts rasch näherndes Rauschen und Stampfen die Brandung. Neumeier konnte nicht weiter zurückweichen und trat stattdessen unwillkürlich ein, zwei Schritte zur Seite wie ein vor Jahrzehnten auf dem Bahnsteig wartender Fahrgast, der den von einer Dampflock gezogenen Eilzug noch nicht sehen, die Lok aber bereits fauchen und paffen hören konnte.

Fischler blickte auf seine Uhr.

„Pünktlich wie die Maurer, meine Jungs."

Er griff nach seinem Rucksack und zog Neumeier weiter nach vorn zum schmalen Streifen Kies, der hier das Ufer abgab. Dann starrten die beiden in die sich wieder verdichtenden wabernden Wölkchen feuchten Dunstes. Wobei Fischler wenigstens den Vorteil genoss, genau zu wissen, auf was er wartete, während der ahnungslose Neumeier irgendwo zwischen Hoffen und Bangen

58

schwebte. Konnte ein Fahrzeug gleich welcher Art es überhaupt riskieren, so nahe an die Insel heranzufahren?

Erneut schwappte eine ambitioniertere Welle über Neumeiers Schuhe. Als er instinktiv zurückweichen wollte, hielt Fischler ihn fest.

„Nein, lassen Sie! Sie sind ja schon nass, was soll´s."

Im selben Augenblick schossen Bug und Vorschiff einer in voller Fahrt mit diesem Teil der Inselküste fast auf Tuchfühlung gehenden mittelgroßen Segelyacht aus den Dunstschwaden und rauschten so dicht unter Land an den beiden Wartenden vorüber, dass Neumeier sich noch eine ganze Weile später einbildete, er hätte die Nock des weit nach Lee gefierten Großbaums mit der ausgestreckten Linken berühren können, wenn er geistesgegenwärtig genug gewesen wäre.

Neumeier hatte seine augenblickliche Schockstarre noch nicht ganz überwunden, als der weiß glitzernde Rumpf der Yacht auch schon vorübergerauscht war und er nur noch kurz dem im Dunst verschwindenden Spiegelheck nachblicken konnte, wie der verspätet am Bahnhof eingetroffene und nun fassungslos den Schlusslichtern des soeben abgefahrenen Zuges hinterherstarrt.

Nur das von ihr aufgewirbelte und nun ans Ufer schwappende Kielwasser legte Zeugnis davon ab, dass Neumeier nicht etwa einer Fata Morgana auf den Leim gegangen war.

„Miguel!" rief Fischler, als sei dies die Erklärung für alles.

„Der verrückte Hund muss immer irgend so einen blöden Stunt abziehen, sonst wird er nicht glücklich," fügte er erläuternd und gleichsam entschuldigend hinzu und blickte auf seine ebenfalls klitschnassen Hosen.

Neumeier nahm an, dass mit „Miguel" der Rudergänger der Yacht gemeint war, der dieses haarsträubende Manöver durchgeführt hatte und sich bei nächster Gelegenheit Fischler gegenüber dafür zu rechtfertigen haben würde.

„Jedenfalls scheint er die Position der zackigen Klippen, von denen Sie sprachen, ziemlich gut zu kennen," rief Neumeier.

Fischler winkte ab.

„Er stammt eigentlich von Jamaika, treibt sich aber schon so lange auf Yachten zwischen den Kleinen und Großen Antillen herum, dass er inzwischen keine Seekarten mehr braucht, sondern jede Klippe beim Vornamen kennt."

Nachdem Fischler und Neumeier kopfschüttelnd eine Weile gewartet hatten, verriet das Knattern eines im Wind flatternden Vorsegels selbst einer Landratte wie Neumeier, dass die Yacht da draußen in Rufweite gewendet hatte und nun wohl beigedreht mit dem Bug im Wind „stand".

„Die Yellow Dancer II?" fragte Neumeier eher pro forma. „In der Tat. Und wie Sie gerade sahen, haben wir einen Mann für uns gewonnen, der sie wie kein zweiter zum Tanzen bringt."

„Und was passiert jetzt?"

Anstelle einer Antwort wies Fischler mit der ausgestreckten Linken die Richtung, in der er die Yacht akustisch verortete wie die Fledermaus das Inselt.

Neumeiers Augen waren für einen Mann seines Alters durchaus noch gut in Schuss, jedoch nicht hinreichend an solche Seewetterlagen gewöhnt, um im dichten Dunst die Umrisse einer Yacht auch nur schemenhaft erkennen zu können. Hatte Fischler sich Wärmebild-Pupillen oder eine Laser-Makula einsetzen lassen?

„Ich war jahrelang in den Nebeln des Ärmelkanals und des Nordatlantiks unterwegs," kommentierte Fischler, als könnte er Neumeiers Gedanken lesen.

„Da gewöhnt man sich ans Lauschen und Schnüffeln. Ja, auch die Nase auf See wichtig werden. In Luv liegende Fischkutter beispielsweise riecht man oft lange bevor man sie hört, geschweige denn sieht. Ganz erfahrene Seeleute können Ihnen sogar rein anhand des Geruchs sagen, was und wie viel der Kutter gefangen hat," fügte er lachend hinzu.

Ein anschwellendes Brummen direkt voraus kündigte das unmittelbar bevorstehende Eintreffen des von einem Außenborder angetriebenen Schlauchbootes an, das der Dancer offenbar als Dinghy diente.

„In ein paar Minuten sind wir an Deck," rief Fischler und nahm Neumeier die Tasche ab.

60

Das nun im Leerlauf tuckernde und nur noch von der Brandung vorangetriebene Dinghy tauchte plötzlich mit einem farbigen Riesen im Heck aus dem Dunst auf. Der muskulöse Riese mit seinen langen, verfilzten Dreadlocks warf Fischler eine dünne Sorgleine zu, die dieser auffing und einholte.

Der riesige „Fährmann", auf dessen bloßem Oberkörper Neumeier neidvoll die Muskeln spielen sah, winkte Fischler fing mit der Linken zu, während er mit der Rechten den Motor über den Gashebel so kontrollierte, dass das nun im Rückwärtsgang gegen die Brandung arbeitenden Schlauchboot mehr oder weniger im selben Abstand vom Ufer verharrte.

Das war auch gut so, denn eine Berührung mit den aus dem Wasser ragenden Felszacken hätten die prall aufgepumpten, feucht schwarz glänzenden Schläuche buchstäblich zerfetzt. .

„Er kann nicht bis zu uns kommen, also müssen Sie zu ihm rüber hüpfen," rief Fischler Neumeier zu.

„Nass sind Sie bereits, da macht es nichts aus, wenn Sie ganz reinspringen. Erspart Ihnen die Dusche am Abend. Halten Sie sich an der Leine fest."

Neumeier tat, wie ihm geheißen. Widerwillig zwar, aber ohne Widerspruch. Um diese Insel hinter sich zu lassen, hätte er auch auf einer Slackline tanzend die Distanz bis zum Schlauchboot zurückgelegt.

Das Wasser war kälter als Neumeier gedacht hatte und nahm überdies sehr rasch an Tiefe zu. Neumeier schnappte nach Luft und fürchtete einen Moment, Opfer eines Herzstillstandes zu werden. Doch dann fing er sich wieder und watete Schritt um Schritt weiter.

Am Dinghy angelangt, hatte Neumeier schon keinen Grund mehr unter den Füßen und paddelte mit den Beinen wie ein Schwimmanfänger, wurde aber von dem muskulösen Hünen mit dem verfilzten Haarschopf mit einer Hand am Kragen gepackt und so mühelos an Bord gehievt, als sei er eine lebensgroße Schaufensterpuppe.

Es folgte das Gepäck und schließlich stürzte auch Fischler sich in die Fluten.

Sich ans Dinghy klammernd, lehnte er die Hilfe des Hünen dankend ab, der daraufhin nicht wartete, bis Fischlers Torso in Gänze an Bord war, sondern das Dinghy langsam vom Ufer zurücksetzte, um dann vorwärts im Bogen so scharf zu wenden, dass der eben erst an Bord gekletterte Fischler um ein Haar wieder rausgefallen wäre.

„Darf ich vorstellen," wandte er sich dann an Neumeier. „Das ist Baptiste, mein Bootsmann und Stellvertreter als Skipper. Offenbar hat er es eilig, an meine Stelle zu treten. Baptiste, dies ist Georg, ein alter Freund und Kollege…"

Der klatschnasse Neumeier schüttelte die Pranke Baptistes auf seine Art und sagte artig, dass es ihn freue, seine Bekanntschaft zu machen. Was nicht einmal gelogen war, freute er sich doch, endlich mal wieder ein anderes Gesicht als das Fischlers zu sehen. Ob Baptiste ähnlich erfreut war, jemand wie Neumeier begrüßen zu dürfen, ließ sich an seinem Mienenspiel nicht ablesen.

Hätte Fischler ihm einen geflügelten Vampir in Menschengestalt präsentiert, Baptiste wäre es vermutlich ebenso gleichgültig gewesen. Solange Fischler für einen Fremden bürgte, ging das für ihn wohl in Ordnung.

Vom Bug aus warf Neumeier einen Blick zurück auf Redonda, deren Konturen im Dunst sehr schnell verschwammen und bald hinter dem Vorhang verschwanden wie eine Kulisse aus Pappmaché, die für die weiteren Akte des Dramas nicht mehr benötigt wurde.

Seit seiner Ankunft auf der Insel hatte er dem Augenblick entgegengefiebert, an dem er Redonda wieder den Rücken kehren konnte. Jetzt, da dieser Augenblick gekommen war, hatte er durchaus zwiespältige Gefühle. Er dachte an das, was Fischler eben über die Nase und das Gehör des Seemanns gesagt hatte. Jemand, der in solch unsichtigem Wetter in Lee an der Insel vorbeifuhr, würde allein vom Ammoniakgeruch und Vogelgeschrei daran erinnert werden, dass Redonda tatsächlich existierte.

Sekunden später gaben die Nebelschleier den Männern im Dinghy endlich den Blick auf die sich beigedreht in der Dünung wiegende Yellow Dancer II frei.

Eine prächtige 60-Fuß Sloop, fand auch Neumeier, der sie als Aurora II und noch im Besitz des Hamburger Polizeipräsidenten kurz im Hafen hatte liegen sehen.

Damals war sie ihm handzahm wie ein Dressurpferd erschienen. Jetzt, in freier Wildbahn und unter den Händen offensichtlich erfahrener Seeleute, zeigte sie ihr wahres Gesicht.

Der Anstrich des Rumpfes war verändert und sicher hatte Fischler auch an und unter Deck für das eine oder andere Upgrading gesorgt, obwohl die Yacht schon zu dem Zeitpunkt vor etwa einem Jahr, als sie in den Besitz Laura Försters wechselte, bereits im landläufigen Sinne voll ausgerüstet gewesen war.

Weitere zwei Minuten später standen Fischler und Neumeier an Deck der Sloop. Baptiste befestigte die Sorgleine des Dinghys an einer Heckklampe und die Yacht fiel ab, vollführte eine gekonnte Halse und rundete bald darauf die südliche Spitze der Insel, deren dunkle, massive Gestalt, so schien es, nicht so ohne weiteres von der Dancer lassen wollte.

Fischler präsentierte Neumeier in einer Art erstem raschem Durchlauf die weiteren „Tänzer", wie er die Mitglieder seiner Crew nannte.

Baptiste, der Bootsmann, war als einziger der Crew verheiratet und genoss offenbar ähnliche Autorität und Narrenfreiheit an Bord wie Fischler selbst als der eigentliche, wenn auch nicht ständig anwesende Skipper.

Miguel, den ebenfalls farbigen risikofreudigen Rudergänger, der seinen Schädel kahlgeschoren hatte, kannte Neumeier ja schon vom Hörensagen. Er war aus Kingston, Jamaica, und liebte Musik, spielte offenbar zum Leidwesen der anderen selbst ganz gern mal auf der Gitarre.

Steve, genannt Stevie, der hoch gewachsene, schlaksige und ebenfalls kahlköpfige weiße Smutje und Mädchen für alles, war auf den Bahamas zuhause gewesen, hatte diese jedoch vor Jahren, wie es hieß, hastig verlassen müssen und sich dort auch nie wieder blicken lassen. Er wusste sicher, warum nicht.

Die anderen schätzten seine Küche, merkte Fischler an, belächelten aber auch sein Narrativ vom blauen englischen Blut, das angeblich in seinen Adern floss. Eine Behauptung, der Steve unter anderem dadurch Glaubwürdigkeit zu verleihen suchte, dass er eine sehr gespreizte und häufig von falsch verwendeten Redensarten und massakrierten Fremdwörtern kontaminierte Ausdrucksweise pflegte.

Und, ja, dann war da noch der untersetzte weiße dunkelblonde Texaner, dessen Brustkorb-Konfektionsweite bereits von Ferne den ausgebildeten Kampfschwimmer und Taucher verriet. Fischler stellte ihn Neumeier als „Jack the Flipper" vor.

Neumeier stutzte.

„Doch nicht der Jack, von dessen Heldentaten Sie voll waren…?"

„Eben der. Laura und ich sind froh, jemand wie den Haifisch-Wrangler an Bord zu haben, auch wenn selten jemand schon im ersten Anlauf versteht, was er gerade von sich gibt."

„Howdy," war alles, was Jack jetzt und hier dazu zu bemerken hatte und so viel texanisches Englisch verstand auch Neumeier.

Er schüttelte die Hände aller vier mit seiner gesunden Linken. Gern hätte er sich mit dem einen oder anderen etwas länger unterhalten, begriff aber instinktiv, dass diese an der Oberfläche finsteren Gesellen nicht ohne Grund einer Art säkularen Schweigegelübdes huldigte. Wenn er sie irgendwann zum Erzählen bringen wollte, würde er zunächst ihr Vertrauen gewinnen müssen, was für ihn als ehemaligen Kripo-Beamten und Landratte doppelt schwierig und zeitraubend zu werden versprach. Außerdem kannte er Fischlers Pläne noch nicht im Einzelnen und wusste also nicht, ob sein Verbleib an Bord die Dauer einiger weniger Tage übersteigen würde.

„Folgen Sie mir nach unten, sagte der Teufel zur sündigen Seele," winkte Fischler ihm zu und ging vor.

Neumeiers Tasche unter dem Arm, stieg er freihändig den mach Steuerbord geneigten und im Seegang hüpfenden Niedergang der krängenden und stampfenden Yacht hinab in den Salon. Der wurde von einem soliden, an den „Füßen" fest ins Deck verschraubten Tisch aus edlem Tropenholz beherrscht, um den sich gepolsterte Sitzbänke gruppierten, die im Bedarfsfall auch mit wenigen Handgriffen in bequeme Liegen verwandelt werden konnten.

Nur der Durchgang zu den vorderen Kabinen, Nasszelle und Segellast blieb fei.

Unvermittelt standen sie in einer engen, mit Etagenkojen und kleinen Schapps versehenen Kabine an Backbordseite.

„Kein Vergleich mit dem Komfort des Redonda Ritz, aber man gewöhnt sich an alles - oder fast. Die untere Koje ist Ihre," erläuterte Fischler und warf Neumeiers Tasche auf die dünne Matratze der schlichten Lagerstatt.

„Bei Schieflage zur falschen Seite wie zurzeit sollten Sie dieses sogenannte Lee-Segel aufspannen, um sich nicht an der gegenüberliegenden Seite festkrallen zu müssen oder im Schlaf aus der Koje zu rollen. Das geht so…"

Er zeigte Neumeier, wie er das Fangtuch unter der Koje hervorkramen und aufspannen sollte.

„Wessen Koje ist die über mir?"

„Die gehört Baptiste. Aber keine Angst, den werden Sie hier kaum zu Gesicht bekommen. Wir teilen die Wachen für gewöhnlich so ein, dass von zwei Kabinenbewohnern meist nur jeweils der eine in seiner Koje liegt, während der andere Wache geht. Die wird stets von zwei Männern im gestaffelten Vier-Stundentakt bestritten. Will sagen, wenn beispielsweise Steve seine vier Stunden Wache antritt, verbringt er die ersten beiden Stunden etwa mit Miguel, die letzten beiden Stunden mit Baptiste zusammen. Dieser fließende Übergang hat den Vorteil der Kontinuität einer von zwei Wachgängern ist stets mit der augenblicklicher Lage vertraut und kann die Ablösung schnell einweisen. Das ist auch ein Sicherheitsaspekt. Bei Starkwindlagen oder sonstigen Problemen gilt alle Mann an Deck. Kommt aber nur sehr selten vor."

„Und Sie meinen, ich sei…"

„…in der Lage, die Dancer zusammen mit uns zu rocken? Selbstverständlich. Solange Sie an Bord sind, packen Sie mit an. Man nennt es Hand gegen Koje, was in Ihrem speziellen Fall einen etwas ominösen Klang haben mag. Aber ich denke, Sie verstehen, was gemeint ist. Die Yellow Dancer ist ja kein Musikdampfer und kennt auch keine Passagiere. Schmarotzer erst recht nicht."

„Verstehe. Ich werde mein Bestes geben, kann aber nichts versprechen. Fühle schon jetzt, wie mein Magen sich grußlos verabschiedet."

„Seekrankheit ist reine Kopfsache. Bekämpfen können Sie sie daher auch nur im Kopf. Lassen Sie sich nicht gehen und verkriechen Sie sich vor allem nicht in eine Ecke wie ein geprügelter Hund. Zeigen Sie der See nicht nur beim Kotzen die Zähne und beweisen Sie sich selbst und den Männern, dass Sie aus demselben Hartholz geschnitzt sind wie Baseballschläger. Selbst ein Admiral Nelson soll immer mal wieder seekrank geworden sein und viele Piraten der Karibik kotzten sich regelmäßig die Seele aus dem Leib, während sie ihre Opfer zur Hölle schickten. Fehlende Gliedmaßen gehörten in deren Kreisen zum guten Ton. Wer noch alle beisammen hatte, konnte nur ein kampfscheuer Feigling sein. Da liegen Sie mit ihrer fehlenden Hand mal sowas von voll im Trend. Erzählen Sie den Leuten, sie hätten dieses entbehrliche anatomische Accessoire im Kampf mit einem Tigerhai verloren und fügen Sie hinzu, dass dem Hai seitdem ein Auge fehlt. Irgend so eine Moby-Dick Story kommt immer gut."

„Danke für den Tipp, das baut mich jetzt echt auf."

Fischler lachte.

„Keine Ursache. Und sagen Sie bloß nicht, das ganze Piratengerede sei Schnee von gestern. Auf gelegentliche Scharmützel muss man sich hier noch heute einstellen. Was glauben Sie, weshalb ich eine Truppe von Halsabschneidern wie diesen zusammengestellt habe. Bei drohender Gefahr einfach mal die 110 oder die 911 durchwählen, bringt hier auf See rein gar nichts. Bevor Hilfe Sie erreichen kann, knabbern die Krebse bereits an Ihren freigelegten Innereien.

Lassen Sie sich den Fall der Richardsons zum Exempel gereichen und legen Sie Skrupel und Zimperlichkeit an der Garderobe ab. Räumen Sie Ihre paar Sachen ein. Viel Stauraum gibt´s nicht in den Kabinen. Das lehrt die kluge Beschränkung auf das abso-

66

lut Notwendige. Und dann ruhen Sie sich aus, wir reden später weiter."

Damit verließ Fischler die Kabine und verschwand weiter vorn in der Segellast, wo er leise fluchend nach irgendetwas zu suchen begann.

Neumeier schloss das Schott und öffnete seine Tasche, aus der ein winziger Gecko gekrochen kam. Wahrscheinlich das Tier, das oben im Ritz Fischlers Beinkleider inspiziert hatte.

Im ersten Moment wollte Neumeier den Gecko hinwegwischen, besann sich dann aber eines Besseren.

„Hallo," murmelte er dem Gecko zu.

„Ich werde dich John-boy nennen, einverstanden?"

Er ließ den Gecko auf seinen ausgestreckten Zeigefinger krabbeln und setzte ihn behutsam auf die Kabinenwand, an der er umgehend festsaß wie ein einer jener durchsichtigen Plastik-Saugnäpfe an Badezimmer-Kacheln.

Dann entfaltete und spannte er das Lee-Segel und legte sich auf die dünne Matratze, die zwar jeden einzelnen seiner Rückenwirbel persönlich kennenzulernen gedachte, ihm aber immer noch bequemer erschein als der nackte, feuchte Boden der steinernen Hütte vom Mogul Point.

5. RUPRECHTS KRASSE KNECHTE

„Seht mal, wer da von den Toten auferstanden ist. Wir dachten schon, sie seien während der Nacht sanft entschieden."

Fischlers launige, auf Englisch vorgetragene Begrüßung galt Georg Neumeier, der in halber Höhe auf dem Niedergang stand und seinen Kopf und Oberkörper ins Cockpit reckte. Während er nach achtern blickte, waren die Augen aller anderen nach vorn, auf ihn gerichtet.

Fischler lehnte mit beiden Armen über dem anscheinend fixierten Steuerrad wie ein die ersten Peitschenschläge erwartender renitenter Seemann und hatte Neumeiers Erscheinen daher auch als erster wahrgenommen.

Geduscht und ausgeruht erinnerte dieser Fischler seinen ex-Kollegen schon viel eher an den Hamburger KD, den er im Rahmen der Ermittlungen in der Mordsache „tätowierter Troll" kennen- und schätzen gelernt hatte. Braungebrannter war er, gelöster wirkte er, ja, durchaus, aber wäre er Neumeier hier erstmals wieder so und nicht als zotteliger Yeti auf Redonda begegnet, hätte dieser ihn fraglos nicht nur am Tattoo der gelben, von rotem Blut überquellenden Helikonienblüte auf seinem linken Oberarm wiederzuerkannt.

In der Elbmetropole aufgefallen wäre Fischler vermutlich auch in seinem jetzigen Aufzug: vom Salzwasser angefressene Bootsschuhe, an den Enden zerfranste Denim Shorts und ein verschossen-weinrotes T-Shirt, dessen kurze Ärmel sich über Muskeln spannten, die Fischler nach Neumeiers Erinnerung in Hamburg noch gar nicht besessen hatte.

Neumeier streckte seinen Torso so vorsichtig über das Süll wie Papillon seinen Kopf aus der Türklappe seiner Zelle auf der Teufelsinsel.

„Würden Sie einer meiner Tänzer werden wollen, so wäre Ninja Turtle ab sofort ihr Handle," spottete Fischler weiter und brachte damit die im geräumigen Cockpit hinter dem Steuerrad frühstückende Crew zum Grinsen.

68

Neumeier verstand. Es war Fischlers Art, seinen Männern zu bedeuten, dass dieser Fremde keine Sonderbehandlung erwartete oder verdiente. Das fand Neumeier völlig in Ordnung.

„Sie sind ein Menschentischler," sagte er auf Deutsch, weil er nicht wollte, dass die anderen es verstanden, aber auch, weil er das Wortspiel sowieso nicht hätte übersetzen können. Neumeier trat auf wackligen Beinen über das Süll und reckte sich im Cockpit zu voller Höhe. Dann sog er die salzige Brise mit einem kräftigen Atemzug tief in die Lungen und blickte um sich. Die Yellow Dancer II hatte das Tanzen vorübergehend eingestellt und schwojte stattdessen um ihren Anker, dabei sanft in der atlantischen Dünung einer weiten Bucht von einem Bug auf den anderen rollend.

An Backbord erkannte Neumeier eine Festungsruine auf der nördlichen Landzunge, die zusammen mit ihrem südlichen Widerpart die Bucht wie mit den angriffsbereit geöffneten Armen eines wehrhaften Krebses schützte.

So war die Festung einst wohl bestens platziert gewesen, um unerwünschtem Besuch den Zugang zu verwehren.

Recht voraus erstreckte sich zu Füßen eines dicht bewaldeten Höhenzuges ein schier endloser, da und dort von Palmen gesäumter Sandstrand.

An Steuerbord gruppierten sich in der Ferne kleine, wahrscheinlich überwiegend aus heimischen Hölzern gezimmerte Häuschen zu einer Ortschaft mit embryonalen Hafenanlagen.

All das entsprach schon viel mehr Neumeiers Borstellungen von der Karibik.

„Was wünschen der Herr zu frühstücken?"

Neumeier fühlte sich vom Englisch parlierenden Smutje vorgeführt, erinnerte sich aber sogleich an Fischlers Einführung vom Vortag und begriff, dass es Steve mit dieser Form der Anrede durchaus ernst war.

Als er die spöttischen Blicke der anderen auf sich gerichtet fühlte, beschloss er, dem Smutje im selben gehobenen Duktus zu antworten, ohne in ironische Übertreibung abzugleiten.

„Oh, vielen Dank, Cookie. Mein Magen würde jetzt und hier

eine Tasse heißen Tees nicht verschmähen, glaube ich."

Steve strich sich über die glänzende Platte und lächelte versonnen. Endlich jemand, der ihn verstand und seinem sprachlichen Anspruch gewachsen schien.

„Welcher Sorte gilt Ihre Präferenz: Darjeeling, grün, Rooibusch, Mate....?"

„Grüner Tee wäre ausgezeichnet, Cookie. Ich bin Ihnen wirklich sehr verbunden."

„Setzen Sie sich zu uns," rief Fischler, als Steve nach unten verschwunden war und wies auf einen freien Platz der hölzernen, von dünnem Sitzkissen notdürftig gepolsterten Cockpit-Bank.

„Wie war di erste Nacht an Bord?"

„Verging nicht gerade wie im Fluge. Allein der Gedanke, dass mich nur eine hauchdünne Schicht Glasfaser-Kohlenstoff von den Tiefen der See und ihren Bestien trennte, hielt mich lange wach."

Die Männer lachten. Miguel zupfte an seiner Gitarre herum.

„Alles Gewöhnungssache, Sie werden sehen, bald schon werden Sie süchtig nach der See wie wir alle."

„Bislang fühlt es sich, ehrlich gesagt, noch nicht so an. Wo sind wir hier eigentlich?"

Auch Neumeier bediente sich des Englischen. Alles andere wäre ihm gegenüber Fischlers Männern, die vermutlich die Sprache Goethes nicht beherrschten, unhöflich erschienen.

„Da stellen Sie die Kernfrage des besorgten Navigators. Wenn mich nicht alles täuscht, liegen wir hier auf Reede in der Prince Rupert Bay, an der Nordwestküste Dominicas."

„Prinz Rupert? Klingt germanisch. War Dominica mal eine deutsche Kolonie?"

Fischler lachte.

„Nicht, dass ich wüsste. Der gute Ruprecht, wie er bei uns heißt, kam auf ähnliche Weise hierher wie Sie, sprich, mehr durch Zufall als durch freie Willensentscheidung.

Nein, Ruprecht war ein adliger Hans Dampf in allen Gassen. Als Draufgänger aus der Pfalz unablässig auf der Walz. Wozu ihm die Wirren des europäischen Kontinents im 17. Jahrhundert

70

Vorschub leisteten. Ruprecht versuchte sich nicht nur in so gut wie allen militärischen und zivilen Disziplinen und Sparten, sondern wechselte auch seine nationalen Loyalitäten wie andere ihre sprichwörtlichen Hemden.

Und das erstaunliche daran: er reüssierte mit so gut wie allem, was er anpackte. Mal verdingte er sich als Artillerist an die Briten, mal als Schiffskommandant an die Schweden, mal diente er sich den Franzosen als Kavallerist an, kurz, er sang das Lied dessen, der am besten zahlte und er sang es gut, hatte gegen Ende seines Lebens auch bei der Gründung der berühmten Hudson Bay Company seine Finger im Spiel. Und wenn er nicht gestorben wäre, würde er wohl immer noch irgendwo in Europa oder Übersee unterwegs sein."

„Erstaunlich," pflichtete Neumeier ihm bei.

„Ich musste erst in die Karibik reisen, um von diesem deutschen, nun ja, Pfälzer Universalgenie zu erfahren. Und wem oder was verdankt er seine namentliche Verewigung ausgerechnet an dieser Stelle?"

Fischler zuckte mit den Schultern.

„Einem seiner ganz seltenen Fehltritte. Auch der anpassungsfähigste Opportunist vergisst bisweilen, sein Fähnchen rechtzeitig in den umspringenden Wind zu hängen.

Was dann zur Folge haben kann, dass ihm etwas widerfährt. was er sein Lebtag zu verhindern trachtet, nämlich sich plötzlich auf der falschen Seite eines Konflikts wiederzufinden. Ruprecht bekam daher irgendwann gleichsam seine eigene Rute zu spüren und wurde von den Briten, denen er im Übrigen lange treu gedient hatte, in die Karibik verbannt. Wohl in der Annahme, dass die Welt danach nie wieder von ihm hören würde.

Da kannten sie unseren Ruprecht schlecht. Kaum hier in Übersee angekommen, wechselte der nämlich erneut die Seiten, überschritt diesmal die Grenze zwischen legal und illegal, indem er sich in einen erfolgreichen Freibeuter verwandelte, der mit Vorliebe britische Schiffe überfiel und plünderte. Wobei ihm sowohl seine seemännische Erfahrung als auch seine militärische Ausbildung und sein angeborenes Talent zur Menschenführung zugutekamen.

Es dauerte dann auch nicht lange, bis die Briten sich ihren Fehler eingestanden und Ruprecht wieder unter ihre Fittiche nahmen. Der Name dieser Bucht dient mir insofern als Memento sowohl für die Vorteile einer geschmeidigen Anpassungsfähigkeit als auch für die Risiken eines zu stark forcierten Opportunismus´.

Neumeier lächelte.

„Wenn man Sie so über ihn reden hört, kann man sich des Eindrucks nicht erwehren, dass Ruprecht und seine Knechte Ihnen ganz schön imponieren."

Fischler nickte.

„Nun ja, warum sollte ich das leugnen. Er war ein außergewöhnlich erfolgreiches Kind seiner Zeit, die sich in dieser spezifischen Konstellation leider nicht klonen lässt. Ab und zu mal die Seiten zu wechseln und damit Grenzen zu verschieben, war nicht immer mit dem Stigma der Wankelmütigkeit oder gar des Verrats behaftet, sondern wurde als Zeichen von Intelligenz und Geschäftstüchtigkeit nicht nur geduldet, sondern regelrecht belohnt. Und keine andere der Kleinen Antillen symbolisiert das so eindrucksvoll wie gerade Dominica. Zunächst unter französischer Herrschaft zu den Inseln unter dem Wind gezählt, wurde sie unter den Briten den Inseln über dem Wind zugeschlagen. Genug der Geschichtsstunde. Trinken Sie Ihren Tee, solange er heiß ist. In zehn Minuten brechen wir auf nach Portsmouth."

Neumeier wäre fast die großkalibrige Tasse aus der Hand gefallen, die Steve ihm von unten aus der Kombüse angereicht hatte, ohne dafür den Niedergang betreten zu müssen.

„Portsmouth? Sie wollen mit mir an Bord über den Atlantik segeln?"

Fischler hatte diesen kleinen Gag absichtlich eingestreut und freute sich nun diebisch über das Entsetzen Neumeiers.

„Keine Sorge. Nicht der kaum beachtete Flecken Portsmouth im östlichen Solent, sondern der weitaus bekanntere Hafen gleichen Namens hier auf Dominica, dort drüben," beruhigte Fischler seinen erleichtert aufatmenden Gast.

„Baptistes Frau Gabriella, die er auf Dominica zurückgelassen hat, erwartet in diesen Tagen ihr...wievieltes Kind noch mal?"

72

wandte Fischler sich an den werdenden Vater.

Baptiste reckte alle fünf Finger seiner Rechten in die Höhe, ohne von seiner Portion Rührei aufzublicken.

„…ihr fünftes Kind erwartet. Nicht schlecht, Herr Specht. Wir setzen ihn in Portsmouth ab, damit er wenigstens diesmal bei der Geburt nicht durch Abwesenheit glänzt. Später holen wir ihn wieder ab, bevor er Gabriella noch ein sechstes Kind macht."

Neumeier trank den Tee in kleinen Schlückchen, teils, weil das Getränk immer noch siedend heiß war, teils, weil sein Magen weiterhin allem anderen als klarem Wasser skeptisch gegenüberstand.

„Mal was anderes: Sie schrieben und sprachen von Ihrer Agentur…" versuchte er sich an einem Themenwechsel.

Fischler nickte.

„Ob Sie´s glauben oder nicht - Sie sitzen gerade mittendrin."

Neumeiers nachwirkende Erleichterung über die Kürze der Entfernung bis zu diesem Portsmouth 2.0 wich erneut schlecht verhohlener Bekümmerung.

„Sie meinen…?"

„Genau! Eine mobile Agentur, stets in Bewegung, schwer zu orten und rund um die Uhr einsatzbereit. Für unsere Zwecke optimal, finden Sie nicht?"

Diese Einschätzung vollen Herzens zu teilen, fiel Neumeier sichtlich schwer.

Fischler bemerkte dies nicht nur, sondern er hatte damit gerechnet. Doch es focht ihn nicht an.

„Genug der Worte," rief er den anderen zu.

„Wir gehen Anker auf in fünf. Miguel übernimmt."

Während Baptiste, Miguel und Jack sich an der elektrischen Ankerwinde und den Segeln zu schaffen machten und Steve die Reste des Frühstücks abräumte, stiegen Fischler und Neumeier in den Salon hinunter und setzten sich an den blankpolierten Tisch.

„Ihre Zielperson heißt John-boy," begann Fischler die Erörterung des am Vortag skizzierten Einsatzplans in förmlichem BKA-Stil, wobei ihn das Anspringen des Motors und das Rasseln des heimkehrenden Stücks Ankerkette zwangen, seine Stimme zu heben.

„Ich sehe, Sie sind des Englischen einigermaßen mächtig. Daran sollten Sie trotzdem noch weiterarbeiten. Um als Außenstehender an jemanden wie John-boy heranzukommen, brauchen Sie allerdings mehr. Zum Beispiel die richtige Identität, ein geeignetes Narrativ und schließlich einen unwiderstehlichen Köder. Nach allem, was Laura und ich in Erfahrung bringen konnten, ist der junge Mann mittelschwer spielsüchtig. Wie steht´s mit Ihnen? Wann sind Sie zuletzt wegen eines im Ärmel versteckten Asses aus einem Spielcasino geflogen?"

Neumeier schüttelte heftig den Kopf.

„Ganz kalt. Ich kann nicht mal ordentlich Skat und wenn ich einen Satz Karten mischen soll, landet die Hälfte auf dem Boden. Mit Schach sähe das schon anders aus."

„Sie meinen, eine Dame aus Elfenbein gleitet viel geschmeidiger aus dem Ärmel als ein kartonierter König? Natürlich wird auch beim Schach von manchen um hohe Einsätze gespielt, aber so, wie´s aussieht, kann John-boy vermutlich einen Turm nicht von einem Springer unterscheiden und hält die Rochade für einen angesagten Pariser Swinger-Klub."

Er stützte seinen Kopf in beide Hände.

„Lassen Sie mich nachdenken. Im Mittelpunkt einer weiteren seiner zahlreichen Passionen stehen vintage Waffen, insbesondere antike Schusswaffen. Das sind vermutlich solche, die sich beim Abfeuern selbst zerlegen und dem Schützen um die Ohren fliegen. Wie sieht´s damit bei Ihnen aus? Schon mal mit einer Arkebuse auf Kaninchen geschossen?"

„Schon wärmer. Ich verfüge über gewisse Grundkenntnisse und glaube, dass ich mich schnell weiter in die Materie einfuchsen kann."

„Blattschuss! Dann wird die Arkebuse unser trojanisches Pferd, wenn Sie mir die böse Bildbrechung nachsehen."

„Noch etwas Tee gefällig?"

Steve hatte den kahlen Kopf aus der Kombüse gereckt. Wo sich der Rest seines Körpers gerade befand, ließ sich nur erraten.

Neumeier winkte dankend ab und reichte ihm die leere Tasse zurück. Dies keinen Augenblick zu früh, denn die Yellow Dancer hatte augenscheinlich Segel gesetzt und Kurs auf Portsmouth genommen. Das Brummen des Motors wurde vom Rauschen des nun erneut leicht krängenden Rumpfes abgelöst. Die Schieflage war nicht sehr ausgeprägt, hätte aber gereicht, um Neumeiers abgestellte Tasse vom Tisch rutschen und am Boden zerschellen zu lassen. Das hätte Steves Missfallen erregt.

„Vielen Dank, Cookie, ich bin eigentlich passionierter Kaffeetrinker, wissen Sie, möchte meinem Magen aber die volle Dröhnung vorerst noch nicht zumuten. Und Tee trinke ich sowieso nur in homöopathischen Dosen."

Steves Kopf grinste verständnisvoll und vereinigte sich in der Kombüse vermutlich wieder mit dem Rest seines Körpers.

Fischler dachte immer noch nach.

„Ich werde mich mal umhören. Laura kennt Gott und fast alle Welt. Würde mich wundern, wenn sich unter ihren Bekannten nicht auch der eine oder andere Waffennarr befände, der eine antike Steinschloss-Flinte oder eine Radschloss-Pistole sein eigen nennt und bereit wäre, sie uns quasi als Theaterutensil leihweise zur Verfügung zu stellen. Wichtig ist, dass Sie sich John-boy gegenüber nicht durch irgendeinen lapsus linguae als blutiger Laie zu erkennen geben, indem sie beispielsweise vom prall gefüllten Magazin einer Arkebuse faseln. Das hieße dann Vorhang für unsere Laienschar und käme vielleicht sogar einem schrecklichen Ende für Sie gleich, wenn Sie verstehen, was ich meine."

„Wofür halten Sie mich. Aber danke für den Motivationsschub. Ich denke, ich werde mich im Wesentlichen aufs Zuhören beschränken. Von sich eingenommene Menschen lieben stummen Zuhörer und sind bereit, ihnen mehr Grips zuzubilligen, als dies bei objektiver Betrachtung gerechtfertigt erscheint. Devise: wer mir so geduldig zuhört wie der, kann ja nur klug sein."

Fischler lachte und hielt sich mit einer Hand an der Tischplatte fest. Die Yellow Dancer hatte ihren Bug auf einen im Cockpit ertönenden Zuruf plötzlich in den Wind gedreht und sofort dramatisch an Fahrt und Kursstabilität eingebüßt.

„Wir drehen kurz bei, damit Baptiste von Bord gehen kann," erläuterte Fischer.

Im selben Moment hörte Neumeier das Röhren eines, die Yacht offenbar von Land aus ansteuernden Motorbootes, das nur Sekunden später an Backbordseite und damit in Luv der Yellow Dancer kurz deren Rumpf küsste und gleich wieder, diesmal wahrscheinlich mit Baptiste an Bord, schnell davonfuhr.

Die Yacht fiel ab und nahm ihrerseits wieder Fahrt auf. Das Tempo und die nahezu wortlose Reibungslosigkeit, mit der das Manöver über die Bühne gegangen war, legten Neumeier erneut nahe, dass hier Profis agierten, für die dergleichen an der Tagesordnung war.

„Was hatten wir gerade....?" fragte Fischler.

„Die sechs-schussige Arkebuse."

„Richtig. Wir kennen John-boy nicht. Doch darf man wohl bei Leuten seines Schlages, die Public School, Oxford oder Cambridge und Yale oder Harvard absolviert haben, einen gehörigen Schuss Arroganz voraussetzen. Ascot, Wimbledon, Greyhound-Rennen, Golf Greens, Polo, Cricket - das sind vermutlich die Fixsterne seiner Galaxie. Und, nicht zu vergessen, Spielcasinos: Baden-Baden, Monte Carlo, Las Vegas.... Damit können wir sowieso nicht mithalten. Schlüpfen Sie einfach in Ihre Paraderolle - die der Unschuld vom Lande, die zufällig in den Besitz einer antiken Waffe von beträchtlichem Wert gelangt ist wie die Jungfrau zum Wind."

„Sie meinen, zum Kind...."

„Tue ich das?"

Neumeier lachte.

„Und mein Handicap der Einarmigkeit....?

„...können wir nicht ändern und müssen daher in einen Vorteil verkehren. Ich hätte das jetzt nicht angesprochen, wenn Sie nicht selbst.... Mit etwas Geschick können wir die fehlende Hand sogar zum Dreh- und Angelpunkt Ihres Narrativs machen. Etwa so: Waffenmeister und Scharfschütze einer deutschen Elitetruppe, der bei einem Einsatz in Afghanistan seine rechte Hand einbüßt und die Armee verlässt, um sich fortan der Pflege, Reparatur und Aufarbeitung antiker Waffen zu widmen. Wie gefällt Ihnen das?"

„Ungleich besser als die Unschuld vom Lande."

„Gut. Aber das setzt umfangreiche Vorarbeiten voraus. Sie brauchen eine stimmig wirkende Vita mit allem, was dazu gehört. Gedient haben Sie tatsächlich das sorgt für einen schwachen Stallgeruch. Unsere…Korrespondenten werden Ihnen bei allem, was dazu gehört, behilflich sein."

„Korrespondenten"?

„So nennen Laura und ich vielleicht etwas großspurig die Gutmenschen, die in unserem weit gespannten internationalen Netzwerk die Maschen bilden. Kenne ich kaum, müssen sie erst recht nicht kennen, werden Sie vermutlich auch nie treffen. BBHB - die Bruderschaft der Blutigen Helikonienblüte wird Sie kontaktieren."

„Klingt wie die Freimaurer."

Fischler lachte.

„Bleiben Sie mir bloß weg mit denen. Allein schon der Begriff ist für mich immer schon eine cia gewesen."

„Eine was?"

„Contradictio in adjecto, ein in sich widersprüchlicher, paradoxer Terminus. Gerade wir Deutschen verbinden mit der Freiheit alles Mögliche außer eben Mauern. Davon abgesehen, ist mir Geheim-Tümelei gleich welcher Couleur immer schon ein Gräuel gewesen."

6. ALLES AUF DIE ZEHN

„Was darf´s denn sein, Fremder? Ti Punch, Pina Colada. Daiqui oder ein ehrliches Bier vom Fass?"

Fischler blickte von seiner Zeitung hoch und musterte den halb träge, halb erwartungsvoll auf ihn herabblickenden Kellner, der offenbar zugleich auch der Wirt des Chabin restaurant von Marigot war, seinerseits mit dem Ausdruck gelangweilten Interesses.

Das Etablissement war sicherlich irgendwann einmal von einem echten Chabin, also einem Weißen mit negroider Physiognomie, gegründet worden. Doch im Laufe mehrerer Generationen hatten sich die entsprechenden Gene offenbar nachhaltig vermendelt, so dass der bon solchen Zügen freie Wirt entweder aus Faulheit, Traditionsbewusstsein oder Koketterie an dem Namen seines Restaurants festgehalten hatte.

Im frankophonen Teil der weltweit kleinsten, durch eine Landesgrenze geteilten Insel Saint Martin / Sint Marten hätte Fischler eigentlich eine typisch gallische Bezeichnung wie etwa La cabane du chabin erwartet, die auch viel besser zum kleinen bonbonfarbenen Gebäude gepasst und weniger anmaßend geklungen hätte als das farblose „restaurant".

„Weder noch, mon ami," antwortete Fischler pointiert auf Französisch.

„Wie wär´s stattdessen mit einer Flasche Demon´s Share und einer Karaffe Wasser? Könnten Sie das arrangieren?"

Ein kurzes schiefes Grinsen huschte über das bleiche Antlitz des Pseudo-Chabins. Er steckte Notizblock und Kugelschreiber, die er wohl mehr gewohnheitsmäßig gezückt hatte, wieder in die Brusttasche seiner speckigen Weste und wischte sich die Hände an seiner fleckigen Küchenschürze ab, als hätte er soeben eine fetttropfende Gans aus dem noch heißen Ofen gezerrt.

„Ah, ich sehe, ein Connaisseur der Materie. Sehr erfreut, Monsieur. Ihr Dämon ist gerade erwacht und so gut wie unterwegs zu Ihnen. Wie wär´s mit einem kleinen Snack dazu - ein Löffelchen

Pickles, ein Schälchen Oliven aus heimischem Anbau, ein paar heute Nacht erst gefangene und soeben frittierte Sardinen? Würde das Ihren Gaumen kitzeln?"

Fischler winkte dankend ab, steckte sich einen Zahnstocher zwischen die Lippen und wandte sich wieder seiner Zeitung zu, die er vor wenigen Minuten am Kiosk nebendran erstanden hatte.

Das schon leicht vergilbte Blatt war fast eine Woche alt, enthielt aber als einzig zeitloses Element immerhin ein Kreuzworträtsel.

Fischler hatte normalerweise wenig für punktuelles Wissen ohne Sinn und Zusammenhang übrig, vertrieb sich jedoch ab und an die Wartezeiten, die er nicht vermeiden konnte, mit solchen Rätseln, wobei er die sich sprachlich oft verrenkenden Fragestellungen mehr genoss als deren vergleichsweise lapidare Beantwortung. In einer der senkrechten Kolumnen wurde nach einer „transzendenten Offenbarung" mit sechs Buchstaben gesucht. Besser hätte auch er die Apokalypse nicht definieren können.

Das Rätselgebäude half ihm, seine Gedanken zu ordnen und gleichzeitig die Gegend unauffällig zu scannen, ohne durch wiederholte Rundumblicke mit einem versetzten Liebhaber verwechselt zu werden.

Sein Handy zwang ihn, sich von der Offenbarung Johannis loszureißen.

Laura war am Apparat und erkundigte sich nach dem Stand der Ermittlungen und danach, ob die Person, mit der Fischler dank Lauras Vermittlung in Marigot verabredet war, bereits von sich hatte hören oder sehen lassen.

Fischler verneinte.

„Noch habe ich nichts von ihm gehört oder gesehen. Aber er kommt wohl noch. Und da wir gerade dabei sind…."

Fischler erläuterte ihr die von ihm vorgenommene Rollenverteilung und den damit verbundenen Schlachtplan, John-boy und Debbie Richardson betreffend.

„Wir haben Neumeier auf Antigua abgesetzt, von wo aus er den Flieger nach Gatwick nimmt. Dann sehen wir weiter. Bist du damit eiverstanden, dass Estrella diese Debbie auf Puerto Rico übernimmt?"

„Sie ist erwachsen und ihr braucht mein Einverständnis nicht. Wenngleich die Insel nicht zuletzt für Frauen ein heißes Pflaster ist. Halt´ mich auf dem Laufenden und, na ja, mazel tov."

Damit beendete sie das Gespräch auf die übliche, stark gewohnheitsbedürftig brüske Art.

Das Kurz-Angebundensein hatte seinen Grund. Beide mussten stets damit rechnen, dass ihre Handys, die sie in raschem Wechsel erneuerten, von irgendwelchen Strafverfolgungsbehörden abgehört wurden. Smalltalk war da nicht angezeigt.

Bei der Person, auf deren Eintreffen Fischler wartete, handelte es sich um einen Mann, der aus welchen Gründen und auf welchen Wegen auch immer ein Großteil der zwischen den Inseln kursierenden Informationen und Gerüchte auf sich zog wie ein Magnet feine Eisenspäne. Seine Vorhersagen, die er auf solches Material stützte, kleidete er gern in sybillinische Kurztexte, weshalb man ihn auch gern das „Orakel" nannte.

Seinen bürgerlichen Namen kannten, falls überhaupt, nur einige Wenige und jene, die ihm im Zivilleben begegneten, ahnten in der Regel nichts von seiner Nebenbeschäftigung als Orakel.

Normalerweise kommunizierte das Orakel per Telefon oder mail, seltener über Dritte, was der Wahrung seiner Anonymität ebenso förderlich war wie seine ständigen Ortswechsel.

Man munkelte, er sei eigentlich auf Puerto Rico beheimatet, hüpfe jedoch unablässig zwischen den Inseln hin und her.

Solange sich seine Informationen als zuverlässig und seine Vorhersagen als zutreffend erwiesen, schien auch niemand besonders daran interessiert, das Geheimnis seiner Identität zu lüften. Hauptsache, man konnte mit ihm in Verbindung treten. Was sich insofern schwierig gestaltete, weil er seinerseits, milde ausgedrückt, eher selten auf Kontaktaufnahmen drängte.

Wie diese austernhaft scheue Kreatur es trotz ihrer Menschenscheu fertigbrachte, ihre Nase wie der ewig rochierende Ruprecht stets im Wind zu halten, gereichte nicht nur Fischler zum Gegenstand der Bewunderung.

Gewiss hatte selbst in dieser, etwas abseits der hektischen Weltläufe liegenden Gegend die Vielfalt moderner Kommunikationsmittel längst die sprichwörtlichen Buschtrommeln abgelöst. Doch auch auf deren Klaviatur zu spielen, ohne Spuren zu hinterlassen, musste gelernt sein.

Da Fischler zur Masse jener gehörte, die keine Ahnung vom Aussehen des Orakels hatten, blieb ihm nur, sich darauf zu verlassen, dass Laura, der das Orakel offenbar einen Gefallen schuldete, dem Mann eine zutreffende Beschreibung seiner eigenen Person an die Hand gegeben hatte.

Die Zeitung, Le Monde, diente als zusätzliches Erkennungsmerkmal, war in dieser Funktion aber eher von zweifelhaftem Wert. Zwar wurde sie selbst am überwiegend frankophon orientierten Kiosk nur selten nachgefragt. Aber wie's der Teufel will, hätte es Fischler auch nicht gewundert, wenn ausgerechnet an diesem Montagmittag eine Schar französischer Kreuzfahrer in Marigot eingefallen und wie die Heuschrecken den Kiosk mitsamt aller verfügbarer Le Monde-Ausgaben abgeräumt hätte.

Fischler sah auf seine Armbanduhr. Das Orakel hätte längst eintreffen müssen. Vielleicht betrachtete es Uhren als modernes Teufelswerk und richtete sich stattdessen lieber nach den jeweiligen Konstellationen der Gestirne: „Was sagen Sie, Merkur steht im Arkturus? Ich werd´ verrückt, schon so spät?"

Der Pseudo-Chabin trug die Flasche Demon´s Share sowie zwei Gläser und eine mit Wasser und Eiswürfeln gefüllte Karaffe auf einem kleinen runden kupferfarbenen Tablett mit drei Finger hoch aufkragendem Rand heran und setzte alle gläsernen Behältnisse behutsam auf dem Tisch ab.

Fischler dankte ihm und beglich die Rechnung sofort, konnte er doch nie wissen, wie sich das Gespräch mit dem Orakel, wenn es dann endlich in Gang kam, entwickeln würde.

Die Yellow Dancer lag zusammen mit anderen Yachten in der Simpson Bay im Westen des niederländischen Teils der Insel vor Anker. Die Benutzung der Marina war durch eine, sich nur an vollen Stunden öffnende Fußgängerbrücke über die Ein- und Ausfahrt zumindest für Yachten mit hohen Aufbauten oder Masten eingeschränkt. Das vertrug sich weder mit Fischlers Klaustrophobie noch mit den Erfordernissen möglichst schneller und flexibler Ortswechsel.

Von Philipsburg war Fischler mit einem bis auf den letzten Platz besetzten Kleinstbus der Art, wie sie in Istanbul als Dolmusch verkehrten, über die „grüne" Grenze hierher nach Marigot gefahren, hatte sich auf dem Touristenmarkt noch kurz die Beine vertreten und dann auf der Terrasse des Chabin restaurant Platz genommen.

Das war jetzt geschlagene zwei Stunden her und vom Orakel war immer noch nichts zu sehen.

Ungerufen, aber Wie aufs Stichwort kam der Wirt an Fischlers Tisch zurück, gab vor, die Tischplatte abzuwischen und deponierte dabei klammheimlich einen Zettel, auf dem eine kryptische Nachricht notiert war, die einsilbig-sparsamer nicht hätte sein können:

„SS in 30".

„Ein Anruf?" fragte Fischler.

Der Wirt nickte.

„Ja, aber hat sofort wieder aufgelegt, keine Ahnung."

Fischler überlegte kurz. Was da so kryptisch daherkam, hatte im Gegensatz zum Kreuzworträtsel schon fast den Charakter eines IQ-Tests.

„In 30" sollte wohl heißen, „wir treffen uns in dreißig Minuten". So viel war klar. Aber wofür stand „SS"? Fischler ging in solchen Fällen das Alphabet durch und ließ sich daraus ergebende Wörter, sinnvolle wie sinnlose, gleich einem Tickertape vor seinem geistigen Auge vorüberrauschen.

Beim „u" wurde er fündig: sunside, sunshine, sunset - Sunset, das konnte, das musste es sein. sein.

Das Orakel hatte offensichtlich einen Ruf zu verteidigen. Seine Taktik war allerdings mindestens so alt wie der verwitterte Vogeldung auf Redonda.

Der im Verborgenen die Fäden ziehende Beobachter scheucht die Zielperson gegebenenfalls unter allerlei Vorwänden ein paarmal um den Block. So kann er leicht erkennen, ob sie mit

82

oder ohne ihr Wissen von Dritten begleitet oder beschattet wird. Gleichzeitig ist die Bereitschaft der Zielperson, sich auf derlei Spielchen einzulassen ein Gradmesser für die Ernsthaftigkeit ihres angemeldeten Interesses.

Fischler war die Sache naturgemäß wichtig genug für zumindest einen weiteren Versuch, hatte er doch zurzeit sonst nichts an der Hand, was geeignet gewesen wäre, die Ermittlungen entscheidend voranzutreiben.

Die kryptische Natur der Botschaft war noch das geringste Problem, hatte er doch St. Martin bereits zu viele Besuche abgestattet, um nicht zu wissen, was mit „Sunset" gemeint war.

Stellte sich ihm allerdings die Frage, wie er ohne fahrbaren Untersatz in dreißig Minuten ans vorgegebene Ziel gelangen sollte.

Er rief nach dem Wirt, der sich wieder ins Innere seines Knusperhäuschens zurückgezogen hatte und fragte, ob er ihm rasch eine Fahrgelegenheit vermitteln könne.

Der Wirt kratzte sich an einer Stelle hinter dem linken Ohr, offenbar seiner Denkzentrale.

„Wohin wollen Sie denn?"

Auf einer kleinen Insel wie St. Martin, die im Laufe einer knappen Stunde locker einmal zu umfahren war, eigentlich eine überflüssige Frage, die von einer gewissen intellektuellen Verzwergung zeugte, fand Fischler.

Er nannte dem Wirt trotzdem sein nur wenige Kilometer von Marigot auf niederländischem Boden gelegenes Ziel.

„Ich könnte Sie natürlich mit meinem Wagen fahren," dachte der Mann langsam laut nach.

„Aber was wird dann aus meinen Gästen?"

Fischler blickte in die gähnende Leere, die sie beide auf der Terrasse umgab.

„Ich könnte mir vorstellen, dass die anderen Gäste sich widerspruchslos eine Weile gedulden werden," entgegnete er, ohne sich die Ironie im Tonfall anmerken zu lassen.

„In spätestens einer halben Stunde sind Sie wieder zurück. Ich biete Ihnen einen Hunderter."

Der Wirt hatte die Notlage Fischlers gerochen, war aber klug genug, sich mit dem Angebot zufrieden zu geben. Viel mehr würde er möglicherweise an diesem Tag sowieso nicht einnahmen. Er schlug ein und trennte sich schon mal von seiner Schürze. Wenig später waren sie im goldbraunen 2CV des Wirtes unterwegs.

Fischler musste unwillkürlich lächeln. Das kuriose Fahrzeug mit seinem so unverwechselbaren wie undefinierbaren Geruch, der echten Oldtimern anzuhaften pflegt, erinnerte ihn an seine frühen Studientage in Frankfurt / Main und an viele jener, an Akrobatik grenzenden Veranstaltungen, die ein heftig auf- und nieder schaukelnder 2 CV so zuließ.

Nach nur etwa fünfzehn Minuten unvergesslicher Fahrtzeit waren sie am Ziel, der Sunset Bar am Princess Juliana gewidmeten Flughafen.

Fischler dankte seinem Chauffeur, reichte ihm den vereinbarten Betrag, schob die noch kaum angebrochene Flasche Rum in seine Hosentasche und warf die Autotür hinter sich zu. Dann betrat er die noch ziemlich verwaiste Bar und kletterte auf einen der vielen vakanten Hocker an der dünn besetzten Theke und bestellte ausnahmsweise ein Bier - Heineken, versteht sich.

Anderenorts betrachten sich Flughäfen gern als Tore zum Landesinneren und dessen Sehenswürdigkeiten. Hier auf St. Martin war der Airport selbst mit der Zeit zur größten Touristen-Attraktion aufgestiegen.

Sein einziger, knapp 2500 Meter langer Runway, der vielleicht nur deshalb die Nummer 10 trug, weil der Farbpunkt, der sich ursprünglich zwischen der „1" und der „0" befunden hatte, mit der Zeit abgeblättert war, verlief in etwa von West-Nordwest nach Ost-Südost. Trotz seiner geringen Länge war er bis vor wenigen Jahren nicht nur von Jets relativ normaler Größe wie dem Airbus, sondern auch von „Jumbos" wie der Boeing 747 angeflogen worden.

Die Platzhirschen KLM und Air France konnten oder wollten nicht verhindern, dass bald auch amerikanische und kanadische Fluglinien auf dieselbe grüne Lichtung des Waldes zu drängen begannen, die sie eigentlich als ihren ureigenen Turf betrachtet hatten.

84

Das Konglomerat von topographischer Beschaffenheit St. Martins mit ihrer Hügelkette im Osten einerseits und der weitgehend konstanten Windrichtung Ost-Nordost andererseits war die Besonderheit geschuldet, dass der Airport nur von Westen aus angeflogen und Starts nur nach Osten erfolgen konnten.

Die sogenannte Landeschwelle, also der Punkt, bei dem die landenden Jets aufzusetzen hatten, lag so dicht am Strand, dass man sich als gerade dem Wasser entsteigender Badegast die feuchten Haare quasi von den Triebwerken eintreffender Maschinen schockföhnen lassen konnte.

Da der Runway 10 am anderen Ende dichter an die östliche Hügelkette heranreichte, als der erfahrene Flugtechniker empfohlen hätte, pflegten die Piloten startbereiter Maschinen schon während des Wartens in den Startblöcken vollen Schub zu geben, um die Maschine dann auf das Wort „Go" wie einen Formel-1 Boliden über die Piste jagen und früh genug hochziehen zu können. Ein Nervenkitzel für alle Beteiligten.

Dieses sich mehrmals am Tag wiederholende Spektakel lockte seit vielen Jahren eine ständig wachsende Gemeinde Plane-Spottern aus aller Herren Länder hierher, wo sie mit ihren fliegenden Fetischen auf Tuchfühlung gehen konnten. Ihnen gesellten sich die zumeist noch jüngeren Leute hinzu, die sich auch mal das sogenannte Fence-surfing gönnen wollten.

Wagemutige Männer und Frauen, die sich in dieser Disziplin versuchten, stellten sich, in Richtung Maschinen blickend, am Maschendrahtzaun auf, der den Runway Ten von der zwischen Flughafen und Strand verlaufenden Straße trennt.

Sobald die Triebwerke der startklaren Flugzeuge auf Touren kamen, gab es für die sich in einem Abstand von vielleicht fünfzig Metern an den Zaun festklammernden „Surfer" dann den Luftdruck-Tsunami ihres Lebens, gratis noch dazu.

Nachdem eine blutjunge Touristin bei einem solchen Surf-Versuch von den Triebwerken einer Boeing 747 regelrecht weggeblasen worden und beim Aufprall zu Tode gekommen war, hatten die Fluglinien St. Martin von der Liste ihrer Jumbo-Destinationen gestrichen.

Der Wirt der dem Zaun am nächsten gelegenen „Sunset Bar" übernahm aus freien Stücken regelmäßig die Rolle des Disponenten, indem er die Start- und Landezeiten der Flieger eines ganzen Tages wie von den Linien angekündigt handschriftlich mit einem dicken Filzstift auf einem senkrecht aufgestellten Surfboard auftrug, damit kein Spotter oder Surfer „seine" Maschine verpasste.

Fischler hatte das Surfbrett bei seiner Ankunft ignoriert, gleichzeitig aber registriert, dass sich eine kleinere Schar Schaulustiger am Zaun versammelt hatte - ein sicheres Zeichen dafür, dass ein Start oder eine Landung unmittelbar bevorstehen musste.

„Noch ein Heineken?" fragte der Wirt und tat so. als hätte Fischlers heimliches Upgrading der schalen Batavenplörre mit seinem mitgeführten Rum nicht bemerkt.

Fischler hatte die Nase voll. Er schüttelte den Kopf, warf einen Geldschein auf die feucht glänzende Theke und wollte sich gerade kurz angebunden verabschieden, als ein Airbus A 430 der KLM unter mächtigem Dröhnen seiner Triebwerke und lautem Gejohle der Schaulustigen an Strand und Zaun in gewohnt geringer Höhe einschwebte und leicht „wedelnd" mit gequältem Quietschen der qualmenden Reifen auf dem von schwarzen Striemen gezierten grauen Asphalt des Runway Ten aufsetzte.

Im selben Augenblick spürte Fischler, wie sich das falsche Ende einer offenbar kurzläufigen Schusswaffe in etwa dort in seinen Rücken bohrte, wo seine linke, laut Internisten mit einer Ziste versehene Niere saß.

Gleichzeitig begann ein kleines weißes Malteser-Hündchen schnüffelnd und jaulend um seine Mokassins zu wuseln.

„Ich wusste, Sie würden meine Nachricht dechiffrieren. Versprechen Sie, sich nicht nach mir umzudrehen, dann können wir kurz reden. Sonst war's das."

Das dünne Stimmchen hätte zwar auch ganz gut zum Malteser gepasst, gehörte aber augenscheinlich zu dessen Herrchen, das Fischler gerade seine Waffe ins Kreuz hielt.

Das Orakel hatte seinen Coup offensichtlich gut vorbereitet und im Gegensatz zu Fischler dem Surfbrett da draußen sein Augenmerk geschenkt.

86

Fischler tröstete sich mit dem Gedanken, dass das Orakel wohl nicht darauf aus war, ihn zu erschießen, sonst hätte er den Abzug in dem Moment betätigt, da der Lärmpegel seine Spitze erreicht hatte.

Wäre es dazu gekommen, hätte der stets positiv denkende Fischler sich damit trösten können, dass er wenigstens schon mal seine Nieren-Ziste losgeworden sein dürfte.

Es genügte dem Manne aber offenbar, sichergestellt zu haben, dass die Aufmerksamkeit aller für die Länge des wohl eher knapp ausfallenden Gesprächs auf die Airbus-Landung gerichtet war und niemand sich dafür interessierte, was da gleichzeitig hinter seinem oder ihrem Rücken abging. Selbst der Wirt schien zurzeit anderweitig beschäftigt.

Fischler wusste zwar nicht, was genau das Orakel mit seiner dunklen Drohung gemeint hatte, hielt es aber unter den gegebenen Umständen für angezeigt, die von ihm gewünschte verbale Zusage unverzüglich und unmissverständlich abzugeben.

Was ihm umso leichter fiel, als sich die Gestalt des Orakels von diesem offenbar unbemerkt teilweise in einem noch zur Hälfte mit dunklem Bier gefüllten Glas spiegelte, das einer der Gäste zurückgelassen und der Wirt abzuräumen vergessen haben musste.

Soweit für Fischler erkennbar, handelte es sich um eine Person von eher kleiner, schmächtiger Statur, auf deren schulterlangem Haar ein lächerliches blaues Hütchen thronte.

Die Gesichtszüge des Orakels waren für Fischler nicht zu erkennen. Doch sowohl der Haarschopf als auch der süßliche Geruch des offenbar mit einem milden Halluzinogen versetzten Tabaks, auf dem das Orakel zu kauen schien, verrieten Fischler, dass er es wohl mit einem Nachfahren der Arawak zu tun hatte.

Das war die Sammelbezeichnung für eine Reihe verschiedener Stämme südamerikanischer First Nations, die einst von den Küsten heutiger Staten wie Kolumbien, Venezuela oder Brasilien auf die Kleinen und Großen Antillen gewandert waren und sich später zum Teil mit dem Fußvolk der spanischen Konquistadoren vermischt hatten.

Wäre Fischler danach gewesen, das ihm körperlich deutlich

unterlegene Rumpelstilzchen mitsamt Waffe außer Gefecht zu setzen, hätte er das sicherlich geschafft. Doch ihm ging es um das Erlangen von Informationen, dem ein solches Gerangel im Wege gestanden hätte.

„Ich hörte, Sie suchen nach ein paar Ratten..." sagte das heisere Stimmchen.

Fischler dachte kurz nach.

„Ich bin hinter den Mördern der Richardsons her, wenn Sie das meinen. Und vielleicht können Sie die Waffe aus meinem Kreuz nehmen, das Ding schmerzt und kann immer mal versehentlich losgehen."

Das Orakel schien unbeeindruckt und lockerte den Druck kein bisschen.

„Anderslautenden Gerüchten zuwider mische ich mich nicht gern in fremder Leute Angelegenheiten ein. Wenn es nicht gerade Laura Förster gewesen wäre, die mich kontaktierte, hätte ich den Nachmittag anderswo verbracht. Nur dies: die derzeitigen Aufenthaltsorte von zwei der drei Ratten sind mir zu Ohren gekommen. Der eine hilft dann und wann bei Pusser´s auf Tortola aus, wenn er nicht gerade im Botanischen Garten nach seinem Gras sieht. Der zweite treibt auf St. Thomas sein Unwesen. Den dritten müssen Sie selbst finden. Keine Ahnung, wo der zurzeit abhängt."

„Es würde mir die Suche wesentlich erleichtern, wenn Sie vielleicht auch ein paar Namen anzubieten hätten."

Das Orakel zog die laufende Nase hoch.

„Der Mann auf Tortola wird Four-Digit Tom genannt, kurz FDT, weil ihm der Zeigefinger der rechten Hand fehlt. Der auf St. Thomas heißt in seinen Kreisen nur Black Matt Jackson, weil er mit seinem langen schwarzen Bart dem Piraten Edward Teach, genannt Blackbeard, nacheifert."

„Verstehe. Und die scheue Nummer drei?"

„Heißt Brad und wird Sponge Bob genannt, weil er säuft wie ein Schwamm. Es heißt, er sei auch der Anführer der drei."

„Danke, das ist wenigstens mal ein Beginn. Was schulden wir Ihnen für diese....?"

„Einen Scheiß. Finden Sie die Ratten und befreien Sie die Erde von ihrem Gewicht. Und nun zählen Sie stumm langsam bis zwanzig, bevor Sie sich nach mir umdrehen."

Der unangenehm punktuelle Druck in Fischlers Rücken ließ schlagartig nach und der schnüffelnde weiße Malteser trollte sich japsend von dannen.

Fischler sah keine Notwendigkeit, sich nach dem blauen Hütchen des Orakels umzusehen. Das Intermezzo hatte kaum mehr als eine Minute gedauert, ihm aber wertvolle Informationen geliefert. Mochte sich das seltsame Paar seiner Anonymität noch lange erfreuen.

Langsam schlenderte Fischler zum Strand der Simpson Bay zurück, wo das Dinghy der Yellow Dancer mit Miguel oder Steve am Steuer ihn auf sein Zeichen übersetzen würde.

Tortola und St. Thomas gehörten zu den Archipelen der englischen beziehungsweise amerikanischen Jungferninseln, die nur einen Steinwurf nördlich von St. Martin entfernt lagen. Das traf sich im Prinzip zwar gut, bedurfte aber angesichts der dortigen Verhältnisse im Bereich Law and Order behutsamen Vorgehens.

Wieder an Bord, fand er auf dem Laptop seine Bettlektüre in Gestalt eines ersten Berichts Georg Neumeiers, der in Schriftstücken wie diesem offenbar seine spröde protokollarische LKA-Prosa wiederfand. Manche Gewohnheiten starben eben langsamer als andere.

7. FLANAGANS JERUSALEM

Ich grüße Sie, KD, und verleihe zugleich der Hoffnung Ausdruck, dass bei Ihnen in der „Agentur" alles zum Besten steht.

Mir schien es dringend geboten, Ihnen jetzt, da immerhin schon eine knappe Woche seit unserem Abschied auf Antigua verstrichen ist, Ihnen einen ersten Bericht zu erstatten, obwohl es in der Sache so viel Konkretes noch gar nicht mitzuteilen gibt. Aber schließlich werde ich ja für meine Präsenz hier in London bezahlt und finde, es gibt schlimmere Einsatzorte als die britische Hauptstadt.

Der Rückflug nach London Gatwick zog sich so dahin. Wie es scheint, ist der Jetstream auch nicht mehr das, was er mal war. Gut, warum soll es dem besser gehen als uns.

Mir taten die Passagiere in der Holzklasse aufrichtig leid. So möchte man nicht reisen müssen.

In London angekommen, stieg ich im Kensington Palace ab, das einen marginal luxuriöseren Eindruck macht als das Redonda Ritz. Keine Sorge, ich konnte einen günstigen Nebensaison-Tarif aushandeln

So oder so sähe es meines Erachtens nicht gut aus, wenn ich John-boy bei dem angestrebten Treffen den Namen irgendeiner zwielichtigen Absteige in Soho als meine derzeitige Bleibe angeben müsste - noblesse oblige. Ich zähle da auf Ihr Verständnis wie auf das unserer beider Geldgeberin.

Kaum im Hotel etabliert, besorgte ich mir sofort die jüngste Ausgabe des Vintage Gun Journals (VGJ) und versenkte mich in dessen Artikel. Unglaublich, welch´ seltsame Wege die Entwicklung von Schusswaffen beschreiten musste, um die heutigen Standards zu erreichen.

Zwei oder drei solcher antiker Schießprügel scheinen mir für unsere Zwecke geeignet. Die einschlägigen Seiten habe ich Ihnen kopiert. Sie finden sie als pdf-Dateien beigefügt. Falls nicht, ruhen sie jetzt in irgendeiner Cloud.

90

Wenig später trafen die Sachbücher ein, die ich über meinen Amazon-Account bestellt hatte (Rechnung ebenfalls beigefügt).

Anfangs eine etwas zähe Lektüre, wie ich gestehen muss, aber man liest sich schnell in die bisweilen spröde Materie ein und inzwischen fühle ich mich für eine Fachsimpelei unter Experten hinreichend gewappnet. Kaliberdefinitionen, Vor- und Nachteile glatter versus gezogene Läufe, maximale Reichweiten bei welcher Austrittsgeschwindigkeit des Projektils, Präzision, Magazin- und Geschossarten, die häufigsten Pannen, kurzum, das ganze Programm.

Leider wissen wir ja nicht, wie sich das ohne Zweifel bereits recht ansehnliche Arsenal John-boys im Einzelnen zusammensetzt, sonst könnten wir zielgerichteter vorgehen und bräuchten keinen Schuss ins Dunkle abzufeuern, wie man hier zu sagen pflegt.

Teilen Sie mir Ihre Ansicht zu den sich bietenden Optionen mit und ich setze einen Text auf, der sich liest, als sei er von den Herren Horace Smith und Daniel Wesson persönlich abgefasst. Bleibt zu hoffen, dass John-boy ein regelmäßiger Leser des Journals ist, wovon ich aber eigentlich ausgehe. Was für ein Waffennarr wäre er, wenn er es nicht täte.

Eine gewisse Erschwernis meiner Aufgabe sehe ich darin, dass John-boy - ich erlaube mir, ihn im Folgenden nur noch JB zu nennen, wie den berühmten Bourbon-Whisky - ständig auf Achse zu sein scheint und dementsprechend schwer anzutreffen ist. Es gilt, den richtigen Moment abzupassen, ohne allzu intensives Interesse an einer höchstpersönlichen Kontaktaufnahme zu manifestieren, die sein Misstrauen wecken könnte.

Den von Ihnen bzw. von Jack the Flipper empfohlenen Waffenmeister habe ich auch noch nicht an seiner Londoner Adresse angetroffen. Vielleicht ist der inzwischen wieder im aktiven Dienst seiner Majestät auf den Malvinas oder Gott weiß wo. Aber ich bleibe natürlich auch diesbezüglich am Ball - nicht auf den Malvinas, sondern hier in London..

Was, wenn auf den Mann in etwa die Vita zuträfe, die Sie sich für mich aus den Rippen geschnitten haben? Ich meine, vielleicht

91

ist er genau einer jener Heckenschützen und Auftragskiller, die ich mir zum Vorbild nehmen soll. Dann könnte er glauben, ich wollte ihn zum Narren halten.

Ich hoffe, Jack hat das bedacht, als er uns diesen Mann ans Herz legte.

Vieles würde sich wahrscheinlich einfacher gestalten, wenn wir die materielle und personelle Hilfe der Metropolitan Police in Anspruch nehmen könnten. Andererseits würden gerade die Londoner vermutlich wenig Verständnis für unsere fortgesetzten Nachforschungen in einem Fall aufbringen, den sie ihrerseits für aufgeklärt zu halten scheinen.

Apropos. Wie weit sind Sie mit Ihrer Rattenjagd? Ich wache bisweilen mitten in der Nacht schweißgebadet auf und wähne mich in die alte Steinhütte zurückversetzt, umgeben von den vier angeknabberten Leichen der Richardsons.

Bei Gelegenheit werde ich einen Abstecher in den nächstgelegenen Liquor Store machen und versuchen, eine Flasche Demon´s Share zu ergattern. Der ist zwar marginal heftiger als Klosterfrau Melissengeist, aber vielleicht gelingt es mir ja trotzdem, durch die regelmäßige, wohldosierte Einnahme demnächst alptraumfrei durchzuschlafen.

Ich bitte Sie, meine Grüße an Laura, Estrella und die Crew der Dancer weiterleiten zu wollen. Alles Gute, Ihr GN.

Fischler klappte seinen Laptop zu. Neumeier war in der Tat noch nicht viel weiter als er selbst, hatte aber offenbar Blut geleckt. Die pdf-Datei mit den Waffen würde Fischler sich später ansehen.

Er blickte auf die Bord-Uhr. Noch zehn Minuten trennten ihn vom Beginn seiner Wache. Tortola war inzwischen zwar kaum mehr als dreißig Seemeilen entfernt, aber diesen Archipel der British Virgin Islands wurde nach Süden hin von einer Kette vorgelagerter kleiner bis winziger Felseninseln mit und ohne Vegetation geschützt, deren Namen zum Teil regelrecht nach Pulverdampf, Pech und Schwefel rochen und die Tage von Freibeutern wie Teach alias Blackbeard wachriefen.

92

Der leicht nach Süden gewölbte Inselbogen erstreckte sich über knapp zwanzig Seemeilen von der „dicken" Virgin Gorda im Osten über Old Jerusalem-, Round Rock-, Ginger-, Cooper-, Sail-, Dead Chest- und Norman Islands sowie Treasure Point, Pelikan- und Flanagan Islands bis St. John im Westen.

Kraft ihrer strategisch günstigen Lage bildeten die Eilande mit den sie schützend umgebenden „holzfressenden" Klippen einen ähnlichen Kordon im Kleinen für den Nord-Süd Verkehr wie die Inseln über dem Wind für west-östliche Schiffsbewegungen.

Dass Columbus die hiesigen Archipele der apokryphen heiligen Ursula widmete, hatte seinen Hauptgrund vielleicht darin, dass die „Kölnerin" Ursula von irgendwo zwischen elf und elftausend Jungfrauen in den Märtyrertod begleitet worden sein soll.

Kein Wunder also, dass deren Öllämpchen das Wappen der britischen Virgin Islands im Union Jack des Vereinigten Königreichs zieren.

Die hauptsächlichen Nutznießer des von Ursula und ihren Jungfrauen gewährleisteten Schutzes waren allerdings keine frommen Brüder, sondern ruchlose Banditen, denen die jungfräulich engen Passagen zwischen den Inseln die Gelegenheit boten, Wegezoll zu erheben oder die passierenden Schiffe gleich vollends auszurauben.

So saßen sie dann nach vollbrachter Tat auf Tortola, die Flanagans, Coopers und Normans jener Zeit, zählten ihre blutverschmierten Gold-Dublonen und angelaufenen Silberdukaten und behängten ihre trinkfesten und alles andere als jungfräulichen Weiber mit den eigentlich für die Damen spanischer, englischer oder französischer Adelshäuser vorgemerkten, sündhaft teuren Kleinodien.

Die Wandlung vom damaligen Piratennest zum heutigen Schwarzgeld-Horst nahm nur unwesentlich mehr Zeit in Anspruch als der nie ganz endende Kampf gegen die Piraten.

Die heutigen elektronischen Navigationshilfen zogen den inzwischen mautfreien Passagen ihre spitzen Granitzähne. Zwar verlief auf dem Meeresgrund bei Cooper Island die sogenannte „Straße der Wracks", die ihr „Pflaster" aber nicht etwa von Überfällen oder Havarien bezog, sondern dem Bemühen lokaler Fremdenverkehrs-Agenturen geschuldet war, tauchfreudigen Touristen eine Art unterseeischen Abenteuer-Spielplatz zu bieten.

Fischlers Satellitentelefon schlug an. Die vom Disploay ausgewiesene Nummer sagte ihm nichts. Vermutlich Laura, die erfahren wollte, was sein Gespräch mit dem Orakel erbracht hatte.

„Ah, Estrella, mein Schatz," rief er mäßig erfreut.

„Prima, von dir zu hören. Wie geht´s? Was liegt an?"

Estrellas hastige Atmung verriet, dass sie in Eile war. Das traf sich gut, denn Fischler wollte Jack da draußen am Steuer nicht länger als unbedingt notwendig auf seine Ablösung warten lassen. Pünktlichkeit war nach Fischlers Verständnis die Höflichkeit nicht nur der Könige, sondern auch die der Seeleute.

„Jetzt und hier Folgendes, alter Mann: ich habe mich erst mal erfolgreich an Debbie Richardson rangewanzt."

Sie redete wie üblich in ihrem vielsprachigen Kauderwelsch.

„Debbie unterrichtet Erwachsene in Ponce, an der portorikanischen Südküste, bringt ihnen im Auftrag und für Rechnung irgendeiner obskuren anglo-französischen Stiftung Englisch und Französisch bei. Wirkt auf den ersten Blick so, als könne sie kein Wässerchen trüben. Aber das sind ja manchmal die schlimmsten Schwestern. Sie fährt auffallend häufig in die Hauptstadt San Juan. Was genau sie dort hinzieht, habe ich noch nicht herausbekommen. Vielleicht sitzt da ihr Latin Lover vom Dienst. Oder sie geht nur Flanieren und Einkaufen, keine Ahnung, aber ich wird´s rausbekommen."

Fischler tat sich schwer, Estrellas verbaler Diarrhoe, und sei es auch nur für einen kurzen Moment, Einhalt zu gebieten.

„Wie lautet der Name dieser Stiftung?"

„Le Fil d´Ariane, vulgo LeFA."

„Der Ariadne-Faden? Seltsamer Name für eine Stiftung, die sich angeblich der Bildung verschrieben hat."

„Gar so seltsam wieder nicht, alter Falter. Die Idee dahinter ist, jedenfalls laut LeFA-Flyer die, dass man sich im Labyrinth unse-

94

rer immer undurchsichtigeren Welt mit all ihrer Komplexität auf Dauer nur mit Hilfe des Fadens der Bildung zurechtfinden kann. Ich fasse das ganze Blabla hier für dich grob zusammen…."

„Danke, verstehe. Ich geb´s an Laura weiter, soll die Erkundigungen einziehen."

„Ja, mach´ das. Ich habe mir ein winziges Apartment in Ponce gemietet, um Debbie möglichst dicht auf die Pelle zu rücken und werde sie bei Gelegenheit bitten, mich demnächst mal nach San Juan mitzunehmen."

„Gut, tu das, aber sei vorsichtig. Auf Puerto Rico wird statistisch fast jeden Tag eine Frau erschossen. Nein, nicht immer wieder dieselbe. Eine Waffe hast du?"

„Sicher. Ab sofort wird zurückgeschossen."

Fischler lächelte. Estrella spielte offensichtlich auf die dramatische Episode im Hamburger Fleet an, bei der ein gefährlicher Gangsterboss namens „Duke" vor etwas mehr als einem Jahr aufgrund von Estrellas beherzter Intervention ums Leben gekommen war.

So richtig getrauert hatte wohl niemand um den Mann und es gab, soweit Fischler wusste, im Umfeld des „Duke" keine Verwandten oder andere, ihm nahestehende Personen, die auf Rache sinnen und hinter Estrella Jahd machen konnten.

Doch weiß man´s? Vielleicht stand eines Tages plötzlich ein verwirrter junger Mann mit einem geladenen Revolver in der Hand vor Estrellas Tür und behauptete, ein Sohn des „Duke" zu sein.

„Lass´ dich nicht in jugendlichem Eifer zu irgendwas hinreißen oder in etwas hineinziehen. Die Kunst besteht darin, der Zielperson immer nahe genug zu sein und trotzdem stets genügend Abstand von ihr zu halten, um erforderlichenfalls einen geordneten Rückzug antreten zu können."

„Jawohl, Onkelchen, hab´ verstanden. Wie nahe seid ihr inzwischen dem Rattenloch gekommen?"

„Wir haben Witterung aufgenommen. Ab jetzt ist alles nur noch eine Frage der Zeit, wovon wir allerdings nur sehr wenig haben. Apropos…"

„Ja, schon klar, ich hab´s auch eilig. Muss zu Debbies Französischkurs. Nur so pro forma, versteht sich. Sie freut sich immer diebisch über meine raschen Fortschritte, die sie ihren pädagogischen Fähigkeiten zuschreibt....“

Fischler lächelte bei dem Gedanken, dass Estrellas Französisch inklusive des französischen Kreols den einschlägigen Sprachkenntnissen Debbies mit Sicherheit weit überlegen waren.

Sie beendeten das Gespräch und Fischler stiefelte an Deck, wo er Jack am Steuer ablöste und ihn mit einem Witzchen erquickte.

Aus dem Norden nahte die Gewitterfront des Tages mit Blitzezucken und Donnergrollen, das schnell anschwoll. Ehe sie sich´s versahen, hatte die Regenwand sie erreicht und eingehüllt. Tropfen so dick wie Möwenaugen prasselten auf die beiden Männer herab, die im Nu begossenen Pudeln glichen.

Die Sichtweite verringerte sich schlagartig auf fünfzig Meter und das Regenwasser floss schneller nach als sie es aus den Augen wischen konnten.

„Schalte bitte das Radargerät ein,“ rief Fischler Jack zu, der nach untern kletterte, um den auf halber Masthöhe angebrachten, rotierenden Impulsgeber und Echoempfänger zu aktivieren. Der Radarschirm unten am Kartentisch besaß einen Bruder im Cockpit, den Fischler so montiert hatte, dass sein Display auch für den jeweiligen Rudergänger gut einsehbar war.

Die einzige Gefahr ging jetzt von den Blitzen aus. Wenn eine dieser explosivartigen Entladungen den Weg der Kabel vom Masttopp bis in den Maschinenraum nahm und dabei mit der Hitze von mehreren -zigtausenden Grad alles verkohlte, waren sie an Bord der Dancer praktisch blind und taub.

Glücklicherweise liefen sie bereits mit Maschinenkraft, denn wenn auch die Anlasser-Verkabelung am allgemeinen Melt-Down teilhatte, blieben nur noch die Segel. Und die brauchten den richtigen Wind, auf den gerade in der Not erfahrungsgemäß am wenigsten Verlass war.

Doch das Gewitter zog schnell weiter ostwärts und die paar Fetzen, die Fischler und Jack am Leibe trugen, trockneten selbst im lauen Nachtwind erstaunlich rasch.

Als sich die finstere Wolkendecke verflüchtigt hatte und der matte Schein des silbernen Halbmondes wieder über die gleichmütige See huschte, schaltete Jack das Radargerät wieder aus und warf einen Blick auf das Display des Kurstrackers am Kartentisch.

„Alles paletti," meldete er dem Rudergänger nach oben.

„Können so bleiben. Fünfzehn Meilen bis zur Passage."

Fischler nickte. Er hatte die relativ breite Passage zwischen Dead Chest Point und Sail Island für die Zwecke der Durchquerung des „Keuschheitsgürtels" der Ursula ausgewählt. Wenn sie nahe genug an der „Totenkiste" vorbeischrammten, würde derselbe Kurs sie direkt in den Hafen von Road Town, Tortola, führen.

Fischler spürte eine leichte Brise auf seinen noch feuchten Wangen.

„Komm´ bitte wieder hoch," rief er Jack nach unten zu.

„Wir setzen Segel."

Vielleicht etwas verfrüht, dachte er bei sich. Aber erstens war er des monotonen Brummens der Maschine überdrüssig und zweitens würde sie das Segelsetzen wachhalten.

Wenig später glitt die Yellow Dancer erneut fast lautlos durch die von Myriaden leuchtender tropischer Himmelskörper erhellte karibische Nacht.

Steve hatte Jack abgelöst und das Steuer von Fischler übernommen. Einmal auf Kurs, richtete sich der Smutje nach den gefühlten Aufprallwinkeln von Wind und Wellen, anstatt auf die schwach beleuchtete Scheibe des Steuerkompasses zu starren.

Nach etwas mehr als zwölf Monaten hier in der Karibik hatte Fischler sich nach eigener Einschätzung voll akklimatisiert und auf dem Koordinatensystem seiner neuen und doch irgendwie gewohnten Existenz eingenordet.

Seine Beziehung zu Laura „innig" zu nennen, hätte ein schiefes Bild evoziert. Wenn Laura je mit jemandem „innig" gewesen war, dann mit ihrer Zwillingsschwester Solitaire und mit sonst niemandem.

So gesehen, fühlte Fischler sich bisweilen wie ein Putzerfisch, der vom Hai toleriert, wie ein lebender Zahnstocher in dessen halb geöffnetem Maul zwischen den Reihen scharfer, spitzer Zähne umherwuselt, aber dabei stets vor den Launen des Raubfisches auf der Hut sein muss.

Kein Grund, mit seinem Schicksal zu hadern. Er liebte diese Frau mit all ihren Eigenheiten und gab sich sozusagen mit den Krumen zufrieden, die sie bei Tisch übrigließ. Ein imaginärer Ehevertrag nach Art einer stillen Teilhaberschaft mit eingeschränktem Stimmrecht, wenn man so wollte. Wo sie sich gerade aufhielt, wussten weder er noch Estrella. Irgendwann, wenn man am wenigsten damit rechnete, würde sie wieder auftauchen und sich geben, als sei sie nie weggewesen. So war sie eben und Fischler würde sie vermutlich auch nicht viel anders haben wollen.

„Vier-Finger Tom, Black Matt Jackson und Bob der Schwamm," murmelte er vor sich hin und fragte sich, was Baron Samedi, der väterliche Ratgeber seiner weniger alltäglichen Träume, wohl dazu bemerken würde.

Seit Hamburg hatte ihn den Baron nicht mehr heimgesucht. Nicht, dass Fischler sich nach ihm sehnte, aber irgendwie war das sprechende Skelett doch zum wesentlichen Bestandteil seines an Freundschaften eher armen Lebens geworden.

„Rache," würde der Baron vermutlich sagen, „ist nicht deine Aufgabe. Zur Strecke bringen heißt für dich, nicht mehr und nicht weniger als Beweise sammeln. Vergiss´ das nie und bleibe auf Abstand. Hassgefühle pflegen, hat mal ein kluger Mann gesagt, ist wie Gift zu sich nehmen und hoffen, dass nicht man selbst, sondern das Objekt des Hasses daran stirbt. Mit anderen Worten, unsinnig irrational."

Der Baron hatte gut reden. Als Fischler kurz nach seiner Berufung in sein erstes Morddezernat eines Tages irgendwo im Pfälzer Wald vor der halb verwesten Leiche eines geschändeten kleinen Mädchens stand, hatte er sich geschworen, den Täter, sollte er seiner habhaft werden, im Freien irgendwo ein paar Meter Vorsprung zu geben, um ihn dann „auf der Flucht" erschießen zu können.

Monate später war es dann so weit gewesen. Doch nicht genug damit, dass er seinen Plan nicht ausführte, begann er im Laufe der tage- und nächtelangen Vernehmungen so etwas wie Mitleid für diese armselige Kreatur zu empfinden, die in ihrer Kindheit und Jugend selbst missbraucht worden war.

Solche Befindlichkeiten hatten sich mit der Vielzahl gelöster wie ungelöster Fälle irgendwann von selbst erledigt und waren kalter Analyse gewichen.

„Die Nächsten brauchen weder Ihr Mitleid noch Ihren Hass auf den Täter, sondern allein Ihren Verstand und Ihre berufliche Erfahrung," war sein Mentor beim LKA nie müde geworden zu betonen. Dieses Memento war zu Fischlers eigener Devise geworden.

Doch in der Karibik galten in jedweder Hinsicht andere Gesetze und wenn er heute oder morgen vor die Wahl gestellt würde, Sponge Bob festzunehmen oder ihm das Lebenslicht auszublasen, wäre er sich seiner Entscheidung nicht sicher gewesen.

Die drei „Ratten", hinter denen er her war, mochten schrullig anmutende Spitznamen tragen. Dessen ungeachtet waren sie brutale Killer, die keinerlei Mitleid mit ihren Opfern aufgebracht und insofern jetzt auch einen eher kurzen als fairen Prozess zu gewärtigen hatten.

Der Satz vom „Leben für ein Leben" mochte unchristlich anmuten, hatte aber etwas verführerisch Einleuchtendes.

8. PUSSER´S SCHWARZE KATZ

„Hallo, ich bin die Nellie. Wie kann ich helfen? Suchen Sie etwas Bestimmtes?"“

Nach einem Tag und zwei Nächten draußen auf dem Meer kam sich Fischler inmitten des wuseligen, lose auf Regale und Tische gestapelten kunterbunten Angebots von Pusser´s Outpost vor wie ein Beduine, der nach langer traumhafter Wüstenwanderung plötzlich im Basar von Damaskus aufwacht.

Die Mimik der farbigen jungen Verkäuferin, die sich ihm als Nellie vorgestellt hatte, erinnerte Fischler an das breite Lächeln der Cheshire-Katze, die sich irgendwann aus dem Gespräch mit Alice verabschiedet und dieser höflichkeitshalber ihre entblößten Zahnreihen zurücklässt. Der Anblick eines Lächelns ohne Katze kam für Fischler lediglich dem Klang des Klatschens mit einer Hand gleich.

Nirgends in der Karibik lagen Gut und Böse, Unschuld und Verruchtheit so dicht und gleichsam untrennbar beieinander wie hier auf diesen Eilanden, die Jungferninseln hießen, ihre ursprüngliche Unberührtheit jedoch schon vor langer Zeit eingebüßt hatten.

Die Yellow Dancer II hatte Road Town, die Hauptstadt Tortolas ebenso wie der British Virgin Islands insgesamt, früh am Morgen erreicht und lag nun gut vertäut in der Village Cay Marina.

Dieser Yachthafen war nur über eine von Sandbänken und Riffen gebildete natürliche Schwelle zu erreichen und daher kleineren Fahrzeugen ohne nennenswerten Tiefgang vorbehalten. Größere Pötte mussten leider draußen bleiben und wie eh und je mit der natürlichen Reede Vorlieb nehmen, die dem Ort seinen Namen eingetragen hatte.

Der in pittoreskem karibischem Lebkuchenstil gebaute und außen in den Farben des BVI-Wappens gehaltene Outpost quoll regelrecht über von Klamotten im Carib Style, mit denen man sich zu Hause wohl kaum auf die Straße trauen würde.

Souvenirs, denen man schon jetzt ihre kurze Halbwertzeit ansah und schwer einzuordnender Plunder führten übergangslos zu den unvermeidlichen Buddeln mit Rum, dessen unverwechselbares Aroma und süffiger Geschmack in erster Linie für den guten Ruf der Pusser´s Filalen verantwortlich zeichneten. Deren makelloser Leumund, war insbesondere von den Briten an alle Gestade dieses Planeten getragen worden.

Dass Nellie sich ein wenig aufdringlich zwischen Fischler und die Ware gedrängt hatte, hing wohl auch damit zusammen, dass er an diesem Tage der erste Kunde zu sein schien und nach augenblicklicher Lage der Dinge möglicherweise auch bleiben würde. Mit anderen Worten, Nellie langweilte sich zu Tode und war froh, mit diesem gutaussehenden älteren Herrn ein paar Worte wechseln zu können. Fischler war nicht das, was man einen High Roller nennen würde, aber auch keiner der unsäglichen Kretins, die dann und auf ungeschlachten vielstöckigen Kreuzfahrtschiffen an diese Gestade gespült wurden, alle Waren erst einmal in die Finger nahmen, um sie dann wieder in die Auslage zurückzuwerfen.

Im Bewusstsein um die auf Heinrich VIII. zurückdatierende Tradition dieser Institution namens Pusser´s ebenso wie, um sich von den amerikanisierten Nachbarn abzugrenzen, fühlte Nellie sich offenbar verpflichtet, ihrem Englisch das zu verleihen, was sie für einen original britischen Akzent zu halten beliebte. Ob dieser Verschnitt auch für die Ohren „echter" Briten überzeugend genug klang, blieb dahingestellt.

Den seltsam anmutenden Namen Pusser´s verdankte das Unternehmen einer Verballhornung der Bezeichnung des von Heinrich VIII neu geschaffenen Amtes des Pursers, sprich, des Zahloder Proviantmeisters.

Das war linguistisch betrachtet fast unvermeidlich, denn ein auf weitere Konsonanten prallendes „r" blieb in britisch „velarer" Aussprache stets stumm. Und da das einfache Volk, so es denn überhaupt schreiben konnte, damals noch das zu schreiben pflegte, was er zu hören glaubte, verschwand das stumme „r" alsbald auch aus der Orthographie und aus „Purser" wurde

101

„Pusser".

Sachlich betrachtet, avancierte der ursprünglich aus Rationalisierungs- und Kontrollgründen eingesetzte Purser in der Royal Navy, die den universalen Herrschaftsanspruch der britischen Krone zu untermauern hatte und daher sowohl enorm material- als auch personalaufwändig war, schnell zum kombinierten Proviantmeister, Zeugwart und Waffenmeister, kurzum, zum Herrn über schlechthin alles, was Mannschaft und Offizieren auf den zahlreichen Schiffen Ihrer Majestät an Kleidung, Ausrüstung, Nahrungs- und Genussmitteln zustand.

Insofern gab das Sammelsurium der Angebote aus so völlig verschiedenen Warenklassen in Outposts wie diesem von Road Town ein getreuliches Abbild dieses allumfassenden Angebots, wenn auch hier natürlich nur im Kleinformat.

Der auf den Schiffen als Grog mit Wasser kontaminierte Rum hatte seinen Vorläufer, das englische Bier, irgendwann vor allem deshalb abgelöst, weil er einfach besser schmeckte als das Ale, an Bord wie in den Blasen der Männer weniger Platz beanspruchte und dank seines nicht unbeträchtlichen Zuckeranteils länger haltbar war und aufgrund seiner wesentlich höheren „Oktanzahl" nicht so rasant zur Neige ging.

Der gewohnheitsrechtliche Anspruch der Royal Navy auf ihr Privileg des „wee dram", des Schlucks aus der Rum-Buddel, geriet Marineleitung und Politik schon bald zum Dorn im Auge. Doch wagte man sich lange nicht, Hand an den heißen Becher zu legen.

Die Zurückhaltung hatte ihre Gründe. Viele einfache Mannschaftsgrade befanden sich von vornherein unfreiwillig an Bord und wurden dort von Offizieren wie dem legendären William Bligh schlechter als Rotz am Ärmel behandelt. Gut bewaffnete Marinesoldaten, die sich ebenfalls stets an Bord befanden, hatten nicht nur die Aufgabe, etwaige Angriffe von zahlenmäßig überlegenen Eingeborenen dieser oder jener Südseeinsel auf anlandende Offiziere und Mannschaften abzuwehren, sondern sollten nicht zuletzt auch Meutereien zuvorkommen.

Die Furcht vor solchen Erhebungen war so groß, dass schon

relativ nichtige Verfehlungen wie das nicht korrekte Grüßen eines Offiziers drakonische Strafen nach sich zogen: Auspeitschen mit der neunschwänzigen Katze, Kielholen oder das Henken an die Groß-Rah gehörten zum Alltag.

Derart malträtierten Männern auch noch den Rum zu streichen, mit dessen Hilfe sie wenigstens zeitweise die Hoffnungslosigkeit ihrer Lage vergessen konnten, wäre von diesen als letzter, das Fass der Mühsal zum Überlaufen bringender Tropfen empfunden worden.

Deshalb dauerte es bis in die Neuzeit, genauer, nis in das Jahr das Jahr 1970, dass die britische Admiralität mit dem Segen des Parlaments zur Tat zu schreiten wagte.

Und wie es sich für die „Bestattung" einer lieb gewonnenen Tradition geziemt, trugen alle britischen Mannschaftsgrade an diesem „Black Tot Day", dem 31. Juli, einen schwarzen Trauerflor an ihre Uniform.

All das schoss Fischler durch den Kopf, während er geistesabwesend in die dunkelbraunen Tiefen von Nellies Augen blickte.

Als er gleichsam wieder zu sich kam, stand die Verkäuferin noch immer leise schnurrend neben ihm.

„Nein, vielen Dank, eh, Jenny…."

„Nellie," korrigierte die ihn und wies lächelnd auf das Namensschildchen an ihrer linken Brustseite, das Fischler jedoch ohne seine Brille nicht lesen konnte.

„Ah, sorry. Vielen Dank, Nellie, aber ich möchte mich eigentlich nur ein wenig umsehen, wenn ich darf."

Nellie hatte eingesehen, dass dieser Kunde keine ausgesprochene Plaudertasche war.

„Selbstverständlich. Rufen Sie einfach nach mir, wenn Sie etwas brauchen."

Mit diesem großzügigen Angebot wandte sie sich ihrer Kollegin zu, die an einem Tisch in der Mitte des Etablissements knallig bunte Halstücher auseinandernahm und dann neu faltete. So fiel nicht auf, dass sie im Grunde nichts zu tun hatte.

„Das heißt, jetzt, wo Sie mich geradezu darum bitten," rief Fischler Nellie zurück.

„Ich hatte gehofft, einen alten Bekannten hier anzutreffen, eh, einen Mann namens…Tom. Ich bin ihm noch etwas schuldig und lasse so etwas nicht gern auf mir sitzen. Ein Vögelchen flüsterte mir zu, dass er gelegentlich hier aushilft. Sagt Ihnen das was, Jenny, ich meine Nellie?"

Die Verkäuferin überlegte nicht lange, sondern zuckte nur mit den Schultern.

„Na ja, Tom heißen hier viele - Männer, Hunde, Katzen, sogar manche Leguane…."

Fischler lachte.

„Ja, kann ich mir vorstellen. Mein Tom ist ein Mann, leicht daran zu erkennen, dass ihm ein Finger an der rechten Hand fehlt, weswegen man ihn auch Vier-Finger Tom nennt. Ich gehe davon aus, dass Ihnen ein solches Detail nicht entgangen wäre."

Fischler meinte, ein leichtes Zucken um Nellies Mundwinkel bemerkt zu haben, während sich ihre Kollegin kurz aufrichtete und in Fischlers Richtung sah.

„Oh, das klingt sehr nach dem Buffalo Soldier, unserem Greenkeeper, nicht wahr, Susan?"

Ihre Kollegin nickte und wandte sich wortlos wieder den Kopftüchern zu.

Fischler rückte unauffällig etwas näher an Susan heran und meinte, die Witterung von White Musk aufzunehmen.

Im Gegensatz zu Nellie war diese Susan offensichtlich keine Nachfahrin afrikanischer Sklaven, sondern eine junge Frau mit Arawak-Genen im Blut. Das erkannte Fischler an ihrer Physiognomie ebenso wie an ihren Haaren, die sie straff nach hinten gekämmt und auf dem Hinterkopf zu einem Dutt gelochten hatte.

Nach dem Orakel bereits die zweite Person mit Arawak-Wurzeln, auf die Fischler traf. Zufall? Wahrscheinlich, wiewohl es so viele von ihnen auf den Kleinen Antillen nicht gab.

„Ja, der kommt bisweilen hier vorbei und hilft aus,"
fuhr Nellie indes fort und folgte Fischler auf dem Fuß.

„Vor allem, wenn gerade mal wieder ein Kreuzfahrtschiff da draußen vor Anker geht. Da wir quasi zu den Sehenswürdigkeiten des Archipels zählen, flattern die meisten Touristen einmal quer durch den Shop und hinterlassen verbrannte Erde. Da manche von denen uns Dunkelhäutigen gegenüber auch übergriffig werden oder vor allem Rum zu klauen versuchen, ist es ganz gut, so jemand wie den Bufffalo im Laden herumstehen zu haben."

Fischler lachte ein wenig unmotiviert.

„Buffalo Soldier…wie der von Bob Marley….?"

„Ja. So nennen sie ihn hier wegen seiner krausen Wolle auf dem Kopf. Sie lieben Bob Marley?"

Lieben wäre zu viel gesagt, dachte Fischler. Aber mit der Geschichte der sogenannten Buffalo Soldiers war er vertraut. Da die von den Nordstaaten im Bürgerkrieg nach und nach eingesetzten Schwarzen meist gelocktes Haar aufwiesen, gaben die Weißen ihnen bald diesen despektierlichen Spitznamen, der die so Bezeichneten nicht daran hinderte, sich im Bürgerkrieg durch ihre Tapferkeit auszuzeichnen. Dass so jemand wie Vier-Finger Tom diesen Namen trug, würde die echten Buffalo Soldiers veranlassen, sich im Grabe umzudrehen.

„An der rechten Hand trägt er einen schwarzen Handschuh, wie die Black Panther in den Sechzigern."

Fischler verstand. Auf diese Weise verbarg Tom sein kleines Handicap unter dem Deckmantel eines politischen Statements, über dessen Zeitgemäßheit man streiten konnte.

„Wissen Sie, wo Tom abhängt, wenn er gerade mal nicht bei Ihnen den Rausschmeißer spielt? Auf dem Golfplatz vielleicht?"

Nellie und Susan lachten.

„Um sein Handicap zu verbessern? Da hätte er eine echte Aufgabe zu bewältigen, fürchte ich. Ah, ich verstehe, Sie meinen wegen des…"

„Genau, Sie nannten ihn doch eben den Greenkeeper, richtig?"

„Ja, ich meine, nein. Den zweiten Spitznamen bekam er, weil er oft durch den botanischen Garten streift wie der Puma durch den Dschungel. Was er dort sucht, keine Ahnung. Hat vielleicht irgendwann den fehlenden Finger durch einen grünen Daumen ersetzt."

Sie lachte schallend über ihren eigenen Scherz.

„Eine heimliche Liebe zu unserer einmaligen heimischen Flora, darunter nicht zuletzt das ganzjährig blühende Cannabis.".

Erneut dieses Lachen.

Fischler dankte ihr nochmals, blickte freundlich um sich, wie um dem ganzen Sortiment Lebewohl zu sagen und verließ den Outpost.

Draußen schlug ihm die feuchte karibische Schwüle entgegen, die ihn die zu verdrängen ihm die Klimaanlage des Ladens vorübergehend geholfen hatte.

Die ungewöhnlich tief fliegenden, lästig summenden und brummenden Insekten kündigten das nächste Gewitter an.

So leer der Outpost, so verlassen die gesamte Ortschaft mit ihrer schmalen, schlecht asphaltierten Hauptstraße. Da und dort lag ein Hund mehr tot als lebendig im Schatten und hechelte sich die Zunge aus det halb geöffneten Schnauze.

Die in Reih´ und Glied stehenden unscheinbaren kleinen Lädchen, die sich quasi um Pusser´s scharten, hatten ihre Türen aufgestellt - wohl mehr, um vom kühlenden Durchzug zu profitieren als in der Hoffnung auf das Eintreffen zahlungskräftiger Kundschaft.

Einige repräsentative Bauten wie das zentrale Regierungsgebäude oder das in ein Hotel verwandelte ehemalige Fort Burt verliehen dem ansonsten ziemlich bescheidenen Städtchen einen Anflug von Geschichtsträchtigkeit, der es aus dem Rest der Ansiedlungen auf den britischen Jungferninseln herausragen ließ.

Fort Burt war ursprünglich eine von vier oder fünf solchen Befestigungsanlagen, die einen Verteidigungsring gegen Piraten und amerikanische „Rebellen" um die Insel zogen und ihrer abschreckenden Rolle anscheinend gerecht geworden waren, ohne je einen gezielten Schuss abfeuern zu müssen.

Fischler hielt wenig von Experten, denen zufolge Zeugen oder Tatverdächtige sich dann, wenn sie nicht die Wahrheit sagten, durch schwer oder gar nicht kontrollierbare Mimik oder Gestik verrieten.

Dafür sprachen weder seine eigene berufliche Erfahrung noch irgendwelche ernst zu nehmende wissenschaftlichen Abhandlungen beispielsweise der Verhaltensforscher.

Manche Leute erröten nun mal auch ohne besonderen Grund schneller als andere oder senken gelegentlich den Blick, kauen an den Nägeln, heben und senken die Schultern - zuverlässig folgern ließ sich daraus wenig, beweisen schon gar nicht. . Was nicht hieß, dass manche Reaktionen auf Stich- oder Reizworte nicht manchmal doch verräterisch sein konnten.

So schien Fischler, als habe Susan, die Arawak-Kollegin Nellies, auf die Erwähnung des Namens Tom heftiger reagiert als es die alltägliche Situation rechtfertigte. Vielleicht stand sie diesem Mann näher als sie zu erkennen geben wollte.

Fischler griff nach seinem Handy. An Bord meldete sich Steve, der gerade das Mittagessen in Angriff genommen hatte.

„Was gibt´s denn Gutes? Lammkoteletts mit Süßkartoffelstampf? Klingt ausgezeichnet. Hör zu, Cookie: wir müssen eine Person beschatten. Genauer, eine von zwei Verkäuferinnen bei Pusser´s Outpost.

Eine Susan oder eine Nellie. Beide Zielpersonen dunkelhäutig, um die Mitte zwanzig, eher klein, zierliche Figuren. Nellies Haare sind zu Corns geflochten, Susan trägt die Haare glatt nach hinten mit einem Dutt. Mich kennen sie jetzt. Wer ist gerade in der Nähe? Jack? Gut. Sag´ ihm, ich warte im Ort auf ihn, dort bei Pusser´s. Und er soll sein Schießeisen umschnallen, es könnte Ärger geben im OK Corral."

Steve versprach, die Nachricht unverzüglich an Jack weiterzuleiten.

Fischler setzte sich in den Schatten einer Palme, nachdem er sich vergewissert hatte, dass die keine Kokosnüsse unter ihrem Palmenröckchen trug. Kokosnüsse waren der Killer Nummer eins in der Karibik, noch vor den Haien oder Kokainjunkies.

Von hier aus hatte er die Vorderseite von Pusser´s mit dem Eingang im Blick. Sicher gab es auch einen Hinterausgang, durch den Susan oder Nellie unbeobachtet verschwinden konnte. Das musste er eben in Kauf nehmen.

Wenn sie Glück hatten, würde eine von beiden sie direkt zu Tom führen. Sein hiesiger Spitzname „Buffalo Soldier" hatte vielleicht einen etwas besseren Klang als „Vier-Finger Tom", aber davon durfte man sich nicht täuschen lassen. Selbst wenn er sich Ursula nennen würde, wäre er immer noch derselbe skrupellose Killer, der das Massaker an den Richardsons als Mittäter zu verantworten hatte.

Ihn an Bord der Yellow Dancer zu lotsen und auf die See zu entführen, war nach Fischlers Einschätzung Mission Impossible. Also mussten sie ihn hier zur Strecke bringen und sich danach diskret vom Acker machen.

Wichtig war, dass er ihnen den oder die Auftraggeber der Richardson-Morde von Redonda nannte, bevor er möglicherweise in die ewigen Jagdgründe einging. .

Es dauerte eine Weile, bis Jack auftauchte.

„Ich hab´ Sie auf der anderen Seite des Shops gesucht," sagte er, halb entschuldigend, halb vorwurfsvoll.

Fischler bat ihn, sich neben ihm in den Schatten zu setzen.

„Ich wollte vor allem den Eingang im Auge behalten."

Jack nickte.

„Wer ist die Zielperson? Eine Verkäuferin, sagte Steve?"

Fischler wiederholte die Angaben zu den Personen, die er Steve gegenüber bereits gemacht hatte.

„Susan oder Nellie. Ich habe das sichere Gefühl, eine von beiden ist mit Tom liiert. Eine heiße Spur, die uns hoffentlich direkt zu ihm führt."

Er wies Jack an, sich eine Stelle zu suchen, von der aus er Vorder- und eventuelle Hintertüren des Pusser´s Schuppens beobachten konnte.

„Am besten irgendwo beim Fort da oben vielleicht. Hast ausreichend Zeit, dich umzusehen. Beide werden vermutlich noch mindestens zwei Stunden im Shop Däumchen drehen und eine von beiden wird Tom anrufen. Der wird ihr sagen, was sie zu tun hat. Deshalb Vorsicht, die Personen rechnen möglicherweise mit der Verfolgung zumindest durch mich. Denk´ daran - der Mann ist ein eiskalter, brutaler Killer. Keine Alleingänge also. In welche Richtung das Pärchen auch immer geht, wir folgen ihm getrennt und auf Abstand. Ich vermute, dass er den Botanischen Garten ansteuern wird. Dort kennt er sich bestens aus und hätte Zeit und Muße, uns unbeobachtet in einen Hinterhalt zu locken und zu liquidieren. Ruf' mich an, sobald du etwas bemerkst, damit ich ihnen nicht zufällig über den Weg laufe. Falls vorläufig alles ruhig bleibt, wird Steve dich in drei Stunden ablösen, okay?"

Der einsilbige Texaner nickte und machte sich auf die Suche nach einem geeigneten Beobachtungsposten.

Botanische Garten wie der von Road Town gab es auf mehreren Jungferninseln. Dieser hier glänzte durch seine relative Größe, Struktur und Lage, schmiegte sich in einen Hang und diente daher rüstigen Wanderern auch als Einstiegsdroge in die seriöse Besteigung der sich dahinter im Halbrund erhebenden Hügelkette Tortolas.

Fischler hatte sich den Garten bei früheren, streng dienstlichen Besuchen des Archipels schon einmal angesehen und dabei vor allem die Vielfalt der Helikonien bewundert, deren „wächserne", in allen Farben des Regenbogens schillernde Blüten den Eindruck vermittelten, als handele es sich um künstliche Blumen. Eine Blüte wie diese als Tätowierung am Oberarm zu tragen, war ästhetisch vertretbar und für sich genommen nicht geeignet, Außenstehenden seine Zugehörigkeit zur Schattenarmee der Laura Förster zu offenbaren.

Wenn er sich sonst an irgendwas erinnerte, dann daran, dass man in dem botanischen Labyrinth jedenfalls dann leicht mal die Orientierung verlieren konnte, wenn man den bisweilen menschenleeren Garten Eden allein durchstreifte.

Der üppig schwitzende Fischler stand auf, um sich eine Cola oder eine Flasche Wasser zu schießen.

Bei einem nahen rustikalen Imbiss wurde er fündig und setzte sich an einen der Plastiktische.

Die Sache nahm allmählich die gewünschten Formen an. Allein Debbie schien ein verdorrender Zweig am sprießenden Setzling der Ermittlungen. Wenn man das, was sie hier taten, „Ermittlungen" nennen durfte. Sollte er Estrella zurückbeordern und anderweitig einsetzen? Puerto Rico war schließlich kein Resort und Estrellas Talente dort zurzeit augenscheinlich nicht wirklich gefragt.

Doch das wäre vielleicht verfrüht und würde Lauras Nichte unnötig das frustrierende Gefühl vermitteln, sich für die Katz dort aufgehalten zu haben. Mochte sie mit der Beschattung Debbies weitere Erfahrungen in dieser Disziplin des Handwerks sammeln. Dass sich die störrische Estrella so ohne weiteres zurückpfeifen lassen würde, stand ohnehin nicht fest.

Wieder klingelte sein Handy. Diesmal war es Jack.

„Eine Person, auf die Ihre Beschreibung dieser…Susan zu passen scheint, hat soeben den Laden verlassen. Wo sind Sie gerade?"

„In der Nähe des Eingangs zum Botanischen Garten. Ich ziehe mich etwas weiter zurück, für den Fall, dass sie meine Richtung einschlägt."

„Okay. Ich folge ihr auf Abstand. Sie scheint ostwärts zu gehen."

Ostwärts hieß, in Fischlers Richtung. Also stand er auf, verließ den Imbiss und trat nach ein paar Schritten in den Schatten eines Kiosks, dessen ausgestellten Zeitschriften und Blättern anscheinend ab sofort seine ganze Aufmerksamkeit galt.

Die Sonne stand mittlerweile senkrecht. Mittagszeit. Entweder war die Verkäuferin auf dem Weg in ein Restaurant im Marina-Bereich oder sie folgte Toms Anweisungen.

Wieder klingelte das Handy.

„Sie hat eines der kleinen Ladenhäuschen betreten. Soll ich ihr nachgehen?"

„Negativ. Bleib´ wo du bist und warte, bis sie wieder rauskommt und du sicher sein kannst, dass es sich um dieselbe Person handelt."

„Was, wenn sie heute nicht mehr auftaucht?"

„Dann haben wir eben Pech gehabt. Ist aber eher unwahrscheinlich. Irgendwann demnächst wird sie dem Outpost wieder zur Verfügung stehen müssen."

Es dauerte in der Tat nur etwa eine Viertelstunde, bis sich Jack erneut meldete.

„Die Person ist wieder in Bewegung, diesmal in Begleitung.

Dunkelhäutiger Typ mit gelocktem Kraushaar und schwarzem Handschuh rechts. Gehen zusammen in Ihre Richtung. Eigentlich müssten Sie sie schon sehen."

„Tue ich," bestätigte Fischler und drückte sich noch ein Stück weiter in den Schatten.

Bei der Frau handelte es sich in der Tat um Susan. Da sie keine genauere Personenbeschreibung Toms hatten als die, die Nellie Fischler gegeben hatte, konnten sie ihn eindeutig nur anhand des fehlenden Fingers identifizieren. Dazu mussten sie allerdings näher an den Begleiter Susans heran, als ihnen das zurzeit möglich war.

Jack folgte den beiden, so dass Fischler darauf verzichtete, sich noch einmal des Telefons zu bedienen. Stattdessen ließ er das Pärchen vorübergehen, trat dann aus seiner Deckung und winkte Jack zu sich.

„Das sind Susan und sehr wahrscheinlich auch Tom. Kein Zweifel, sie gehen in den Garten, wie ich vermutete. Schlage vor, wir nehmen sie in die Zange. Du bleibst links, ich halte mich rechts von ihnen. Ich kann mich irren, aber Tom scheint einen Revolver hinten im Gürtel unter dem sehr weiten T-Shirt zu tragen. Der Garten ist seine Spielwiese. Wir müssen dicht an ihm dranbleiben, damit er uns nicht entwischt und dennoch genügend Abstand halten, damit wir ihm nicht auf den Leim gehen. Und denk´ daran, wir brauchen ihn lebend."

Jack nickte grimmig, zog unauffällig seine Walther PPK aus der Tasche und prüfte kurz Magazin und Kammer.

„Der Kleinen darf erst recht nichts passieren."

Mehr musste er nicht sagen. Jack war ein ausgezeichneter Schütze, der nur traf, was oder wen er auch treffen wollte.

Sie warteten noch einen Moment, bis die beiden Zielpersonen einen kleinen Vorsprung hatten, der für die Zwecke einer unauffälligen und doch wirksamen Beschattung in diesem besonderen Ambiente als optimal gelten durfte. Dann durchschritten auch sie den Eingang und trennten sich sofort danach.

Die ständige Notwendigkeit der Improvisation war eine Begleiterscheinung seiner Arbeit in der Karibik, an die Fischler sich

111

nur schwer gewöhnte. Daheim, irgendwo in Deutschland, hätte er nun ein SEK angefordert, das den Garten umstellt und auf sein Kommando den Zugriff rasch und schmerzlos durchgeführt hätte.

Jetzt und hier hatte er nur Jack als Backup und musste sich auf einen jener Schusswechsel einstellen, deren Ausgang stets von allerlei Unwägbarkeiten abhing.

Das Pärchen schlenderte händchenhaltend im selben gemächlichen Tempo weiter durch den menschenleeren Garten, schäkerte allem Anschein nach wie zwei tortolas oder Turteltauben, denen das Archipel vermutlich seinen Namen verdankte.

Mit seinem verliebten Getue, sei es echt oder aufgesetzt, machte es das Pärchen seinen Verfolgern nicht unbedingt leichter, Kontakt zu halten. Andererseits hätte ein reger Publikumsverkehr im Garten die Dinge noch viel mehr kompliziert. Entweder waren Susan und Tom tatsächlich ahnungslos und weltvergessen oder sie wollten die Verfolger am Nasenring durch die Arena führen.

Fischler hatte Mühe, sich in diesem botanischen Dschungel auf die Sache zu konzentrieren. Zu übermächtig war die Versuchung, immer mal wieder bei einer Pflanze, einem Busch, einem Baum zu verharren, das süßliche oder herbe Aroma tief einzuatmen und sich am Spiel der Farben zu ergötzen.

Deckung bot ihm die Flora allenthalben. Wenn Jack und ihn selbst etwas verraten konnte, dann das aufgeregte Gezwitscher der exotischen Vögel, das den beiden Zielpersonen vermutlich mittlerweile so vertraut geworden war, dass sie nicht mehr auf Nuancen achteten.

Die aber waren wichtig. Fischler erinnerte sich eines film noir, in dem Alain Delon einen eiskalten Killer spielt, der am Verhalten seines zuhause in seiner Wohnung im Käfig gehaltenen Kanarienvogels abliest, ob er während seiner Abwesenheit ungebetene Gäste hatte oder ihm jertr gerade jemand auflauert.

Dann und wann hielten sie inne und Tom ließ seine Begleiterin an einem Joint ziehen, den er offenbar im Gehen gedreht und angezündet hatte. Was für einige Übung in diesem Metier sprach. Ihre für Fischlers Geschmack etwas zu plakativ zur Schau

112

gestellte Sorglosigkeit begann KD zu irritieren. War dieser Tom schon so abgebrüht, dass ihn die von Susan zweifellos überbrachte Nachricht, da sei ein fremder Sheriff mit seinem Steckbrief in der Tasche angekommen, völlig kalt ließ?

Wie es aussah, wollte er seine Verfolger möglichst tief in die hinteren Bereiche des Gartens locken. Möglicherweise war dies nicht das erste Mal, dass er sich eines unliebsamen Verfolgers auf diese Weise zu entledigen gedachte.

Die Antwort auf Fischlers, an sich selbst gerichtete Frage gab Tom so umgehend, als hätte er sie gehört, indem er plötzlich einen Revolver hinter seinem Rücken hervorzog und sich nach rechts in die Büsche schlug. Die anscheinend unbewaffnete Susan rannte unterdessen nach links und verschwand in einem Geräteschuppen.

Fischler hoffte, dass Jack das Manöver der beiden mitbekommen hatte und sich Susan widmen würde, um ihm den Rücken freizuhalten.

Im geduckten Schweinsgalopp nahm er die Verfolgung Toms auf, wobei er stets darauf achtete, diesem, falls er jäh stehenbleiben und sich ihm zuwenden sollte, kein allzu leichtes Ziel bot.

Das Knacken von trockenen Zweigen verriet ihm, dass Tom erneut nach rechts abgebogen und offenbar auf dem Weg zu einer Holzbrücke war, die, in japanisch-ornamentalem Stil gehalten, in steilem Bogen über einen, zur Hälfte von weißen Seerosenblüten bedeckten Zierteich führte.

Kaum hatte Fischler seine Waffe gezogen, als der ihm den Rücken zukehrende Tom im Laufschritt auf der Brücke erschien. Offenbar hatte er nicht damit gerechnet, dass Fischler so gut zu Fuß war.

Als Fischler ihn anrief und zum Stehenbleiben aufforderte, verharrte Tom einen Wimpernschlag lang mitten im Scheitelpunkt der Brücke, drehte sich dann blitzschnell um und schoss gleichzeitig mehrere Male in Fischlers Richtung.

Fischler seinerseits gab nur einen Schuss ab, der Tom anscheinend mitten in der Brust traf.

Der Buffalo Soldier wurde vom Projektil rückwärts gegen das

hölzerne Brückengeländer geschleudert, das unter der Wucht des Aufpralls zerbrach, so dass Tom in den Teich fiel und unter den Seerosenblättern verschwand.

Fischler, die Waffe weiterhin im Anschlag, schritt langsam auf die steil ansteigende Brücke und blieb dort stehen, wo der fallende Tom die Lücke im Geländer hinterlassen hatte.

Tom war nicht tot, sondern schwamm einige Züge unter Wasser. Er selbst war nicht zu sehen, doch auf seinem Weg Richtung Ufer färbte sein Blut die über ihm tanzenden weißen Seerosen eine nach der anderen rot, so dass Fischler keine Mühe hatte, die Route Toms nachzuvollziehen.

Als Toms Kopf und Oberkörper mit einem Male in Ufernähe aus dem Wasser schossen, war Fischler darauf vorbereitet und hatte seine Waffe bereits im Anschlag. Doch bevor er abdrücken konnte, drang das Echo eines Schusses aus einer Walther PPK an sein Ohr.

Tom stand nun zwar halb im, halb außerhalb des flachen Teichs, hatte aber Wasser in den Augen, das ihm momentan die Sicht nahm.

Als er mit dem Ärmel seiner Rechten, in der er seine Waffe hielt, über seine Augen wischte, vernahm er ein hässliches Knacken und Sausen in einiger Höhe über seinem Kopf.

Er legte den Kopf in den Nacken und wurde im selben Augenblick von einer herabfallenden Brotfrucht mitten auf der Stirn getroffen, so dass er wieder unter die Teichoberfläche sank, diesmal aber, ohne sich noch einmal zu rühren.

Dort, wo er eben noch gestanden hatte, schwamm nun die grüne Brotfrucht in einer sich langsam ausbreitenden wässrigen Blutlache.

Am Ufer, das Tom zu erreichen gehofft hatte, stand Jack und winkte mit seiner Waffe.

Es dauerte eine ganze Weile, bis Fischler den Ablauf der Ereignisse gedanklich verarbeitet hatte.

Jack war also nicht Susan nachgelaufen, weil er, wie er später „zu Protokoll" gab, das Gefühl hatte, Fischler könnte seine Hilfe dringend brauchen.

114

Eine Vermutung, die er alsbald durch die Schießerei am Teich bestätigt sah. Er war zum Teich gelaufen und war Tom in dem Augenblick, da der, bereits im Wasser stehend, ein zweites Mal auf Fischler schießen wollte, um die entscheidende Sekunde zuvorgekommen.

Anstatt jedoch direkt auf Tom zu feuern, hatte er durch seinen wohlgezielten Schuss eine Brotfrucht von dem, über den Teichrand hinausreichenden Ast gelöst und diese große, runde Frucht, die ja kaum leichter als eine Kokosnuss war, den Rest der Arbeit verrichten lassen.

„Ich dachte, er würde das vielleicht eher überleben als eine weitere Kugel," rechtfertigte Jack seinen Kunstschuss.

Fischler schüttelte bedauernd sein Haupt.

„Vergiss´ es. Ein Ding wie dieses, das aus mehreren Metern Höhe fällt, hat rund eine schlappe Tonne Durchschlagskraft. Das hält der härteste Schädel nicht aus."

„Was machen wir?"

„Ihn identifizieren."

Fischler steckte seine Waffe weg und watete ein Stück in den Teich, bis er auf ein Hindernis stieß. Er bückte sich, hob den Oberkörper der Leiche Toms aus dem Wasser und tastete sich bis zur rechten Hand vor. Ohne den straff sitzenden schwarzen Handschuh zu entfernen, hielt er die Hand hoch. Kein Zweifel, da fehlte ein Finger, der Tote war Tom.

Fischler ließ die Leiche wieder ins Wasser zurückgleiten und stieg mit Jacks Hilfe an Land.

„Wir lassen ihn hier. Tom wird vorerst nicht wieder auftauchen und Susan ihn wohl kaum als vermisst melden. Dass Tom sie in seine Geschäftsgeheimnisse eingeweiht haben könnte, ist nicht auszuschließen, aber wenig wahrscheinlich. Und je länger wir uns hier aufhalten, desto mehr von der Zeit, die wir nicht haben, vergeuden wir. Unser Job auf Tortola ist erledigt. Nicht ganz im gewünschten Sinne, aber mit abschließender Endgültigkeit. Vier-Finger Tom können wir von der Liste der Gesuchten streichen. Bleiben noch zwei Namen übrig."

Auf dem Weg zurück zur Marina sprach Fischler den Texaner

auf einen heiklen Punkt an.

„Verzeih´ meine Neugier, aber ich wollte dich immer mal fragen, warum du damals Uncle Sam einen Korb gegeben hast. So einen Burschen wie dich kann das Militär doch nur höchst ungern ziehen gelassen haben."

Jack winkte ab.

„Eine lange Geschichte ohne Happy Ending, Skip. Mit einer jungen Frau namens Alice in der Hauptrolle. Harvard-Studentin, verliebte sich ausgerechnet in mich, bei einem zufälligen Treffen während des Hafenfests in Norfolk, Virginia. Politologin, die mir das eine oder andere Auge öffnete. Kurz nach meiner Demission kam sie bei einer Demo ums Leben. Hartgummi-Geschosse sind nicht so harmlos, wie viele glauben. Melodramatisches Zeugs, wollen Sie nicht wirklich hören."

„Und wenn doch?"

„Ein andermal, Skip, ein andermal."

Sie schwiegen eine Weile-

„Was ich hingegen gerne wüsste," räusperte sich Jack schließlich: „Wieso haben Sie nicht noch mal geschossen, als er im Wasser stand wie eine Sitting Duck?"

Fischler schüttelte den Kopf.

„Meine Waffe klemmte. Tut sie manchmal. Ärgerlich, aber nichts zu machen."

116

9. GILBERT UND SULLIVAN

Am Tag nach dem Zwischenfall im Botanischen Garten von Road Town, Tortola, hatte die Yellow Dancer II auf Südostkurs längst schon wieder eine stattliche Anzahl Seemeilen zwischen sich und den „Keuschheitsgürtel" gelegt. Der „falsche" Süd-Kurs war Teil eines Täuschungsmanövers, das Fischler in solchen Fällen gern einstreute, um eventuelle Verfolger der Yacht leichter entlarven und auf die falsche Fährte führen zu können.

Denn das eigentliche Ziel der Dancer war St. Thomas, die amerikanische Jungferninsel, auf der sie den zweiten Killer, einen Mann mit dem Spitznamen „Black Matt" Jackson zu finden und zum Reden zu bringen gedachten.

Als Fischler auf Tortola an Bord zurückgekommen war, hatte Steve den Kratzer versorgt, den ein größerer Holzsplitter des „japanischen" Brückengeländers auf der linken Wange des Skippers hinterlassen hatte, ohne dass der es gemerkt hatte.

Dabei ließ Steve ihn wissen, dass der „deutsche Gentleman", wie er ihn respektvoll nannte, das Yachttelefon angerufen habe, weil er Fischlers Handy nicht erreicht hatte.

„Na ja, wir waren gerade etwas beschäftigt," entschuldigte sich Fischler bei Steve.

Neumeier, um den es sich bei dem „Gentleman" handelte, hatte den Smutje ans Rohr bekommen und ihn gebeten, Fischler mitzuteilen, dass er ihm seinen zweiten Bericht zugesandt habe.

Fischler hatte Steve gedankt, sich jedoch zunächst um die zeitraubenden Abreiseformalitäten kümmern müssen, ohne die sie spätestens bei der nächsten förmlichen Einreise auf anderen Inseln arge Probleme bekommen hätten.

Erst danach, zurück in freiem Seegebiet, hatte er Zeit, gefunden, den eigenwilligen Bericht zu überfliegen.

Hallo KD, Moin alle zusammen,

Hier mein zweiter, wahrscheinlich schon sehnsüchtig erwarteter Bericht von der Westfront.

Die gute Nachricht zuerst: es gelang mir dank unermüdlichen Einsatzes, einen persönlichen, direkten Kontakt zu John-boy herzustellen, der zurzeit auf Guernsey abhängt.

Die schlechte Nachricht: der Waffennarr in London bekam plötzlich kalte Füße, wollte seinen antiken Schießprügel nicht mal mehr leihweise aus der Hand geben. Kann ich zwar verstehen, bei den Preisen, die solche Militaria aufrufen. Andererseits hätte er das ja auch sofort sagen können.

Es bedurfte einiger Überredungskünste sowie einer völlig überzogenen Haftpflicht-Versicherungspolice, um ihn letztlich doch noch umzustimmen. (Rechnung in Kopie beigefügt)

John-boy gehörte glücklicherweise zu den Interessenten, die auf meinen Artikel im Journal mit ihren Leserbriefen reagierten.

Ich ließ, so schwer es mir fiel, ein paar Tage verstreichen und rief ihn irgendwann spät abends auf der Nummer an, die er im Impressum zu seinem Leserbrief hinterlassen hatte. Wenn man so will, ein erster Test der Seriosität seines Engagements, den er mit Auszeichnung bestand.

Wir plauderten erstmals ein wenig am Rande einer Wohltätigkeitsveranstaltung für die Familien im Ausland eingesetzter und dort gefallener britischer Soldaten und bewegten uns dabei lange wie zwei Kater um den heißen Brei, bis er mich und die Waffe in das Tudor Manor auf Guernsey einlud.

Am darauffolgenden Tag begab ich mich mit der Bahn nach Poole an der englischen Südküste, wo ich an Bord einer Fähre nach St. Peter Port ging.

Dieses umständliche Verfahren war leider unumgänglich geworden, weil mich die Briten mit der Waffe nicht in einen ihrer GCI-Flieger lassen wollten. Unsinnigerweise, denn wenn ich ein Flugzeug entführen wollte, dann bestimmt keinen Kurzstrecken-Regionalflieger und sicher auch nicht mit einem Vorderlader im Gepäck. Aber so schrullig, wie die Briten ja selbst sind, trauen sie anderen wahrscheinlich ähnlich irre Vorhaben zu.

Die Überfahrt verlief relativ ruhig, aber über dem Ärmelkanal lag wieder mal so dicker Nebel, dass man sich vorkam wie auf Raumschiff Enterprise unterwegs in einem schwarzen Loch..

118

Ich hatte von dem gewaltigen Tidenhub in der Bucht von St. Malo gehört, mir aber nicht vorstellen können, dass irgendwo auf unserem Planeten Küsten existieren, an denen sich der Meeresspiegel zweimal in 24 Stunden zehn, zwölf Meter hebt und wieder senkt. Dieses Spektakel bis zum Ende zu beäugen, fehlte mir allerdings die Zeit.

Die Insel Guernsey oder besser, was ich davon aus dem beschlagenen Taxifenster sah, gefiel mir auch im Regen. Hätte nichts dagegen einzuwenden, hier meinen Ruhestand zu verbringen.

Als das schwarze „cab" mit eingebauter Stehhöhe für Leute wie mich in die Einfahrt zum Herrenhaus bog, den großen stylischen Zierbrunnen mit Kurbel und Holzeimer im Vorhof umkreiste und direkt am Fuße der Freitreppe im knirschenden Kies zum Stehen kam, fühlte ich mich einen Augenblick lang wie ein, ohne sein Zutun verarmter britischer Stadt-Adliger, der seinen stinkreichen Cousin auf dem Lande besucht, um sich nach dem Stand der Pferdezucht zu erkundigen, eine Runde Golf zu absolvieren und abschließend den Hausherren bei einem Glas Schampus um ein zinsloses Darlehen anzugehen.

Das Manor, ein zweiflügeliger, dreistöckiger Ziegelbau, war von oben bis unten mit Efeu überwachsen, was ihm einen leicht märchenhaften Touch verlieh.

Ich musste nicht darauf warten, dass Rapunzel ihr Haar herunterließ, sondern mir wurde oben auf dem Treppenabsatz von einem reichlich arrogant wirkenden Butler geöffnet, dessen Monatsgehalt den Betrag meiner Invalidenrente vermutlich um einiges übersteigt. Stellte sich mir als Greg vor. Voller Name Gregory Batesman, geschätztes Alter 43.

Greg, so erfuhr ich im weiteren Verlaufe eines kurzen Aufenthaltes, ist, wenn man so will, der Anführer einer kleinen Schar dienstbarer Geister, der unter anderem die Köchin Maude und der Gärtner Harry angehören. Alle dort versammelt, um jetzt nur einem übriggebliebenen Richardson zu dienen, der noch dazu die meiste Zeit in London oder jedenfalls nicht auf Guernsey verbringt.

John-boy kam mir im Haus auf der Treppe in Knickerbockern entgegen. Ich hatte nicht gedacht, ein solches Beinkleid mal am lebenden Objekt zu sehen.

Begleitet wurde der Hausherr von zwei ausgewachsenen, furchteinflößenden Dobermann-Rüden, Gilbert und Sullivan, die mich neugierig beschnupperten.

Sonst fiel mir an John-boy nichts besonders Bemerkenswertes auf. Hochgewachsen, schlank bis dürr, dichtes, rötlich schimmerndes Haar, das am Hinterkopf zu einem kleinen Pferdeschwanz geflochten war und jadegrüne Pupillen unter rötlichen Brauen, sonst, wie gesagt, keine besonderen Merkmale.

Wenn ich John-boy in gedrückter Trauerstimmung erwartet hatte, wurde ich eines Besseren belehrt. Er wirkte auf mich eher aufgekratzt und erfreut, mal wieder den Besuch eines „normalen" Menschen zelebrieren zu dürfen.

Stets auf Achse, ist er es wohl, der meist bei anderen, mehr oder weniger normalen Leuten zu Besuch weilt.

Das Foto, das Sie mir von ihm zeigten, muss schon vor Jahren aufgenommen worden sein, denn er sieht darauf wesentlich jünger aus als zurzeit in Natur. Mag sein, dass sein unstetes Leben ihn vorzeitig altern lässt.

Aber da ist noch etwas anderes unter der relativ glatten Oberfläche, will mir scheinen. Eine mühsam beherrschte Nervosität, Ungeduld, keine Ahnung. Wie bei Menschen, die schwere Schuld auf sich geladen haben und nicht damit fertig werden.

Beruflich bedingte Voreingenommenheit meinerseits vielleicht.

Ich hatte für alle Fälle ein schlichtes Zimmer im Duke of Richmond von St. Peter Port reserviert, aber insgeheim natürlich gehofft, dass John-boy mich wenigstens eine Nacht im Manor unterbringen würde. An Gästezimmern herrscht da ja kein Mangel.

Eine Hoffnung, die sich auch tatsächlich erfüllte. Verdienen musste ich mir die Einladung dadurch, dass ich ihm durch das ganze schlossartige Gemäuer folgen und reges Interesse an der Vorstellung von mindestens vier Generationen Richardsons heucheln musste, deren Abbildungen, mal von links, mal von rechts porträtiert, übers ganze Haus verteilt an den Wänden hängen. Das war Schwerstarbeit.

Wirklich spannend wurde es erst, als John-boy mich wissen ließ, dass seine Ahnen eigentlich Holländer aus Vlissingen an der Schelde-Mündung südlich vom belgischen Antwerpen gewesen waren. Hießen Rijkardsen und suchten irgendwann im südlichen Afrika ihr Glück. Ob der Umstand, dass sie es dort fanden, etwas mit Diamanten zu tun hatte, band er mir leider nicht auf die Nase.

Steinreich jedenfalls wurden sie definitiv und ich gehe wohl nicht völlig fehl in der Annahme, dass Diamanten schon eine gewisse Rolle dabei spielten.

Die Rijkardsens kamen Jahrzehnte später wieder nach Europa zurück, zogen aber nicht wieder nach Vlissingen, sondern nach London, wo sie ihren Familiennamen zu „Richardson" anglisierten

Ich denke, das wirft ein neues Licht auf die Sache mit den Steinchen in der Keksdose….

Leider vergaß ich, die Anzahl der Zimmer mitzuzählen, die er mir zeigte, bin aber sicher, dass es nicht weniger als zwanzig waren.

Da weitaus die meisten Räumlichkeiten zurzeit unbewohnt schienen, kam ich mir bei der Führung vor wie Jack Torrance als langsam um seinen Verstand gebrachter Hausmeister im gruseligen Overlook Hotel.

Er selbst bewohnt nach eigenem Bekunden nur drei Zimmer im zweiten Stock des Westflügels, von dem aus betrachtet der Sonnenuntergang bei klarer Sicht besonders spektakuläre Formen annehme.

Apropos Sonne. Das Manor im Winter zu beheizen, würde bei den heutigen Energiepreisen allein schon ein Vermögen durch den Kamin jagen. Da wird offenbar gespart, weshalb sich das Haus insgesamt etwas klamm anfühlt. Anzeichen von Schimmel sah ich zwar keine, aber dass er da und dort hinter der Täfelung gedeiht, darauf würde ich wetten.

Ein Instrument spielt unser Schöngeist auch - den Kontrabass, ausgerechnet. Für mich als zugegeben musikalischen Banausen ein Instrument, dessen Umfang und Gewicht in keinem gesunden Verhältnis zu seiner Bedeutung für Kompositionen welcher Art auch immer stehen.

Wieso sollte jemand Kontrabass spielen lernen und sich schon im zarten Heranwachsenden-Alter mit einem solchen Monstrum belasten? Ich dachte immer, Kontrabassisten seien ehemalige Violinisten, die für die Geige zu langsam geworden sind. Aber, wie gesagt, ich bin kein Kenner der Materie.

Apropos. Das Wichtigste hätte ich ja fast vergessen - John-boys Sammlung antiker Schusswaffen. Die ist ganz oben auf dem Dachboden untergebracht und wirklich sehenswert. Muss ein Vermögen gekostet haben, all die kurz- und langläufigen Waffen zusammenzustellen. John-boys Großvater hatte einst mit dem Sammeln begonnen und Sohn und Enkel setzten das Werk fort.

Geschossen wird nicht mehr damit, versicherte er mir. Das sei zu gefährlich - für den Schützen, wohlgemerkt, dem so ein Ding leicht mal um die Ohren fliegen kann.

Mein Gästezimmer lag im ersten Stock und war größer als meine gesamte, neulich erst renovierte Altonaer Drei-Zimmer-Wohnung. Die Täfelung, das Mobiliar, die Teppiche, das Bettzeug, selbst die Gemälde an der Wand verströmten einen Geruch von Verwesung. Vermutlich war der letzte Gast vor mir dort sanft entschlafen und seine Leiche erst nach Wochen vom Personal entdeckt worden.

Die beiden Dobermann-Pinscher folgten mir bis zum Zimmer, blieben dann aber zurück und zogen knurrend ihre Lefzen zurück. Kein gutes Omen, wenn Sie mich fragen.

Die beiden jaulen gerne mit, wenn John-boy den Kontrabass quält. Mozart ist für sie anscheinend cool, aber bei Wagner suchen sie angeblich das Weite. Ich kann´s ihnen nachfühlen.

Zum Angriff beispielsweise auf Einbrecher gehen sie erst dann über, wenn John-boy das Auslösewort ruft - wie das lautet, hat er mir nicht erzählt. Auf meinen Einwand, ich könnte doch rein zufällig….entgegnete er, dass die Hunde das Wort nur von ihm und von Greg annehmen.

Da John-boy viel unterwegs ist, kümmert sich Greg auch um die Hunde.

Abends beim Dinner kamen wir dann endlich zur Sache. Ich präsentierte ihm die Waffe, die er sorgfältig in Augenschein nahm und deren konstruktive Merkmale er sehr fachmännisch benannte und kommentierte. Ich fürchtete schon, er würde den Prügel auseinandernehmen und mich dann damit alleinlassen. Aber dieser Kelch ging glücklicherweise an mir vorbei.

Er nahm alles mit und versprach, mir am nächsten Morgen mitzuteilen, ob er zuschlagen wolle oder nicht. Musste vielleicht vorher noch mit seiner Bank telefonieren.

Dann sprachen wir auch ein wenig über mich. Ich tischte ihm die Vita auf, die Sie mir eingebläut hatten, einschließlich der düsteren Andeutungen auf diesen oder jenen von mir vermittelten „hit", sprich, Auftragsmord.

Und, was soll ich Ihnen sagen, ich hatte die Details derart verinnerlicht, dass ich vor Gericht Stein und Bein geschworen hätte, sie entspräche von A bis Z der Wahrheit.

Was mich an die junge Frau erinnert, die bei uns im LKA vor Jahren ihre angebliche Vergewaltigung in allen Einzelheiten immer wieder ohne jede Abweichung schilderte und selbst dann, als wir ihr zweifelsfrei nachweisen konnten, dass absolut nicht dran sein konnte an ihrer Geschichte, partout nicht zu einem Geständnis zu bewegen war. Autosuggestion ist schon eine merkwürdige Sache.

Ob John-boy mir und meinem halluzinierenden Narrativ Glauben schenkte oder nicht, konnte ich seinem Pokerface nicht enznehmen. Wäre ja auch vermessen anzunehmen, dass jemand wie er gleich in den erstbesten Apfel beißt, den die Schlange ihm hinhält.

Dass er die Informationen auf seiner inneren Festplatte abgespeichert hat, scheint mir hingegen sicher.

Nach ein paar Gläsern schottischen Single Malt im Salon lud er mich zu einer Runde Poker mit ihm selbst und seinem Chauffeur ein. Ich fand das seltsam, kann mir nicht so recht vorstellen, dass ein Mitglied des Hauses, sagen wir, Thurn und Taxis abends seinen Fahrer zu einer Runde Skat mit ihm und dem Gärtner einlädt. Vom Personal Abstand zu halten, gehört nach meinem Verständnis doch zu den ersten Dingen, die ein Spross der oberen Stände zu beherzigen lernt.

Wie dem auch sei, ich lehnte dankend ab, murmelte irgendwas von meiner innigen Verbundenheit mit den Anonymen Zockern und verwies auf mein Handicap der fehlenden rechten Hand. Das leuchtete ihm ein und er ließ in dieser Hinsicht von mir ab. Könnte mir vorstellen, dass er mit seinem Chauffeur gemeinsame Sache zu machen pflegt und andere Gäste nach Strich und Faden ausnimmt.

Und da wir schon mal dabei sind, würde es mich auch nicht sonderlich überraschen, wenn die beiden durch ein homosexuelles Verhältnis miteinander verbunden sind. Public School und Kontrabass - nennen Sie mich fortan Bärbel, wenn sich erweist, dass ich mich geirrt habe.

Nach ein, zwei weiteren Gläsern ließ John-boy durchblicken, dass er geneigt sei, sowohl das Manor als auch die es umgebenden Ländereien demnächst meistbietend zu veräußern. Das kann er natürlich erst tun, wenn die Ermittlungsbehörden die Freigabe erteilen.

Ich nahm´s gleichmütig zur Kenntnis und äußerte mich nicht weiter dazu.

Von der Existenz seiner Cousine Debbie konnte ich als Außenstehender nicht wissen und die Morde wollte ich nicht ansprechen, weil ich fürchtete, dass er sich dann einrollen würde wie ein angegriffener Igel.

Schließlich gingen wir auseinander - er vielleicht noch nüchtern an seinen Kontrabass, ich ziemlich „high" in mein klammes Zimmer. Breit, wie ich war, fürchtete ich schon, nicht durch die Tür zu passen. Aber es klappte.

Eigentlich hatte ich mir vorgenommen, im Dunkel der Nacht das Schlossgespenst vom Dienst zu spielen und im Büro des Hausherrn auf der Suche nach Fingerzeigen herumzustöbern. Aber da er offenbar direkt neben seinem Computer schlief, hielt ich es für klüger, davon erst einmal abzusehen.

Er hatte die Waffe, wie gesagt, bei sich behalten wie einen Fetisch und war vielleicht imstande, sie auf einen vermeintlichen

124

Einbrecher wie mich abzufeuern. Und von einer antiken Kugel fern der Heimat tödlich getroffen zu werden und auf Guernsey eine anonyme Grabstätte zu finden, gehört vorläufig nicht zu meinem Lebensentwurf.

Also vertagte ich mich auf den nächsten Vormitttag und schlief trotz des unablässig knackenden Holzes und der seltsamen Gerüche traumlos wie ein Baby. Weiß man eigentlich zuverlässig, ob Babys träumen und falls ja, wovon? Dem kuscheligen Abhängen in der Gebärmutter?

Beim Frühstück teilte John-boy mir mit, dass er dann doch auf den Kauf der Waffe zu diesem Preis verzichte. Was ich zwar zu bedauern vorgab, tatsächlich jedoch erleichtert aufnahm, denn alles andere hätte die Dinge ja nur kompliziert.

Ich tat so, als ließe es mein Mandat nicht zu, unter das genannte Preisniveau zu gehen, was ja auch in etwa der Wahrheit entsprach, und zog kurz darauf wieder von dannen.

Oder, besser gesagt, ich tat, als begäbe ich mich auf den Weg zurück zum Hafen. John-boy entschuldigte sich dafür, dass er mir Wagen und Chauffeur an diesem Morgen leider nicht zur Verfügung stellen könne, da er beide selbst benötige, ließ mir aber stattdessen ein Taxi aus St. Peter Port rufen.

Ich versicherte ihm, dass mir der Aufenthalt bei ihm ausgezeichnet gefallen habe und wünschte ihm alles Gute für seine Zukunft.

Eine halbe Stunde später war ich unterwegs.

Kurz, nachdem das Taxi nach meiner Einschätzung aus dem Blickfeld des Manors entschwunden sein musste, ließ ich den Fahrer anhalten, zahlte den vollen Preis bis zum Hafen und stieg wieder aus.

Ich wartete, bis das Taxi um die nächste Kurve gebogen war und stapfte querfeldein zurück bis zu einer Stelle im hügeligen Grasland, an der ich das Manor auf dem Schirm hatte, selbst aber von einem windschiefen Mäuerchen, das früher einmal zur Abgrenzung der Ländereien gedient haben mochte, Deckung erhielt.

Ich zog mein Opernglas aus der Reisetasche und beobachtete das Haus. Nach etwa einer Stunde, ich war dort auf freiem Feld fast eingenickt, dann aber vom Gebimmel einer inzwischen eingetroffenen Schafherde geweckt worden, sah ich, wie Greg, der Butler und Fahrer, einen uralten schwarzen Bentley vorfuhr. John-boy hatte offenbar schon unten gewartet, trat jetzt durch die Haustür, ging die Freitreppe hinab und stieg hinten in den Bentley ein, dessen Tür Greg vor ihm öffnete und hinter ihm schloss, wie es sich gehört.

Der Motor hustete ein paarmal und brummte schließlich sein widerstrebendes Einverständnis, so dass die Fahrt losgehen konnte.

Ich fühlte mich bereits wie ein Kundschafter der Mohikaner, Apachen oder Creek auf der Pirsch, nahm mit Zufriedenheit zur Kenntnis, dass ich im Verhältnis zum Manor unter den Wind stand und selbst die beiden Hunde mich infolgedessen nicht wittern würden.

Mit dem Opernglas suchte ich die Fensterreihen ab, sah aber nirgends die geringste Bewegung, woraus ich schloss, dass John-boy dem Personal an diesem Vormittag offenbar frei gegeben hatte, weil er selbst außer Hause sein würde. Das kam mir natürlich sehr entgegen.

Ich packte mein Glas wieder weg, wartete, bis der Bentley hinter mir auf der Straße vorübergefahren war und schritt dann rüstig zum Manor.

Ich hatte keine Ahnung, wie lange der Hausherr und sein Majordomus weg sein würden und ging in dieser Situation von der schlechteren Hypothese einer baldigen Rückkehr des einen oder beider aus. Ich würde mich also sputen müssen.

Eigentlich hatte ich erwartet, dass di beiden Dobermann-Pinscher mir laut bellend entgegengelaufen kämen, doch dem war nicht so.

Die Vorderfront des alleinstehenden Manors besaß kein Gegenüber und die in gebührendem Abstand am Manor vorbeiführende Straße schien allgemein wenig frequentiert. Ich durfte also annehmen, dass mein Herumfummeln am Haustürschlosses, das mehr Zeit in Anspruch nahm als ich gedacht hatte, unbemerkt

126

bleiben würde.

Entweder gab es kein Alarmsystem oder der Hausherr hatte vergessen, es beim Hinausgehen zu aktivieren. Jedenfalls ertönten keine Sirenne und ich sah nirgends Lämpchen aufleuchten, die auf einen „stummen" Alarm gedeutet hätten. Wenn die Streifenwagen in etwa zwanzig Minuten mit Blaulicht und heulenden Sirenen vorgefahren wären, hätte ich eben mit meiner Vermutung falsch gelegen.

Ich trat ein und stieg hinauf zum zweiten Stock des Westflügels, wo ich die vom Hausherrn bewohnten Räume unverschlossen vorfand.

Ich sah mich zunächst im Arbeitszimmer um und konnte mein Glück kaum glauben, als ich bemerkte, dass der Desktop Johnboys nicht heruntergefahren worden war. Eine Schlamperei, wie man sie bei einem Menschen, der einiges zu verbergen hat, eigentlich nicht vermutet hätte.

Ich durchsuchte die Computerprogramme, soweit mir das möglich war, kam aber in Ermangelung des Passwords nicht in seinen Mail Account. Gerade der hätte mich natürlich an meisten interessiert. Wiewohl er eventuelle unsaubere Geschäfte wohl über das Dark Net abwickeln würde. Und an dessen Login-Erfordernissen wäre meine Neugier sann sowieso zerschellt.

Immerhin gelang es mir, eine Finanz-Datei mit schier endlosen Zahlenkolonnen zu öffnen und zu kopieren (beigefügt als -Datei).

Ich bin alles andere als ein Zahlenflüsterer, aber gar so schlecht, dass er zu Mord und Totschlag hätte greifen müssen, scheint es mir um die Finanzen John-boys nicht bestellt, wiewohl die mehr oder minder regelmäßigen Abflüsse jedenfalls für Leute wie mich durchaus besorgniserregend genannt werden dürfen.

Ich war gerade dabei, mir die beiden anderen Zimmer vorzuknöpfen, als ich jemand unglaublich leichtfüßig und schnell die Treppe hinaufhuschen hörte. Klang wie eine Schar barfuß, aber mit seit langem nicht mehr geschnittenen Fußnägeln laufender Gespenster, die immer dann, wenn das Manor verwaist war, im Gemäuer herumzutollen pflegten.

Bevor ich noch die bereitstehenden Kontrabass zur Abwehr hochwuchten konnte, flog die lediglich angelehnte Wohnzimmertür auf und Gilbert und Sullivan stürzten sich auf mich - nicht, um mich zu verbellen oder sich in mir zu verbeißen, sondern um japsend und jaulend an mir hochzuspringen und mir das Gesicht zu lecken.

Meinen Geruch kannten sie ja und das böse Wort hatte auch niemand gerufen.

Dennoch: als sie mit ihren, was, je vierzig Kilo Lebendgewicht regelrecht durch die Tür geflogen kamen, hätte ich mir fast in die Hose gemacht.

Nachdem ich Gilbert und Sullivan wieder abgewimmelt hatte, beschloss ich, mein Glück nicht auf weitere Proben zu stellen und verließ die Wohnräume.

Kaum hatte ich den oberen Treppenabsatz betreten, da hörte ich einen Wagen über den knirschenden Kies vorfahren und quietschend anhalten. Das Husten des Motors verriet mir, dass es sich um den vintage Bentley handeln musste.

Ich schlich zu einem der Fenster und schielte durch die leicht angestaubte Gardine nach unten. Offenbar hatte Greg seinen Chef irgendwo abgesetzt und war allein zurückgekehrt. Er ließ den Wagen draußen stehen, was nahelegte, dass er John-boy demnächst dort abholen würde, wo er ihn zurückgelassen hatte.

Darauf warten zu wollen, wäre viel zu riskant gewesen. Ich beschloss daher, wieder in die Mohikaner-Rolle zu schlüpfen und an ihm vorbei aus dem Haus zu schleichen.

Gerade schickte ich mich an, den Plan in die Tat umzusetzen, da hörte ich, wie jemand langsameren und schwereren Schrittes die Treppe hochgestiegen kam als die beiden Hunde. Die Person war aber immer noch schnell genug zu Fuß, um mich in die Bredouille zu bringen. Unter den gegebenen Umständen konnte das nur Greg sein, der mir unwissentlich den Ausweg verwehrte.

Ich sah mich fieberhaft nach einem geeigneten Versteck um und entschied mich in der Eile für eine große, geräumige und zurzeit leere Truhe, deren gewölbter, mit schmiedeeisernen Riegeln beschlagener Deckel hochgeklappt war, als sei der ständige

Bewohner der Truhe, irgendein gelenkiger Schlossgeist, gerade mal ausgeflogen, um sich irgendwo eine frische Packung Zigaretten zu ziehen.

Ich warf meine Tasche hinein, kletterte hinterher, faltete mich zusammen wie ein Durchschnittsholländer in sein konventionelles Wohnmobil und klapptes den Deckel zu, wobei ich einen schmalen Schlitz offenließ, um genügend Atemluft zu haben und hinauslugen zu können.

Greg ging an der Truhe vorüber, ohne sie eines Blickes zu würdigen und betrat das Arbeitszimmer seines Herrn und Meisters. Einfach so, als sei es das Seinige.

Ich hörte, wie er zu einem Handy griff - seinem eigenen, vermute ich - und eine ziemlich lange Nummer anwählte, die er wahrscheinlich mit Absicht nicht abgespeichert hatte. Eine Vorsichtsmaßnahme, falls ihm das Handy mal abhandenkam.

Es dauerte eine ganze Weile, bis sein Gesprächspartner abhob. Dessen Stimme klang für mich als Tim in der Truhe eher wie die einer Frau, aber da bin ich nicht sicher. Schließlich haben auch manche Männer hohe Stimmlagen. Akustisch verstehen konnte ich ohnehin nur das, was Greg sagte und mir daraus einen Reim auf das zu machen versuchen, was sein Gesprächspartner gesagt oder erwidert hatte.

Was Greg so von sich gab, war nicht von schlechten Eltern.

Leider konnte ich seine Äußerungen nicht auf Band aufzeichnen, aber mir schien, dass es dabei um wenig koschere Geschäfte ging, die Greg offenbar nebenher betrieb, um seinen „Hungerlohn" aufzustocken.

Was mich ganz besonders verwunderte: Greg schien so etwas wie Narrenfreiheit zu genießen, denn er verhandelte augenscheinlich über Umfang und Preis einer ungewöhnlichen, Johnboy zu erbringenden Dienstleitung, als hätte er Prokura.

Das Gespräch dauerte etwa zehn schrecklich lange Minuten. Klarnamen fielen dabei keine.

Als er geendet hatte, trat er aus dem Arbeitszimmer und ging in Richtung Treppe, hielt dann aber ausgerechnet zwischen meiner Truhe und den Treppenabsatz noch mal inne.

Ich saß jetzt mit anderen Worten richtig in der selbst gewählten Falle. Überdies wurde die Luft knapp, weil ich die Kiste ganz hatte schließen müssen. Fehlte nur noch, dass Greg sich auf den Deckel gesetzt hätte.

Ich glaube nicht, dass er mich bemerkt hatte. Er kannte die Truhe wahrscheinlich nur offen und leer und maß dem Umstand, dass sie jetzt geschlossen war, keine Bedeutung bei. Wie sollte er auch ahnen, dass ein ungebetener Gast sie als vorübergehendes Versteck zweckentfremdet hatte.

Dann machte er Anstalten, ein zweites Ferngespräch auf dem Treppenabsatz zu führen. Glücklicherweise kam die Verbindung offenbar nicht zustande oder er überlegte es sich anders, sonst wäre ich womöglich immer noch in der Kiste und meine Leiche würde erst in ein paar Jahren entdeckt.

Kaum hörte ich ihn die Treppe wieder hinunterlaufen, als ich schwer nach Luft ringend der Kiste entstieg wie ein Tiefbauarbeiter aus dem Caisson und mich schleunigst vom Acker machte, nachdem ich Greg davonfahren hörte.

Erneut nach einem Taxi zu telefonieren, schien mir zu auffällig. Also nahm ich die Beine in die Hand und legte die paar Meilen zum Hafen zu Fuß zurück.

Dort angekommen, erwischte ich tatsächlich noch die letzte Fähre des Tages zurück nach Poole. Erst, als ich im Fährenrestaurant die Speisenkarte lesen wollte, fiel mir auf, dass meine Brille nicht an ihrem Platz war. Ich stecke sie nämlich immer in die Brusttasche, wo sie sich jetzt aber nicht befand.

Da überlief es mich abwechselnd heiß und kalt - ich musste sie im Arbeitszimmer John-boys liegengelassen haben, als ich von dem nahenden Greg in die Flucht geschlagen worden war.

Würde man sie dort finden? Ich fürchte, davon müssen wir leider ausgehen.

Was wiederum bedeuten würde, dass ich für die Aufgabe der Beschattung John-boys verbrannt sein dürfte.

Ich hoffe, Sie haben bei Ihrer Jagd auf die Ratten von Redonda mehr Glück. Im Übrigen gebe ich unser Requisit, die antike Waffe, unverzüglich ihrem rechtmäßigen Eigentümer zurück und er-

130

warte Ihre weiteren Weisungen….
Mit lieben Grüßen an alle, GN.

Fischler schloss kurz die Augen und schob sich einen neuen Zahnstocher zwischen die Lippen. Sollte er Neumeier für dessen Initiativgeist und Courage loben oder ihn für seine Vergesslichkeit tadeln?

Immerhin hatte er den Einbrecher gespielt und damit eine Straftat verübt, die ihn, wenn auch nicht Kopf und Kragen, so doch seine Invalidenrente oder Teile derselben kosten konnte. Das musste man ihm hoch anrechnen.

In einem Punkt hatte Neumeier jedenfalls recht: er war verbrannt, konnte sich auf Guernsey und in London vorerst nicht mehr blicken lassen.

Was folgte daraus? In Anbetracht der Personalknappheit war Fischler gezwungen, eine Rochade zu vollziehen, Neumeier nach Puerto Rico zu beordern und Estrella zu bitten, sich John-boys liebevoll anzunehmen.

Sein Handy klingelte.

„Laura? War auch an der Zeit, dass du dich mal wieder meldest. Gibt´s Probleme? Nein? Freut mich zu hören. Bei uns? Nun, wir verzeichnen einen Treffer, haben den ersten der drei Killer, einen gewissen Vier-Finger Tom, aus dem Verkehr gezogen, unseren Informationsstand in Sachen Auftraggeber dabei aber leider nicht entscheidend verbessern können. Demnächst nehmen wir einen zweiten Anlauf. Im Übrigen trifft es sich gut, dass du anrufst, denn ich muss da eine personelle Veränderung vornehmen, zu der ich gerne deine Meinung eingeholt hätte.“

„Warte noch einen Augenblick damit. Estrella rief mich soeben an, weil sie euch nicht erreichen konnte. Sie hat Debbie nach San Juan begleitet und ist ihr dort auf den Fersen geblieben. Dabei konnte sie beobachten, wie Debbie sich in der Festung mit jemand traf, einer dunkelhäutigen jungen Frau mit Dutt-Frisur. Die beiden hätten sich etwa eine Stunde unterhalten und dabei jedenfalls auf Estrella den Eindruck eines mehr als nur freundschaftlich verbundenen Paares gemacht. Sie waren zu weit weg, als dass Estrella sie hätte belauschen können und Lippenlesen muss sie erst noch lernen. Aber die andere Frau konnte sie beim Weggehen heimlich mit dem Handy fotografieren. Sie hat mir das Bild auf mein iPhone geschickt und ich meine es geschafft zu haben, es an dich weiterzuleiten."

„Danke. Moment, ich schau´ gleich mal nach. Ja, hab´s gefunden."

„Kennst du sie?"

„Und ob! Das ist Susan, eine Verkäuferin von Pusser´s auf Tortola."

„Was bedeutet das?"

Fischler legte den Zahnstocher weg und pfiff durch die Zähne.

„Hol´ mich der Teufel. Ich bin nicht ganz sicher, könnte mir aber vorstellen, dass diese Susan uns, also Jack und meine Wenigkeit, in Road Town keineswegs blindlings, sondern mit voller Absicht zu ihrem Tom geführt hat, weil sie und Debbie ihn loswerden wollten. Und wir Idioten haben ihnen den Gefallen getan und Tom ausgeschaltet, ohne dass er uns etwas hätte verraten können."

„Verstehe. Das müssen wir sofort Estrella melden, damit sie fortan beide auf dem Schirm hat. Du sprachst von personellen Veränderungen?""

„In der Tat."

Er fasste in knappen Sätzen den Bericht Neumeiers zusammen.

„Verstehe. Kommt mir so vor, als würde die Sache bei jedem Schritt, den wir unternehmen, nur noch ein Stück komplizierter."

„Ja, aber das ist bei Ermittlungen wie diesen immer so. Nimm´ dir ein Beispiel an der Datenverarbeitung: da löst du ein Problem regelmäßig auch nur um den Preis zweier neuer."

„Was schlägst du vor?" "

„Eigentlich wollte ich Estrella aus Puerto Rico zurückrufen und sie an Neumeiers Stelle auf John-boy ansetzen. Neumeier würde Debbie in Ponce übernehmen. Was hältst du davon?"

Laura lie0 sich Zeit mit der Antwort.

„Ich glaube, ich habe eine bessere Idee."

„Und die wäre?"

„Ich übernehme John-boy, dann kannst du Neumeier als Backup für Estrella nach Ponce schicken. Oder ihn von mir aus süßsauer marinieren, mir egal. Eine Verstärkung bietet sich auf Rico ohnehin an, jetzt, wo mit Susan dort eine zweite Zielperson aufgetaucht ist."

„Einverstanden. Ich hätte nie gewagt, dich darum zu bitten. Aber so ist es zweifellos besser. Du kannst immer noch die Karten mischen wie der selige Doc Holiday?"

„Legt der Papst immer noch Tarot?"

„Alle Anzeichen sprechen dafür. Aber im Ernst, zweimal können wir John-boy nicht mit derselben Masche kommen. Ich schicke dir Neumeiers Berichte...."

„Um Gottes Willen, spar´ dir das. Ich will mir selbst mein Bild von dem Mann machen - John-boy, nicht Neumeier - der die vier Morde in Auftrag gegeben haben könnte. Falls sich herausstellt, dass er es tatsächlich war, dann Gnade ihm der Allmächtige. Und ihr macht mal ein bisschen hin, wir haben ja nicht das ganze Frühjahr Zeit."

„Jawohl, mein Kommandant! Melde mich ab in die Koje. Ist dort, wo du gerade bist, Tag oder Nacht?"

„Such dir was aus. Die halbe Zeit macht´s irgendwie kaum einen Unterschied."

„Verstehe. Gib´ auf dich acht. Hier dümpelt ein alter Mann auf den Wellen, dem sehr viel an dir gelegen ist."

„Dann hast du die Wahl zwischen Seekrankheit und Liebeskummer, die Sorgen möchten manch´ andere Leute haben…"

Sie lachten und beendeten das Gespräch.

Fischler seufzte zufrieden. Mit der Einbindung Lauras gewann die bislang auf Kante genähte Sache an Struktur. John-boy und seine Helfershelfer würden sich warm anziehen müssen.

10. DIE STICHPROBE

Der grünlich-schuppig glänzende Leguan stand mucksmäuschenstill mitten in der Shopping Row von Charlotte Amalie, der Hauptstadt von St. Thomas, und starrte Fischler so erwartungsvoll an, als wollte er dessen nächste Bestellung in den erst zur Hälfte gefüllten imaginären Warenkorb entgegennehmen.

Auf vielen der Kleinen und Großen Antillen waren Leguane praktisch so ausgerottet wie die Ratten auf Redonda, hatten sie sich doch auf Dauer als chronische Störenfriede bei den Menschen unbeliebt gemacht.

Wer wie sie Hausfundamente ausbaggerte oder durch das Anknabbern stromführender Kabelstränge ganze Städte in biblische Finsternis versinken ließ, durfte sich nicht wundern, wenn ihm intensiv nachgestellt wurde.

Auf anderen, zoophileren Inseln der Karibik hielt man sie sich wie Haustiere oder bot sie auf der Speisekarte unter der Chiffre „grüne Hähnchen" zum Verzehr an.

Ihr preiswertes Fleisch galt als proteinreich und cholesterinarm, sprich ausgesprochen diätfreundlich.

Auf dem Weg von der etwas großspurig und grammatikalisch fragwürdig „Yacht Haven Grande" genannten Marina in die Innenstadt war Fischler bereits mehrmals fast überfahren worden, weil er beim Überqueren der Straße immer wieder zuerst nach links geblickt hatte.

Dass hier auf St. Thomas Linksverkehr herrschte, konnte man auch deshalb gut und gerne übersehen oder vergessen, weil so gut wie alle Karossen, durchweg amerikanischer Machart, ihr Steuerrad links trugen und insofern eigentlich auf Rechtsverkehr geeicht waren. Ein verkehrstechnisches Paradoxon, das nicht nur seinesgleichen, sondern auch eine plausible Erklärung suchte.

Denn dass die Amerikaner den Dänen zuliebe, denen die Insel bis 1917 gehört hatte, nicht nur den Namen der Hauptstadt, sondern auch den Linksverkehr beibehalten hätten, war insofern wenig plausibel, als das Königreich Dänemark nicht einmal zu Wikingerzeiten Linksverkehr aufwies.

Seit dem 17. Jahrhundert, der Geburtsstunde der großen europäischen Handelsmonopole à la Ost- oder Westindien-Kompagnien, hatten sich nicht nur Briten und Franzosen, sondern auch die unternehmungslustigen Skandinavier am sogenannten Dreieckshandel eine goldene Nase verdient: aus Afrika geschanghaite und mehr tot als lebendig in die Neue Welt verschiffte Sklaven bestellten die allermeisten karibischen Plantagen. Der hier unter anderem gewonnene Zucker wurde nach Kopenhagen transportiert und dort zu allerlei Süßigkeiten „veredelt", die bis heute einen Teil des kulinarischen Ruhms Dänemarks begründen.

Bald schon gab es auf St. Thomas mehr schwarze Dänen als weiße im Mutterland.

Doch nichts ist für die Ewigkeit. Irgendwann sprengten die Sklaven auch hier ihre Ketten und sobald sie als vollwertige Arbeitskräfte, die sie ja waren, entlohnt werden mussten, schrumpften die ehedem schwindelerregenden Gewinnspannen wie die hängenden Gärten der Männlichkeit im eiskalten Bergsee.

So gesehen, hielt sich die Trauer der Dänen über den Verlust dieser doch arg entlegenen und von Kopenhagen aus schwer zu administrierenden Inseln, die sie 1917 an die Amerikaner abtraten, vermutlich in überschaubaren Grenzen.

Kurzfristig ging es den Yankees darum, der Nazi-Marine der Dörings oder Görings den Bau von U-Boot-Basen im Stile der Bretagne-Bunker hier, auf der anderen Seite des Atlantiks zu verwehren. Basen, von denen aus die „Krauts" noch mehr schwimmende Tonnage entlang der für gewöhnlich hell beleuchteten US-Ostküste hätten versenken können, als sie das ohnehin taten.

Längerfristig war den Vereinigten Staaten darum zu tun, in der Karibik Flagge zeigen zu können, ohne Inseln wie St. Thomas oder Puerto Rico den Status von US-Bundesstaaten zuerkennen zu müssen

Von alledem ahnte der glotzäugige Leguan nicht die Bohne Und nach Fischlers Eindruck hätte es die urzeitlich wirkende Kreatur auch wenig zu schützen gewusst, wenn Fischler versucht hätte, ihm bezüglich seines absehbaren Schicksals reinen Wein einzuschenken.

Dabei konnten zahme Leguane mindestens so anhänglich und auf Streicheleinheiten bedacht wie Hunde werden. Besondere Schläue wollte man Tieren, die ihren größten Kick offenbar aus dem finalen Biss in ein stromführendes Kabel bezogen, allerdings nichtzubilligen.

Das verhielt sich anders mit Charlotte Amalie, einer jener heiratsfähigen und heiratsfreudigen Prinzessinnen, an denen in deutschen Fürstentümern anscheinend nie Mangel herrschte. Verspürte ein europäischer Monarch das Bedürfnis, sich, wie man so sagt, in feste Hände zu begeben, schaute er zunächst einmal in Hessen, Bayern oder Schwaben vorbei und wurde meist auch in den dortigen Auslagen fündig.

Hätte sich das Deutsche Reich klug auf diese Art der gezielten Nachwuchspflege beschränkt, wäre heute ganz Europa wahrscheinlich in zarter deutscher Hand zu wissen.

Charlotte Amalie gehörte dem Geschlecht derer von Hessen Kassel an und hatte dem Werben des Dänenkönigs Christian V. nachgegeben.

Und da es der royalen Gepflogenheiten entsprach, die Hauptstädte von Kolonien oder abhängigen Gebieten nach den jeweiligen Königsgattinnen des Mutterlandes zu benennen - vermutlich, weil ihre desillusionierten Gatten, die Könige oder Zaren, sie am liebsten für immer dorthin verbannt hätten - erhielt die Hauptstadt von St. Thomas ihren, für kreolische wie amerikanische Zungen gleichermaßen gewöhnungsbedürftigen Doppelnamen.

So oder so war die Stadt um einiges größer und quirliger als das vergleichsweise beschauliche Road Town. Das den Besucher dort auf Schritt und Tritt begleitende britische Ambiente wich hier der typisch amerikanischen Laufrad-Hektik, die mit einem Botanischen Garten wenig anzufangen gewusst hätte.

Die Suche nach einer Person von Interesse wie Black Matt Jackson würde sich hier, ungeachtet der schieren Körpergröße des Mannes, die ihn aus jeder Menge herausragen ließ, ungleich

136

schwieriger und zeitraubender gestalten als die Suche nach Vier-Finger Tom auf Tortola.

Deshalb hatte Fischler sich diesmal nicht allein auf den Weg gemacht, sondern gleich sein ganzes Team aufgeboten. Steve, Jack und Miguel durchstreiften einzeln die Straßen und Gassen, machten hier und dort immer mal wieder kurz Halt, fragten nach und sammelten, was sie an Informationen kriegen konnten.

Viel war dabei bislang nicht zusammengekommen, obwohl Jackson nahezu so bekannt sein musste wie der sprichwörtliche bunte Hund.

In der Karibik war man mit geraunten oder gelallten Legenden, die die übersinnliche Kraft einheimischer Magier rühmten, immer schnell bei der Hand. Black Matt Jackson beispielsweise eilte der Ruf voraus, sich an mehreren Orten gleichzeitig aufhalten zu können. Was seinen kriminellen Umtrieben entgegenkam: immer, wenn aus einer Region der Insel ein Raubüberfall oder Mord gemeldet wurde, konnte Black Matt prompt Zeugen beibringen, die ihm präzise zur selben Zeit angeblich am entgegengesetzten Ende des Eilands begegnet waren. Das konnten andere Gesetzesbrecher in aller Regel zwar auch, nur eben mit dem Unterschied, dass Jacksons Zeugen keine bestellten und bezahlten Alibi-Lieferanten, sondern unbescholtene Bürgerinnen und Bürger waren, die auch ohne Entgelt jeden Eid auf die Wahrhaftigkeit ihrer Aussage zu schwören bereit waren.

Der Mann und sein alter ego bildeten ein offensichtlich schwer zu fassendes Paar und Fischler stand unter Zeitdruck.

KD setzte dem vergeblichen Hypnoseversuch des Leguans ein jähes Ende, indem er sich mit einem Ruck von dessen Blick löste und seinen aufmerksamen Spaziergang am Ufer entlang fortsetzte.

In Situationen wie dieser ungeduldig zu werden, brachte erfahrungsgemäß gar nichts. Besser, man zog sich zurück und suchte sich einen Ort der Ruhe und Besinnung wie Kirchen, Friedhöfe oder Leichenhallen.

Plötzlich schreckte er aus seinen Gedanken hoch. Während er auf die Bucht hinausgeblickt und mit mäßigem Interesse die

Yachten gemustert hatte, die da draußen vor Anker lagen, weil sie die sündhaft teure Marina-Liegegebühr scheuten, war er unversehens in eine lose Gruppe von überwiegend schwarz gekleideten Passanten geraten, die offenbar als Teil einer Trauergemeinde auf dem Weg zur nahen Kirche waren.

Ohne weiter darüber nachzudenken, schwamm Fischler mit dem Strom und beschloss, dem Gottesdienst beizuwohnen. Möglicherweise konnte er von dem einen oder anderen der Trauergäste beziehungsweise vom Dienst tuenden Kirchenpersonal etwas erfahren. Pfarrer pflegen ihre Schäfchen, die weißen wie die schwarzen, ganz gut zu kennen.

Das schummrige Halbdunkel, die ihn umfangende Kühle und die ihn lockenden Aromen von Weihrauch, Blumenkränzen, Kerzenrauch, Holzpolitur und menschlichem Schweiß riefen dem katholisch erzogenen Fischler schlagartig Bildfetzen seiner Kindheit mit so erschreckender Unmittelbarkeit auf, dass er mehr reflexhaft seine Rechte ins Weihwasserbecken tauchte, als habe er sich die Finger verbrannt und müsste die zischende Glut des Bösen löschen.

Dann suchte er sich einen Platz auf der hintersten Holzbank, die unter seinem Gewicht knackte und knirschte, als protestiere sie gegen die Anwesenheit eines Agnostikers bei einer solch wichtigen Feierlichkeit.

Weit vorn am Altar klingelte es wie nach einer längeren Theaterpause und der Trauer-Gottesdienst begann.

Es dauerte eine Weile, bis sich Fischlers Augen an das diffuse, von vielen farbigen Bibeldarstellungen der hohen Kirchenfenster gefilterte Licht soweit gewöhnt hatten, dass er sich auf Details der Szenerie fokussieren konnte.

Direkt vor ihm saßen, standen oder knieten abwechselnd die männlichen Mitglieder der insgesamt doch sehr gemischten kleinen Trauergemeinde. Dunkelhäutige Männer mit Figuren wie Kühlschränken, schwarzen, straff um den Kopf gewickelten Seidentüchern, Corns, Dreads, Plaids oder einfach nur wirr und kraus herunterhängenden Haaren.

Verdächtige Ausbeulungen an ihrer Bekleidung verrieten

138

Fischler, dass die meisten dieser „Dudes" auch beim Gang in die Kirche wie selbstverständlich ihre Waffen mitzunehmen pflegten.

Je länger sich der Gottesdienst hinzog, desto unruhiger schienen die Männer vor ihm wie auch die ebenfalls schwarz gekleideten und zum Teil von den Männern kaum zu unterscheidenden Frauen am linken Flügel zu werden. Die Frauen begannen, miteinander zu tuscheln und zu lachen, einige der Männer schienen sich verstohlen eine Linie reinzuziehen, andere verdeckten ihre Spielkarten in der aufgeschlagenen Bibel, kurzum, das richtige Trauerflair wollte sich nicht so recht einstellen.

Wie auch, wenn allein auf Seiten der Männer nach Fischlers überschlägiger Einschätzung mehrere hundert Jahre bereits abgesessener oder demnächst anstehender Freiheitsstrafe versammelt waren.

Dem Pfarrer war das Schwinden der Aufmerksamkeit offenbar auch nicht entgangen, fasste er sich doch in seiner, von der Kanzel gehaltenen Predigt eher kurz.

Was ihm umso leichter zu fallen schien, als er den Verblichenen, der vorn am Altar in einem schräg stehenden offenen Sarg aufgebahrt war, kaum gekannt haben dürfte.

Plötzlich setzte Fischlers Herz ein, zwei Schläge aus. Hatte der Pastor bislang immer nur vom „verstorbenen Kind Jesu" gesprochen, das viel zu früh gewaltsam aus dem Leben gerissen worden sei, nannte er ihn nun erstmals bei seinem bürgerlichen Namen. Und der lautete Harry Jackson.

Mit einem Male sehr wach, rückte Fischler auf seiner knirschenden Bank noch ein wenig weiter nach außen, um ein Auge auf den bis jetzt von den vor ihm, mal stehenden, mal knienden Trauergästen verdeckten Leichnam werfen zu können.

Leider hatte er sein Fernglas nicht zur Hand, aber das war auch nicht erforderlich.

Links und rechts vom Sarg hatte man nämlich Konterfeis des Toten wie überlebensgroße Passbilder mitten in die üppige Blumenpracht gestellt. Was möglicherweise dem Umstand geschuldet war, dass man den Anblick des, in den letzten Minuten oder

Stunden seines Lebens vielleicht schlimm zugerichteten Mannes niemand und schon gar nicht seinen Nächsten zumuten wollte.

Die Fotos, das konnte Fischler aus der Ferne sogar ohne Brille erkennen, zeigten niemand Geringeren als Black Matt Jackson.

Fischler sandte ein halbherziges Stoßgebet des Dankes himmelwärts, beschloss gleichzeitig aber, das Ende des Gottesdienstes abzuwarten.

Das kam dann umgehend, auch in Gestalt eines ohrenbetäubenden Orgel-Crescendos, wenn auch ohne den Gesang der sprichwörtlichen dicken Dame.

Die inzwischen vom Weihrauch und ihren eigenen mitgeführten Halluzinogenen nur noch zur Hälfte diesseitige Trauergemeinde defilierte zum Teil im genrtypischen Jive noch einmal am Sarg vorbei, warf dem Toten Kusshände zu oder hob den Daumen als bedankten sie sich bei Black Matt für die Einladung zu diesem ultimativen vormittäglichen Rave.

Als auch die letzten Trauergäste die Kirche verlassen hatten und die Kirchendiener am Altar das Trauergebinde abzumontieren und den Sarg reisefertig herzurichten begannen, erhob sich Fischler und ging gemessenen Schrittes nach vorn, als wolle auch er noch einmal ganz persönlich von Harry, genannte Black Matt Jackson Abschied nehmen.

In der eingetretenen Stille hallten seine Schritte auf dem marmornen Fußboden wider und sandten ihre Botschaft bis hinauf ins jetzt verwaiste Orgelgestühl.

Noch stand beziehungsweise lag der Tote im schlichten, Lafetten-artig schräg nach oben ragendem Sarg aus Fichtenholz, dessen Deckel zusammen mit dem Kranz, der ihn während des Gottesdienstes gekrönt hatte, auf dem Boden lag.

Fischler erinnerte das Arrangement weniger an den Tod als an die Geburt, nicht eines Menschen, sondern eines neu gebauten, aber noch nicht fahrbereiten Schiffes kurz vor dem Stapellauf.

In welches Element der auch noch nicht ganz transportbereite Sarg Black Matts gleiten würde, stand noch dahin.

Auf seinem gefühlt immer länger werdenden Weg zum Altar gedachte Fischler eines Seemännischen Brauches, der wollte,

140

dass man die auf Langfahrt verstorbenen Besatzungsmitglieder in einen Jutesack einnähte und über die Reling hievte. Die Aasfresser de See erledigten dann über kurz oder lang den Rest.

Das galt im Übrigen nicht nur für Mannschaftsgrade, denn ein toter Offizier beginnt nach kurzer Zeit genauso penetrant zu stinken wie eine tote Deckshand. Selbst ein Admiral wie Lord Nelson entrann diesem düsteren Schicksal nur um Haaresbreite und auf ausdrückliche persönliche Anweisung, die da lautete „not over the side".

Statt über die Reling zu gehen, wurde er, da von relativ kleiner Gestalt, in einem mit Portwein gefüllten Fass zurück nach England gebracht und dort, vermutlich immer noch leicht nach Dessertwein riechend, feierlich bestattet.

Was aus dem flüssigen Teil dieses seltsamen XXL-Rumtopfes wurde, ist nicht überliefert.

Um ganz sicher zu gehen, dass auch der der letzte Funke Lebens in jenen, die nicht an Lord Nelsons Autorität heranreichten, auch tatsächlich verglüht war, führte der Segelmacher den letzten Stich seiner kräftigen gebogenen Nadel durch die Nasenflügel des Toten - Autsch!

Nur ein wahrhaft Verblichener würde den aus dieser „Stichprobe" resultierenden unerträglichen Schmerz ohne Wimpernzucken hinnehmen.

Als er Altar und Sarg erreicht hatte, bemerkte Fischler das vom Bestatter kosmetisch geschickt wegretuschierte Einschussloch auf Black Matts Stirn.

Jemand war ihnen offensichtlich zuvorgekommen und hatte den Killer erschossen.

Wie man die übergroße Leiche dann auf die Maße dieses Standard-Sarges geschrumpft hatte, wollte Fischler gar nicht erst wissen.

Was ihn jetzt und hier interessierte, waren die Identität des Toten und dessen tatsächlicher Abgang.

Bezüglich der Identität gab es keinerlei Anlass zu Zweifeln. Kein noch so begabter Bestatter wäre in der Lage gewesen, einem etwaigen „Doppeögänger" eine solche Ähnlichkeit mit dem Original ins Gesicht zu zaubern.

Und alles sprach eigentlich auch dafür, dass er wirklich und wahrhaftig das Zeitliche gesegnet hatte. Doch Fischler war gern auf der sicheren Seite.

Eine Nadel, stark genug für Segeltuch, wäre jetzt nützlich gewesen, stand ihm aber gerade nicht zur Verfügung. Aber er wusste sich zu helfen: der Zahnstocher, auf dem er eben noch herumkaut hatte, würde es auch tun.

Er zog das spitze, dünne Stückchen Holz aus seiner Lieblings-Zahnlücke und stach dessen unzerkaute Seite mit Anlauf in den Nasenflügel des Verstorbenen.

Als dieser das ungerührt über sich ergehen ließ, war's auch Fischler zufrieden.

Er steckte den Zahnstocher mit dem „richtigen" Ende wieder zwischen die Lippen und strebte mit einem aufmunternden, an die entsetzten, aber wie gebannt zusehenden Kirchendiener gerichteten „Weitermachen!" dem Ausgang zu.

Wieder draußen im gleißenden Sonnenlicht und immer noch in unmittelbarer Reichweite des gerade einsetzenden Geläuts der Kirchenglocken griff er zum Handy und gab den anderen das Zeichen zum Abbruch der Suchaktion.

„Jemand hat uns überrundet und Black Matt in die ewigen Jagdgründe geschickt. Wer? Wenn ich das wüsste, wäre mir wohler. Das erleichtert uns einerseits die Aufgabe, bringt uns aber andererseits dem Auftraggeber nicht näher. Ich schlage vor, ihr genießt den Landurlaub und wir treffen uns heut' Abend auf der Dancer. Leinen los Punkt zehn."

Fischler blinzelte in die Sonne. Nun blieb nur noch Sponge Bob. Und wo der sich zurzeit aufhielt, wusste offenbar nicht einmal der Allmächtige, sonst hätte er Fischler doch eben in der Kirche sicher ein Zeichen gegeben.

Viel hatte er von Charlotte Amalie und St. Thomas nicht zu sehen bekommen, war ja aber auch nicht zum Sightseeing hier.

Neumeier hatte er schon am Vortag angerufen und ihn gebeten, sich schleunigst nach Puerto Rico zu begeben, um als Estrellas Leibwächter zu fungieren, die ihrerseits weiterhin Debbie im

Auge behalten sollte.

„Ein Rookie und ein Einarmiger - alles bestens, Madame la Marquise," murmelte er auf dem Weg zurück in die Marina.

Über Laura machte er sich weniger Sorgen. Eher schon über John-boy, der nicht ahnte, mit welch formidablem Weibsbild er es da zu tun bekommen würde.

Wie sie es anzustellen gedachte, sich ihm aufzudrängen, hatte sie Fischler nicht verraten. Dass sie es innerhalb kurzer Zeit schaffen würde, John-boys Vertrauen zu erringen, dessen war er sicher.

Als er um die Ecke bog, hinter der sich das Marina-Gelände dem Besucher öffnete, begegnete ihm eine dunkelhäutige junge Frau in Trauerkleidung, die nur kurz aufblickte und dann langsam weiterging.

Fischler fragte sich, ob sie wohl zu den Trauergästen gehört hatte, die Black Matt Jackson das letzte Geleit gegebenen hatten oder ihren eigenen Verblichenen betrauerte. Ihr Gesicht und Frisur hatte er wegen des schwarzen Kopftuches, das ihr Haupt verhüllte, nicht sehen, ihr Alter an Körper und Gang nur sehr grob abschätzen können.

Was ihn jedoch verwunderte, war das volatile Wölkchen White Musk, das von ihr ausgegangen war.

Die chronische weibliche Putzsucht in allen Ehren, aber wer schon zu einer Beerdigung White Musk auflegte, hatte bei freudigeren Anlässen ja kaum noch Luft nach oben.

Er bog in die Marina ein, hielt inne, kehrte die paar Schritte zurück und lugte vorsichtig um die Ecke.

Die Frau war jedoch schon nicht mehr zu sehen, musste ihre Schritte also erheblich beschleunigt haben, sobald sie außerhalb von Fischlers Sichtweite gewesen war.

Fischler schüttelte sein Haupt und setzte den Weg fort. Wahrscheinlich sah er bereits Gespenster.

Die Yellow Dancer schaukelte sanft in ihren Moorings am langen Ponton, an dessen seewärtigem Ende ein runder doppelstöckiger Pavillon wie ein untersetzter Leuchtturm prangte, der als Café oder Restaurant offenbar ausgedient hatte und nun allem

Anschein nach auf neue Besitzer wartete.

Fischler kletterte an Bord und bemerkte sofort das unverschlossene Schott zum Niedergang.

War einer der Jungs noch vor ihm an Bord zurückgekehrt? Wohl kaum. Der hätte das Schott weit offenstehen lassen, um sich mit dem dadurch entstehenden Durchzug etwas Kühlung zu verschaffen. Das entsprach in diesen Breiten der Hafenroutine.

Hatten sich in ihrer Abwesenheit Einbrecher an Bord geschlichen? Das einfache Schloss zu knacken, erforderte nicht unbedingt der Fingerfertigkeit eines Houdini und Einbrüche in Häuser, Wohnungen und Yachten gehörten auf St. Thomas zum Alltag.

Fischler öffnete das Schott und stieg langsam nach unten. Einbrecher handelten auch auf Yachten meist unter großem Zeitdruck und hinterließen daher gern einen regelrechten Saustall unter Deck: durchwühlte Schapps, herausgerissene Schubläden, deren Inhalt heraus, deren Inhalt über den ganzen Boden verstreut zu sein pflegte. Papierfetzen, Glas- und Porzellanscherben erweckten in einem solchen Fall den Eindruck, als hätte jemand einen großen Abfalleiner in den Salon entleert.

Nichts von alledem lag jedoch hier vor.

Als Fischler im Begriff war, sich an den Kartentisch zu setzen, erklang hinter ihm eine ihm unbekannte sonore Stimme.

„Ziehen Sie Ihre Waffe ganz langsam mit der Linken aus dem Gürtel."

Im ersten Moment dachte Fischler, Baron Samedi sei zu Besuch gekommen. Doch der hätte wie immer Französisch gesprochen.

Er kam der mit amerikanischem Akzent vorgetragenen Aufforderung widerspruchslos nach.

„So ist´s gut. Werfen Sie die Waffe vorn auf die Sitzbank und setzen Sie sich hin."

Fischler tat erneut, wie ihm geheißen.

Als er sich dem ungebetenen Gast zuwandte, dachte er zu halluzinieren.

Gebückt vor ihm stand kein anderer als Black Matt Jackson,

der sich an Fischlers offenkundiger Verwunderung genüsslich weidete.

Fischler musste ein paarmal schlucken, bevor er seine Stimme wiederfand.

„Man sagt Ihnen nach, dass Sie sich an mehreren Orten gleichzeitig aufzuhalten wissen. Dass Sie auch von den Toten auferstehen können, wurde mir so jedenfalls nicht kolportiert."

Jackson lachte dröhnend. Offenbar war er es, der das Schott aufgebrochen und sich in der achteren Kabine versteckt hatte, um hier in aller Seelenruhe auf Fischler zu warten.

„Ich sah Sie an der Trauerfeier für meinen Bruder Joe teilnehmen und dachte, ich fühle Ihnen mal auf den Zahn. Joe und ich sind, waren, eineiige Zwillinge. Den Rest können Sie sich vermutlich selbst ausmalen."

Das konnte Fischler in der Tat. Er wusste allerdings nicht, ob er sich über die Auferstehung Black Matts freuen oder dessen überraschenden Besuch zum Anlass für Besorgnis nehmen sollte. Nun bestand zwar die Möglichkeit, ihn quasi posthum nach seinem Auftraggeber zu befragen. Andererseits war Fischler nicht sicher, ob ihm selbst noch genügend Zeit vergönnt sein würde, die so gewonnenen Erkenntnisse ermittlungstechnisch zu verwerten.

„Mein Beileid zu Ihrem Verlust," sagte er etwas kleinlaut.

Jackson, der sich selbst im Salon, in den er getreten war, regelrecht ducken musste, um nicht mit seinem bärtigen Haupt durchs Oberdeck zu stoßen wie die Brücke der USS Nautilus durch die arktische Packeisdecke, lachte erneut, diesmal mit einem grimmigeren Unterton.

„Kein Problem, nicht schade um Joe, höchstens um unseren Act, wenn Sie mich fragen. So, wie´s gekommen ist, erweist er mir selbst im Ableben noch einen letzten Liebesdienst."

Fischler nickte.

„Ja, den der Begründung Ihrer Unsterblichkeit. Darauf ließe sich ein neues Geschäftsmodell gründen. Wenn Sie beispielsweise…"

„Klappe! Warum sind Sie hinter mir her?"

„Die Fragen stelle ich!" hätte Fischler um ein Haar reflexhaft gerufen, konnte die früher im Dienst oft gemachte Bemerkung aber gerade noch mal runterschlucken.

Also gab er sich als der „Rattenfänger" von Redonda zu erkennen.

Jackson sog die Luft so tief in seine Lungen, dass sich Fischler schon sorgte, ob genug für ihn bleiben würde.

„Diese Sache," rief Black Matt leicht indigniert, als hätte Fischler ihm gerade eine Lappalie wie den Überfall auf eine Tankstelle zum Vorwurf gemacht.

„Mann, was interessieren dich diese britischen Lackaffen? Oder bist du etwa ein Bulle?"

„War ich mal, lange her. Aber ich kannte die Richardsons," log Fischler.

„Und da wir schon dabei sind. Würden Sie mir bei dieser Gelegenheit Ihren Auftraggeber verraten? Ich meine, so jung wie heute kommen wir nie wieder zusammen und wenn ich die Situation richtig einschätze, werden Sie mir kaum Gelegenheit geben, unser kleines Geheimnis demnächst an die große Glocke zu hängen...."

„Da könntest du verdammt recht haben."

Er richtete den Lauf der Waffe auf Fischlers Kopf.

„Aber wir haben in unseren Kreisen einen Ehrenkodex und der besagt: verrate nie deinen Auftraggeber, egal was auch passiert. Wie viele seid ihr an Bord dieses Kahns und wo sind die anderen?"

„Wir fahren zu viert. Wo genau sich die anderen drei zurzeit aufhalten, weiß ich nicht."

„Dann nimm dein Handy und trommle sie zusammen. Sie sollen alle sofort an Bord kommen."

Fischler schüttelte den Kopf.

„Das würde ihren Verdacht erregen...."

„Lass´ das meine Sorge sein. Sie werden kommen und ich werde sie wegpusten, einen nach dem anderen. Na, was ist? Mach´ schon hin!"

Fischler zögerte, seine Leute in diese Falle zu locken, aber Jacksons Lunte schein sehr kurz zu sein.

„Ich sag´s dir nicht noch einmal. Entweder, du rufst sie jetzt an oder….“

Zum Ausbuchstabieren der düsteren Alternative kam er nicht mehr, weil ihm plötzlich ein Teil des Schädels abhandengekommen war.

Da es sich um denjenigen Teil handelte, der sein Großhirn umschloss, hatte sein Körper die Leitzentrale verloren, war steuerlos geworden und leblos vornüber gefallen.

Dort ausgestreckt am Boden liegend, passte Jackson paradoxerweise erstmals in voller Länge auf die Dancer. Unter den gegebenen Umständen allerdings ein schwacher Trost.

Fischler und der vordere Salonhälfte um ihn herum trieften von Blut und Gehirnmasse, während Teile der Schädeldecke mit dem ratternden Geräusch einer Roulette-Kugel auf dem Weg zu Rouge oder Noir über Tisch und Boden kullerten.

„Nichts geht mehr,“ murmelte Fischler, selbst erneut einigermaßen entgeistert.

Es dauerte ein paar Sekunden, bis er sich mit dieser jähen Wendung der Ereignisse angefreundet hatte.

Im Rahmen des Schotts, das im Rücken des gebückt stehenden Jackson Zugang zum vorderen Kabinentrakt und zur Segellast gewährte, lehnte, ebenfalls gebückt, der baumlange Bootsmann der Dancer und steckte seine noch leicht aus dem am Lauf qualmende Waffe wieder in den Gürtel.

Fischler konnte es immer noch nicht ganz fassen. Das Phänomen der Allgegenwart schien auf dieser Insel endemisch zu sein.

„Baptiste? Du solltest doch in Portsmouth sein. Was zum Teufel machst du dann hier?“

Baptiste war selten um eine Antwort verlegen.

„Zu Hause unter all den Weibern wurde es mir zu fad. Meine Frau Gabriella kam noch am Tag meiner Ankunft nieder. Mich brauchte sie dazu nicht, wusste ja noch, wie´s geht. Also fuhr ich euch am darauffolgenden Tag nach.“

Fischler wischte sich mit dem Hemdsärmel das auf die Tischplatte tropfende Blut Jacksons von Stirn und Gesicht.

„Warum hast du mich nicht angerufen?"

„Es sollte eine Überraschung werden…."

Fischler lachte grimmig.

„Die ist dir voll geglückt, chapeau! Da fährst du, was, länger als eine Woche hinter uns her….Wie eigentlich? Ich meine, auf was?"

Anstelle einer verbalen Antwort hielt Baptiste den Daumen seiner Rechten hoch und zur Seite.

„Du bist getrampt?"

Baptiste nickte.

„Was ist es eigentlich geworden, Junge oder Mädchen?"

„Junge. Schon wieder. Uns gehen allmählich die Namen aus."

„Wie wär´s mit Matt? Der Name ist soeben vakant geworden," fragte Fischler und wies auf den toten „Piraten".

Baptiste lachte.

„Lieber nicht. Auf Tortola habe ich euch anscheinend knapp verpasst, aber hierher schaffte ich es gerade noch rechtzeitig."

„Das kannst du laut sagen. Mein persönlicher Deus ex machina. Wie bist du dann hier auf die Dancer gekommen?"

„Über die Segellast natürlich. War ja nicht das erste Mal. Das vordere Luk ist im Hafen stets nur angelehnt, wegen Frischluft, damit das Segeltuch nicht fault, wissen Sie doch. Dann habe ich eine Weile im Salon herumgesessen und mich schließlich vorn in der Kabine aufs Ohr gelegt. Ich war hundemüde.""

Jetzt verstand Fischler.

Als Jackson an Bord gekommen war, hatte er das Schott verschlossen vorgefunden und daraus den falschen Schluss gezogen, dass er allein an Bord sei.

Der vorn liegende Baptiste seinerseits schlief tief und ohne zu schnarchen und war vermutlich erst von Fischlers und Jacksons Stimmen geweckt worden. Gehandelt hatte er mehr oder minder instinktiv.

„Warum hast du mich zumindest hier nicht zu erreichen versucht?"

„Wollte ich, aber der Akku meines Handys war platt. Musste erst aufgeladen werden."

Fischler blickte um sich.

„Das hier wird Steve nicht gefallen. Ich fürchte, da müssen wir alle die Ärmel hochkrempeln und saubermachen, um diesen Schlachthof wieder in einen Salon zu verwandeln. Welche Waffe benutzt du eigentlich zurzeit?"

„Meine Ruger, Kaliber .45 Magnum, Hohlmantel."

Fischler schüttelte sich beim bloßen Gedanken.

„Eh, bitte versteh´ das jetzt nicht als Kritik, aber vielleicht solltest du auf etwas Kleineres, Leichteres umsteigen, Kaliber .22 zum Beispiel hat sich allgemein bewährt. Und ziel´ beim nächsten Mal vielleicht nicht auf den Kopf, sondern auf den Körper. Du siehst ja selbst, welche Schweinerei das sonst anrichtet. Außerdem hätte uns ein nur angeschossener Jackson noch eine Menge erzählen können, bevor er das Zeitliche segnet."

„Ja, tut mir leid. Ich habe eigentlich gar nicht gezielt, nur abgedrückt," protestierte Baptiste.

„Was machen wir mit ihm?"

„Mit Black Matt? Nun, mein erster Reflex war der, ihn in die Kirche zu schleppen, aus der ich gerade komme und ihn umgekehrt zu seinem Zwillingsbruder in den Sarg zu legen, mit den Füßen dort, wo Joe seinen Kopf hat. Doch so, wie er jetzt aussieht, könnte das unnötiges Aufsehen erregen. Ich denke, wir geben ihm eine ordentliche Seebestattung, mit Jutesack und allem Drum und Dran. Die Nase hat er ja noch…teilweise. Das ist mehr, als er und die Seinen den Richardsons gönnten."

„Wie steht´s mit dem dritten Mörder?"

„Er war offenbar der Chef des Trios. Wir kennen nur seinen Vornamen Brad und seinen Spitznamen Sponge Bob. Soll sich auf Puerto Rico aufhalten, der Typ, sagen die einen."

„Und die anderen?"

Fischler winkte nur ab.

„Also Kurs San Juan?"

Fischler nickte und blickte auf die Uhr.

„Die anderen werden bald wieder eintrudeln.

„Um zehn laufen wir aus. Habe ich dir schon dafür gedankt, dass du mir soeben das Leben gerettet hast? Bin aber auch so heilfroh, dich wieder an Bord zu wissen. Und ja, fast hätte ich es vergessen: Glückwunsch zur erneuten Vaterschaft. Bei fünf Ninos solltest du demnächst vielleicht einen Schalldämpfer benutzen. Und jetzt hilf mir bitte, Humpty Dumptys Reste aufzusammeln."

11. FISCHLERS JERICHO

„Möchte jemand von euch noch ein paar passende Worte loswerden?"

Fischler schaute in die Runde seiner Getreuen, erntete aber lediglich gleichgültige Blicke. Keiner der Männer bekundete das geringste Interesse an einem Nachwort für Black Matt Jackson.

In Ermangelung eines Jutesacks hatte Steve die Leiche des Killers in ein altes Betttuch eingenäht, das den ewig hungrigen Kreaturen der See vorhersehbar nicht sehr lange standhalten würde. Damit, dass es der so verpackte leblose Körper in Gänze bis an die Gestade einer der zahlreichen Inseln, mit denen diese Gegend gesegnet war, schaffen und dort Fragen aufwerfen würde, war insofern nicht zu rechnen.

Die Yellow Dancer II rauschte auf Westkurs unter Vollzeug verträumte sieben Knoten und ihre Krängung nach Backbord brachte den quer zur Mittschiffslinie auf dem Vordeck abgelegten Leichnam Matts in eine ähnliche Schräglage, wie sein Bruder sie nolens volens in der Kirche eingenommen hatte.

Wenn Baptiste den provisorischen „Body Bag" nicht am Kopfende gehalten hätte, wäre dieser vorzeitig unter den straff gespannten stählernen Relings-Kabeln durchgerutscht und vermutlich sehr schnell im lebhaften Seegang verschwunden.

„Okay, dann bleibt mir nur, dir mehr Glück in der anderen Welt zu wünschen, Black Matt. Gehab´ dich wohl, man sieht sich."

Auf sein Zeichen löste Baptiste seinen Griff und entließ den Sack in die an der Leeseite der Yacht etwas ruhigere See.

Anstatt sofort zu versinken, hüpfte der luftgefüllte „Sack" einige Augenblicke lang unter den Blicken der Crew in den Wellen, als ob Black Matt Wert darauf legte, Jig-tanzend aus diesem Leben zu scheiden. Doch dann tauchte er plötzlich sehr schnell und ruckartig unter. Ein sicheres Zeichen dafür, dass ein erster Räuber bereits Besitzansprüche an Matts Leiche angemeldet hatte.

Fressen oder gefressen werden - das Darwin´sche Gesetze galt unter wie über der Wasseroberfläche.

Während Steve sich wenig später in der Kombüse zu schaffen machte und Baptiste das Steuer übernahm, verdrückten Jack und Miguel sich in ihre Kojen.

Fischler setzte sich an den Kartentisch, stützte den Kopf in beide Hände und kaute auf einem Zahnstocher.

Bis hierher waren die Dinge trotz des einen oder anderen Rückschlags für sie recht glimpflich verlaufen.

Keiner von ihnen war verletzt worden, die Yacht nicht zu Schaden gekommen. Was sie auf Puerto Rico erwartete, war schwer abzusehen.

Von Neumeier hatte Fischler noch nicht wieder gehört, obwohl er inzwischen eigentlich in Ponce eingetroffen sein musste. Hatte er sogleich Kontakt mir Estella aufgenommen oder sich zunächst ein paar Tage in San Juan aufgehalten?

Wie zur Beantwortung seiner Fragen klingelte das Satellitentelefon. Doch der Anrufer war nicht Neumeier.

„Hallo, Laura. Was gibt´s Neues? Seid ihr euch bereits nähergekommen, John-boy und du?"

Laura klang geschäftsmäßig wie eh und je. Die „Zielperson" hatte offenbar keinen besonders nachhaltigen Eindruck auf sie gemacht.

„Und ob. Wir haben Gelegenheit, einander ein wenig zu beschnüffeln. Ein schrulliger Londoner Bekannter von mir organisiert seit Jahren ab und an ausgefallene Pokerrunden für gut situierte abenteuerlistige Spielernaturen an ungewöhnlichen Orten, um des doppelten Kicks wegen. Hohe Einsätze und schaurige Austragungsorte wie ausgediente Leuchttürme irgendwo weit draußen vor der schottischen Küste oder in noch bevölkerten Leichenhallen mitten in London. Einmal waren wir in einer alten Zinn-Mine in Cornwall und in der Krypta einer umgewidmeten anglikanischen Kirche in Cardiff, um nur einige der krasseren Beispiele zu nennen."

„So ist man sicher, ein ganzes Weilchen unter Seinesgleichen zu bleiben…" resümierte Fischler.

„Genau. Als Mitglied der Clique ist John-boy meist mit von der Partie. Diesmal fiel ihm sogar das Privileg zu, einen originellen und zugleich verschwiegenen Treffpunkt vorzuschlagen. Seine Wahl fiel auf einen alten deutschen Bunker auf Alderney." Fischler lächelte bei der Erwähnung des sprachlich-etymologisch mit Norderney verwandten Namens dieser nördlichsten Kanalinsel.

Der Gedanke daran, dass Gröfaz Hitler die von seiner Armee besetzten Inseln in der Bucht von St. Malo unbeirrbar als Dreh- und Angelpunkt der bevorstehenden Landung der westlichen Alliierten betrachtet und entsprechend mit Material und Personal ausgestattet hatte, war vielen seiner Militärs schon damals abwegig erschienen.

Als Briten und Amerikaner die Inseln am D-Day schnöde rechts liegen ließen, musste Adolfs Enttäuschung in etwa so groß gewesen sein wie die Erleichterung der dort sinnloserweise stationierten deutschen Truppen, die so dem Inferno an den Stränden der Normandie entgingen.

„Es fiel mir nicht ganz leicht, ebenfalls eine Einladung zu erschleichen. Die britische Gesellschaft ist doch immer noch sehr männlich-homoerotisch drauf. Außerdem muss man ja erst einmal zu diesem öden Inselchen kommen. Aber ich war mit dem Terrain von einem früheren Aufenthalt vertraut."

„Du spielst an auf die legendären Yarmouth Six?"

„So ist es. Woher weißt du davon?"

„Ich bitte dich! Nenn´ mir eines deiner Abenteuer, über das bei uns keine Akten vorliegen. Oder nein, lass´ es lieber. Wie dem auch sei. Alderney als Außenstelle des Hamburger KZ´s Neuengamme, seinerseits Filiale von Sachsenhausen, ist auch in meiner Erinnerung auch ohne Bunker schon gruselig genug, oder?"

„Kann man so sagen. Eine bedrückende Atmosphäre, als läge der Fluch ihrer jüngsten Vergangenheit noch über der Insel. Nun, wie auch immer. Wir spielten den Abend und die Nacht durch und tranken Schampus, Whisky und Schnaps durcheinander. Hat meine Leber und mich vermutlich zehn Jahre unseres gemeinsamen Lebens gekostet. Aber was tut man nicht alles, um

153

KD Fischler zu gefallen."

„Red´ keinen Unsinn. Du stehst in der Blüte deiner Jahre. Aber dennoch danke für deinen selbstlosen Einsatz."

Laura lachte, was sie nicht oft tat. Und wenn, hatte ihr Gelächter meist einen leicht zynischen Unterton, der hier fehlte.

„Jedenfalls kam ich finanziell mit plus minus Null aus der Pokerrunde heraus. Das ist mehr, als man von John-boy sagen kann. Er verlor nach meinem Eindruck unter dem Strich wohl einen Jaguar, aber nicht das Manor."

„Offenbar bevorzugt er Bentleys. Kamst du mit ihm ins Gespräch?"

„Ins Gespräch ist gut. Der junge Mann plauderte den ganzen Abend auf mich ein, als wäre ich seine Beichtmutter. Gibt´s das eigentlich, eine Beichtmutter?"

„Meines Wissens noch nicht, ist aber sicher nur eine Frage der Zeit. Keine drei Päpste weiter und es wimmelt im Vatikan nur so von weiblichen Kardinälen und in den Kirchen von weiblichen Priestern. Ob wir beide das allerdings noch erleben…."

„Egal. Ich bot ihm erst meine Schulter und dann meine Brust zum Ausweinen an und hätte ihn fast auch auf den Schoß genommen. Ist wohl der Typ Mann, der am liebsten seine eigene Mutter… ehelichen würde, wenn sich das legal machen ließe. So eine Art Ödipus in Knickerbockern, wenn du verstehst, was ich meine."

Fischler lachte.

„Ödipus trug als Korinther wohl eher eine Fustanella und Einlagen wegen seines Klumpfußes. Insofern, als er sich nicht bewusst war, dass er erst seinen Vater erschlagen und dann seiner Mutter beigeschlafen hatte, darf er auf mildernde Umstände plädieren.

Den nach ihm benannten Komplex hat Freud ihm angedichtet. Dummes Zeug, wenn du mich fragst.

Dass sich manche Männer auf der Suche nach geeigneten Partnerinnen an ihren Müttern orientieren, hat seinen sehr einfachen Grund darin, dass diese bis weit ins Mannesalter für gewöhnlich diejenigen role models darstellen, mit denen sie vertraut sind. Eine rationale Entscheidung, denn warum sollte, was für sie in ihrer Kindheit und Jugend gut war, ihnen im Mannesalter schlecht bekommen."

„Mag sein. Jedenfalls ließ John-boy mich wissen, dass er die alte Baracke, wie er das Tudor Manor etwas lieblos nannte, eher heute als morgen verkaufen und mit dem Geld etwas Sinnvolles anstellen wolle, anstatt nur sinnlos in der Weltgeschichte herumzufahren wie seine Eltern."

Fischler grunzte zufrieden. Was Laura berichtete, deckte sich weitgehend mit den Impressionen Neumeiers.

„Da wird er wohl noch warten müssen, bis die Akte Richardson geschlossen werden kann und alle Formalitäten abgewickelt sind. Erwähnte er irgendwann Debbie?"

„Mit keinem Wort. Entweder, sie spielt in seiner Galaxie keine Rolle oder er weiß, seine Karten im Leben besser verdeckt zu halten als beim Poker."

„Wie lautet also dein vorläufiges Verdikt?"

„Ich neige nicht zu vorschnellen Urteilen, wie du weißt. Er ist sicher von einer gewissen Ambivalenz gekennzeichnet und mag dieses oder jenes unappetitliche Skelett im Schrank haben. Aber wenn du mich fragst, ob ich ihm zutraue, die brutale Ermordung von Mutter, Vater, Onkel und Tante in Auftrag gegeben zu haben, lautet meine Antwort jetzt und hier eher Nein. Einer solchen Tat scheint er mir jedenfalls unter normalen Umständen nicht fähig. Aber wenn der Druck im Kessel hinreichend wächst…. Er wäre nicht der erste Psychopath, auf dessen unschuldige Miene alle Leute seiner Umgebung hereinfallen."

„Du denkst da hoffentlich nicht an mich?"

„Nein KD, du bist schlimmstenfalls schrullig und chaotisch, aber mit einem anarchischen Verstand ausgestattet, der dir für die Zwecke kriminalistischer Ermittlungen bisweilen ganz gute Dienste leistet.

Auch manipulierst du manchmal Menschen für deine Zwecke, aber tun wir das nicht irgendwann alle? Als Psychopathen sehe ich dich ganz sicher nicht."

„Da bin ich erleichtert, Frau Doktor. Was nun?"

„Ich bin in den nächsten Tagen auf Guernsey mit ihm zum Golf verabredet. Das gibt mir die Gelegenheit, ihn mir noch einmal genau anzusehen. Sollte sich mein erster Eindruck bestätigen, sind er und ich wohl raus aus der Nummer."

„Gut. Das klingt plausibel. Aber er ist ja nicht allein. Es gibt da eine Schar dienstbarer Geister mit einem Phantom der Oper namens Gregory. Seines Zeichens Butler-cum-Chauffeur und anscheinend der Mann fürs Grobe. So jedenfalls schilderte ihn Neumeier. Vielleicht kannst du diesen Greg bei der Gelegenheit gleich mit unter deine Lupe nehmen.

„Du meinst, John-boy könnte die Drecksarbeit an ihn delegiert haben?"

„Denkbar wär´s. Kannst du gut mit Hunden?"

„Geht so, kommt auf die Rasse an. Wieso?"

„Das Manor wird auch von zwei Dobermann-Rüden bewacht. Heißen Gilbert und Sullivan. Die beiden streifen frei durchs Anwesen, schrieb Neumeier. Attackieren tun sie nur, wenn John-boy oder Greg das Auslösewort rufen. Sonst sind sie harmlos, können aber furchteinflößend wirken."

„Danke für den Hinweis. Dobermann-Pinscher können unberechenbar sein. Gehören nicht gerade zu meiner Lieblingsrasse. Aber was soll´s. Da muss ich dann durch."

„Und die Hunde erst…."

Fischler hüstelte verlegen.

„Ich unterbreche dich ungern. Erst recht nicht, wenn du gerade von Hunden sprichst. Aber Jack the Flipper dort oben am Steuer ruft nach mir. Das würde er nicht tun, wenn nicht etwas Besonderes vorläge, das seines Erachtens meine Anwesenheit an Deck erfordert."

„Kein Problem, lass´ ihn nicht warten. Ich habe sowieso fertig."

Sie beendeten das Gespräch und Fischler kletterte ins Cockpit.

„Was gibt´s?"

„Sieht nach Ärger aus, Skip," entgegnete Jack und wies mit dem Daumen auf Baptiste.

Der stand mit dem Rücken zur Fahrtrichtung und hatte das

156

Fernglas an den Augen. Mit der ausgestreckten Rechten wies er auf einen sich schnell vergrößernden dunklen Punkt am achterlichen Horizont.

„Für was halten Sie das?" fragte Baptiste und reichte Fischler das Fernglas.

Fischler regulierte die Optik auf seine Sehstärke und betrachtete den inzwischen zum Fahrzeug geratenen Punkt aufmerksam.

„Sieht nach der portorikanischen Küstenwache aus," fügte Baptiste hinzu.

Fischler schüttelte den Kopf.

„Wir befinden uns noch nicht in deren Küstenzone. Jack, ruf´ bitte San Juan über Funk und frage nach, ob die Küstenwache eines ihrer Fahrzeuge außerhalb der territorialen Gewässer operieren lässt. Schalte den Cockpit-Lautsprecher zu. Weckt Miguel und ruft nach Steve und geht auf Gefechtsstation. Mir ist dieser Kahn nicht geheuer."

Die Männer brauchten keine zweite Aufforderung. Während Jack sich ans Funkgerät setzte, griffen Baptiste, Miguel und Steve zu ihren Waffen und nahmen die für solche Fälle festgelegten Positionen an Deck ein. Miguel duckte sich hinter die auf dem Vordeck festgezurrte fassähnliche Kapsel, in der sich die aufblasbare Rettungsinsel verbarg, Steve schmiegte sich an den Mastfuß und Baptiste kniete auf der Cockpitbank neben dem Steuerstand. Alle schauten nach achtern.

Durchs Fernglas glich das eindeutig auf ihr Kielwasser zuhaltende Fahrzeug einem grobschlächtig zur Motoryacht umgerüsteten Trawler, dessen Schleppvorrichtungen und Netzrollen abmontiert worden waren, um mehr Platz an Deck zu schaffen und die Gewichtseinsparung in Geschwindigkeit ummünzen zu können.

Der Bug des Fahrzeugs war zu beiden Seiten von den für die Küstenwachboote typischen senkrechten Streifen geziert und jedes Mal, wenn das Schiff im Seegang leicht nach rechts oder links ausbrach, konnte Fischler die an den Rumpf-Flanken in etwas krakeligen Zügen angebrachten „Coastguard"-Schriftzug erkennen.

Dass dies nach einer nicht sehr geschickten Imitation „roch", daran änderte auch die am Heck flatternde portorikanische „Nationale" wenig.

„Ich wette, der Kahn stinkt jetzt noch nach Fisch," murmelte Fischler.

„Posaune?" fragte Baptiste.

Fischler schüttelte den Kopf.

„Noch nicht. Wir müssen ganz sicher gehen, dass es nicht doch irgendein amtliches Fahrzeug ist, sonst kommen wir in des Teufels Küche. Was ist mit der verdammten Funkverbindung?"

Das andere Boot war nun kaum mehr eine halbe Seemeile entfernt und schien seine Geschwindigkeit herabzusetzen.

Endlich stand die Funkverbindung und Jack konnte seine Frage stellen. Die Beantwortung ließ allerdings noch auf sich warten.

Das andere Boot war nun auf etwa zwei Kabellängen herangekommen und hatte seine Gangart derjenigen der Dancer angepasst, blieb also zunächst ein wenig auf Abstand.

Fischler hatte Miguel das Steuer übergeben und blickte durch das Fernglas nach achtern. Als er bemerkte, dass sich auf dem Fahrzeug in ihrem Kielwasser zwei, drei offenbar bewaffnete Gestalten hinter die Reling postierten, rief er nach unten.

„Lass´ gut sein, Jack. Ich glaube, wir brauchen die Posaune."

Jack legte das Mikrophon zur Seite und stieg wieder an Deck. Er öffnete die Backskiste an Steuerbord und entnahm ihr eine ältere Bazooka amerikanischer Bauart, die so aussah, als hätte sie bereits an der Landung in der Normandie teilgenommen. Doch da Jack für sie verantwortlich zeichnete, durften sie davon ausgehen, dass sich die „Posaune" in voll funktionsfähigem Zustand befand.

Während Baptiste ihm half, die Granate mit Hohlladungskopf von hinten ins Rohr zu schieben, erscholl plötzlich eine Lautsprecherstimme, die ihnen auf Spanisch befahl, beizudrehen und die Segel zu bergen.

„Entfernung?" fragte Jack ungerührt und wuchtete die Waffe auf seine rechte Schulter.

Fischler blickte auf den im Fernglas eingebauten Entfernungsmesser.

„Zweihundert und fünfzig", " beschied er Jack, der daraufhin zur Backbordseite wechselte und sich auf die Sitzbank kniete, auf der Baptiste ihn festhielt, damit er nicht herunterfiel oder zu stark schwankte.

Dann visierte Jack das Fahrzeug an.

Auf der Brücke der verdächtigen Motoryacht blickte sicher auch gerade jemand durchs Fernglas und kam wohl nicht umhin, die auf sein Fahrzeug gerichtete ominöse Posaune wahrzunehmen.

Während man drüben aus automatischen Waffen Salven zu feuern begann, deren Projektile jedoch größtenteils im Kielwasser der Dancer verendeten, vollführte das Fahrzeug einen harten Schwenk nach Steuerbord, um aus der Reichweite der Bazooka zu gelangen.

Auf diesen Moment hatte Jack gewartet. Just, als das andere Boot ihm für einen Moment seine ganze Breitseite präsentierte, drückte er ab.

Die elektrisch ausgelöste panzerbrechende Rakete schoss aus dem Rohr, zischte sekundenlang dicht über die Wasseroberfläche und schlug schließlich im Rumpf des „Trawlers" ein.

Die folgende Detonation riss ein radgroßes Loch genau dort in den Rumpf, wo dieser wechselweise ins Wasser tauchte und wieder über die Oberfläche stieg.

Sofort drangen größere Mengen Wasser in das Schiff. Ein Feuer brach aus und es folgten weitere kleinere Detonationen. Offensichtlich hatten die Piraten, denn um solche musste es sich handeln, ein ganzes Arsenal von Waffen und Munition unter Deck eingerichtet, das ihnen jetzt zum Verhängnis wurde.

Zwei Männer sah Fischler ins Wasser springen, die anderen wurden tot oder schwer verletzt von dem sinkenden Wrack mit in die Tiefe gerissen.

Während Jack die Bazooka wieder wegpackte, suchten die anderen nach eventuellen Einschlägen im Rumpf oder an Deck der Dancer. Zwei, drei Projektile hatten das Großsegel durchbohrt, eines war in der Rettungsinsel eingeschlagen und ein weiteres hatte die Ankerwinde getroffen. Nichts, was ein paar Hafentage nicht wieder würden heilen können.

Nach dem sinkenden Fahrzeug, von dem jetzt nur noch ein flackerndes Treibstoff-Feuer mit dünner Rauchsäule übrig war, sah sich keiner von ihnen auch nur um. Selbst leicht oder gar nicht verletzt würden die ins Wasser gesprungenen Männer nicht lange genug überleben, um ihre Geschichte zu erzählen. Wäre es ihnen gelungen die Dancer zu kapern, hätten sie, davon musste man ausgehen, deren Crew ein ähnliches Schicksal bereitet: fressen oder gefressen werden.

„Freunde von Black Matt?" fragte Baptiste.

Fischler zuckte mit den Achseln.

„Möglich. Werden wir wohl nie erfahren."

Das Funkgerät meldete sich. Die Küstenwache von San Juan bestätigte, dass keines ihrer Fahrzeuge zurzeit „out of area" operierte.

Jack stiefelte hinunter und dankte für die Mitteilung.

„Fehlte nicht viel und die hätten das auf unsere Grabsteine ritzen können," grinste Miguel

„Welche Grabsteine?" lautete Fischlers rhetorische Frage.

„Feiner Schuss," lobte Baptiste den Texaner.

„Hätten die gewusst, dass Doc Holiday in der Stadt ist, hätten sie die Finger von uns gelassen," fügte Miguel hinzu.

Fischler warf einen Blick auf die Karte. Noch zwanzig Seemeilen bis San Juan, vor dessen Hafen in aller Regel ein „echter" Kreuzer der Küstenwache demonstrativ Wache hielt und verdächtige Fahrzeuge abfing.

Da würde es ihnen sehr zustatten kommen, dass der Rumpf der Yacht keine verdächtigen Schusslöcher aufwies und nirgends an Deck Blutspuren von dem kleinen Gefecht Zeugnis ablegten, das sich soeben da draußen abgespielt hatte.

Und da sich auch keine Drogen an Bord befanden, würde man von der Küstenwache nichts zu befürchten haben.

160

12. DER BLAUE MALTESER

Fischler streifte auch wie jetzt im Regen gern durch die schach-brett-artig angelegten engen Gässchen der 500jährigen Altstadt von San Juan, um sich an diesem Meer von Formen und Farben immer aufs Neue zu ergötzen.

Die hier überall anzutreffenden blauen Pflastersteine aus ge-presster Eisenschlacke, eine Hinterlassenschaft europäischer Frachtsegler, die das billige Material als Ballast mitführten, um es auf Puerto Rico gegen Nutzlast einzutauschen, war nicht nur ein ästhetischer Zugewinn, sondern erfüllte auch einen sehr prak-tischen Zweck. Wären die zum Teil recht steilen Sträßchen und Gässchen nämlich asphaltiert worden, hätten sie sich bei jedem tropischen Regenguss in reißende Bäche verwandelt. So aber konnte das Regenwasser in die Erdspalten zwischen den Steinen versickern.

Insbesondere nach solchen Regengüssen griffen die feucht glänzenden Steine gleichsam das Motiv der kobaltblauen karibi-schen See auf, führten es an Land fort und setzten es in Kontrast zum hellen oder dunklen Grün der städtischen Flora ebenso wie zu den liebevoll bemalten Hausfassaden.

Diese Vorderfronten der sich dicht an dicht drängenden drei-bis viereistöckigen Wohnhäuser im spanischen Kolonialstil er-strahlten dann in allen Farben der südlichen Palette, ohne auf das „Bonbonpapier" der Lebkuchenhäuschen auf den Kleinen Antillen zu rekurrieren.

Fenster- und Türrahmen waren in aller Regel noch einmal weiß abgesetzt, womöglich, um die Sonnenstrahlen, die sich sonst auf den schwarzen Fensterläden gesammelt hätten, wirk-sam zu reflektieren und auch insofern das Schöne mit dem Nütz-lichen zu paaren.

Durch ihre schwarze Farbe abgesetzte gusseiserne Balkon-Brüstungen erinnerten Fischler an die kleinen Plattformen am

Bug spanischer Galeonen, von denen aus deren Vorsegel gesetzt, ausgerichtet und geborgen zu werden pflegten.

Kolonnen von metallenen Pfosten markierten die Ränder der ohnehin schmalen Gehsteige wie in Reihe und Glied angetretene kleine behelmte Soldaten, die darüber wachten, dass hier nicht auch noch geparkte Autos den Fußgängern ihren letzten Rest an Bewegungsfreiheit nahmen.

Der Regenschauer war nur von kurzer Dauer gewesen. Während Fischler sich nahe dem berühmten Fuente, dem Springbrunnen am Ende des Paseo de la Princessa, auf den Rand eines riesigen Blumentopfes setzte und alle viere von sich streckte, sah er versonnen den dort versammelten älteren Juanistas beim ortstypischen „Tanz auf der Stelle" zu.

Die Musik zu Merengue, Reggaeton, Bossa Nova und Rumba wurde mit allem produziert, was mehr oder weniger harmonische Laute von sich gab: Gitarre, Trompete, Ratschengurke, Rumbakugel oder Mundharmonika.

Der Geruch von gerösteten Maiskolben und Fleisch-Spießchen vermischte sich mit dem von gerauchtem Gras und ließ Fischlers Magen knurren wie einen beim Fressen gestörter Bullterrier, während sich sein Kopf zu drehen begann.

Eine der selbstvergessen tanzenden Frauen kam zu Fischler herüber und animierte ihn zu Mitmachen. Fischler ließ sich nicht lange bitten.

„Are we human or are we dancers?" murmelte er und legte eine Merengue aufs Pflaster, die einige der Umstehenden zum Applaus bewegte.

Jetzt vollends durchgeschwitzt und ziemlich außer Atem, nahm er wieder auf den Blumentopf Platz und keuchte ein paarmal tief durch.

Nachdem sie die Yellow Dancer in der Marina vertäut hatten, die sich von dem dicht daneben liegenden Runway des örtlichen Flughafens nicht hatte verdrängen lassen, war Fischler in die Altstadt marschiert und hatte erneut versucht, Neumeier zu erreichen.

Das war ihm erst nach einigen Fehlversuchen endlich gelungen, so dass er sich mit ihm für den Nachmittag hier am Fuente, ohnehin einem der beliebtesten Treffpinkte der Stadt, hatte verabreden können.

Er blickte auf seine Uhr. Neumeier war ja selbst erst vor kurzem auf Puerto Rico angekommen und hatte in Ponce die bescheidene Bleibe bezogen, die Estrella ihm vermittelt hatte. Dessen ungeachtet, litt er wahrscheinlich noch unter den Nachwirkungen von Jet-Lag und Catering Food sowie unter der für diese Jahreszeit recht ungewöhnlichen Hitze.

Fischler fühlte zwar mit ihm, konnte aber angesichts des Zeitdrucks, unter dem sie alle standen, keine besondere Rücksicht darauf nehmen.

Als er sich vom Blumentopf löste, um sich, von der Musik und den verführerischen Aromen beschwingt, irgendwo ein passendes Café suchen wollte, bemerkte er aus den Augenwinkeln ein kleines blau-weißes Hündchen, das mit der Krempe eines triefend nassen blauen Hütchens im Maul scheinbar orientierungslos über die Plaza irrte.

Zunächst assoziierte Fischler das Hündchen mit einem Bettler-Herrchen, der das Tier darauf dressiert hatte, an seiner statt mit dem Hut die Runde zu machen und im Vertrauen auf das weiche Herz von Hundefreunden Geld einzusammeln.

Doch soweit er erkennen konnte, lagen weder Münzen noch Scheine in dem nassen Hütchen, dessen nicht wasserfeste Farbe dem Hund über Brust und Vorderbeine gelaufen war, und Bettler, Pantomimen oder Straßenjongleure gab es auf diesem Teil des Paseos auch keine.

Dann fiel der Groschen und Fischler erinnerte sich, dass ihm Hut und Hündchen schon einmal begegnet waren. Langsam ging er dem Malteser entgegen und bedauerte, dass er ihn nicht bei seinem Namen rufen konnte. Den hatte ihm das Orakel bei ihrer kurzen Begegnung leider nicht verraten.

Das Hündchen erinnerte sich vielleicht auch an Fischler. Als es ihn auf sich zukommen sah, drehte es ab, als ob es nur darauf gewartet hätte, dass jemand wie Fischler auf seine Avancen reagierte und lief voraus, nicht, ohne sich alle paar Meter im „Rückspiegel" davon zu überzeugen, dass Fischler ihm immer noch folgte.

Kurz darauf glaubte Fischler das offenbar von dem Malteser angelaufene Ziel erkannt zu haben.

Das kluge Hündchen lief um eine der in unmittelbarer Ufernähe stehenden und dem Paseo die Rückenlehnen kehrenden Sitzbänke herum, blieb vor der momentan einzigen, die von einer Person besetzt war, kurz stehen, ließ das Hütchen fallen und setzte sich mit dem Rücken zum Meer vor dieser Person, offenbar seinem Herrchen, auf den Boden.

Als Fischler seinerseits um die Bank bog, sah er seine bangen Vorahnungen bestätigt. Das Orakel saß dort jedenfalls nicht, um dem Sonnenuntergang entgegenzufiebern.

Der Oberkörper des kleinen Mannes war leicht nach rechts verrückt, so als hätte jemand ihn aus reiner Wiedersehensfreude kräftig auf die Schulter geklopft.

Dazu passte der anscheinend herabgefallene Hut, den das Hündchen aufgelesen und in der Hoffnung umhergetragen hatte, dass jemand auf Hund oder Hütchen aufmerksam werden und nach seinem Herrchen sehen würde, dem es offenbar nicht gut ging.

Ohne den Schutz der Kopfbedeckung hing dem Mann das lange regennasse Haar über Brust und Schulter. Teint und Gesichtszüge des Toten bestätigten den Eindruck, den Fischler schon auf St. Martin gewonnen hatte ebenso wie der aus den geöffneten Lippen rinnende schwärzliche Tabaksaft: das Orakel war in der Tat ein Nachfahre der Arawak, genau wie Susan. Gut, ein paar Karib-Gene mochten beide zusätzlich in sich tragen. Aber von den Nachkommen der afrikanischen Sklaven unterschieden sie sich deutlich.

„Kluges Kerlchen," murmelte Fischler, streichelte den feuchten Hund und las den Hut des Orakels auf, um mit dessen Krempe das nicht zugeknöpfte Jackett des Orakels weiter zu öffnen.

Ziemlich genau dort, wo bei den meisten Menschen das Herz zu sitzen pflegt, prangte ein kleines, von schwarzen Pulvereinsprengungen und rotem Blut umrandetes Einschussloch auf dem ansonsten weißen Hemd des Mannes.

164

„Kaliber .22," murmelte Fischler wie für die Zwecke seines eigenen Erinnerungs-Protokolls und ließ die Jackenhälfte wieder zurücksinken.

In der Folklore von Sinti und Roma hatten weiße Hunde nicht selten die Aufgabe, ihre Herrchen oder Frauchen in den Tod zu geleiten. Dieser außergewöhnliche „Jiglo" hätte auch noch das Geld für die Bestattung seines Herrchens gesammelt, hätte man es denn gewähren lassen.

Fischler sah sich unauffällig um, doch niemand schien an ihm oder dem toten Orakel im mindesten interessiert.

Möglicherweise hatten jene, die behaupteten, er hätte hier auf Puerto Rico seinen Wohnsitz, also doch recht.

Fischler drückte von außen auf die inneren Jackenraschen des Orakels, spürte aber keinen Widerstand. Und auch die äußeren Jackentaschen waren so leer wie die Hosentaschen. Ein Raubmord am helllichten Tag? Hier keineswegs ungewöhnlich, wenn auch an diesem exponierten Ort eher unwahrscheinlich.

Dann bemerkte Fischler, dass die rechte Hand des Orakels zusammengeballt war, als ob sie etwas umklammere.

Da die Leichenstarre noch nicht eingesetzt hatte, fiel es ihm leicht, die Faust zu öffnen. Das von ihr gehaltene Objekt fiel herab und wurde sofort vom Malteser auf Essbarkeit beschnüffelt.

Fischler hob den Gegenstand auf. Es handelte sich um ein dreieckiges Holzstück, dessen eine Spitze eingekerbt war.

Fischler hatte so etwas noch nie gesehen, aber davon gehört. Es musste sich um einen jener Fetische aus Holz oder Stein handeln, die von den Arawak „Zemi" genannte wurden. Dieser hier unterschied sich von anderen dadurch, dass etwas in das Holz eingeritzt war, das sich für Fischler wie „WA 54" las.

Eine letzte kryptische Nachricht vom Orakel oder ein Versuch, dem Mopd ein rituelles Gepräge zu verleihen, um die Ermittler in die Irre zu führen?

Doch wozu hätte der Mörder eine Spur gelegt, die doch vermutlich kein Sterblicher je würde dechiffrieren können – mit der möglichen Ausnahme eines anderen erfahrenen Arawak-Angehörigen?

Hinzu kam, dass weder seine Ermordung noch der Zemi auch nur das Geringste mit den Richardson-Morden zu tun haben musste.

Eine Botschaft, ja, aber für wen und mit welchem Inhalt? Wäre er ihretwegen getötet worden, hätte der Mörder doch wohl den „verräterischen" Zemi mitgenommen.

So oder so war es das Einzige, was Fischler nun in der Hand hatte.

Er rückte den Oberkörper des Orakels an der Rückenlehne zurecht, nahm dessen hinten im Gürtel steckenden S & M-Revolver Kaliber .38 an sich, den das Orakel selbst nicht mehr hatte ziehen und abfeuern können, und setzte ihm das nun eher blassblaue Hütchen kokett auf die nassen Haare.

Allem Anschein nach war der Mann vollkommen unvorbereitet überrascht und aus nächster Nähe erschossen worden.

Was für die These eines dem Opfer wohlbekannten Täters sprach. Oder einer Täterin, denn das Kaliber .22 war in femininen Kreisen durchaus ebenfalls populär.

Wenn man schon abberufen wurde, dachte Fischler, dann gab es schlimmere Abgänge als diesen sofortigen Tod. Beispielsweise den der Richardsons.

Der nun teilweise umgefärbte Malteser, den Fischler fast schon wieder vergessen hatte, brachte sich ihm mit umso stärkerem Jaulen in Erinnerung. Hatte die schlaue Kreatur instinktiv erfasst, dass er nicht mehr auf sein bisheriges Herrchen zählen konnte und folglich nun die Suche nach einem geeigneten neuen Ernährer anstand?

Fischler war als Hundenarr bekannt, aber den Kleinen mit an Bord der Dancer zu nehmen, ging gar nicht. Damit würde er sich bei seinen Männern lächerlich machen und dem womöglich nicht seefesten Hund obendrein die Hölle auf Erden bereiten.

„Sorry, Dicker, aber du musst leider draußen bleiben."

Mit dieser vernichtenden Mitteilung wandte Fischler sich wieder dem Paseo zu und schlug die Richtung der Altstadt und der Marina ein.

Unterwegs betrat er ein Café und telefonierte erneut mit Neu-

166

meier den er bat, nicht zum Springbrunnen, sondern zum Yachthafen zu kommen. Den Weg dorthin beschrieb er ihm in sehr groben Zügen:

„Es genügt, wenn Sie dem Lärm der startenden und landenden Flugzeuge folgen, dann können sie ihn gar nicht verfehlen."

Als er das Café wieder verließ, war ihm, als hätte ein Wölkchen White Musk seine Nasenflügel gestreift.

Er hielt irritiert inne und blickte um sich, konnte aber unter den zahlreichen Passanten, die gerade Trottoir und Straße bevölkerten, keinen schwarzen Dutt entdecken.

Stattdessen hatte der kleine blau-weiße Hund geduldig vor dem Café auf Fischler gewartet. Man musste den Malteser verstehen: wenn das Zemi Fischlers derzeit einzige Hoffnung darstellte, war er selbst so etwas wie die letzte Zuflucht des Hundes.

Kaum auf der Dancer angekommen, nahm sich Fischler das Holzdreieck vor, das er dem Orakel abgenommen hatte.

Fischler verfluchte die Kürzel-Manie des Mannes, obwohl ja auf dem kleinen Stück Holz sowieso nicht viel mehr Text Platz gehabt hätte.

Erneut ging er nach der bewährten Methode die Buchstaben des Alphabetes durch. Diesmal erbrachte das jedoch rein gar nichts.

Und was die Zahl „54" zu bedeuten hatte, lag erst recht im Dunkel.

„Dafür hätte man dich nicht erschießen müssen," murmelte er und gab vorerst auf.

Viel Zeit zum Überlegen blieb nicht, denn eine ihm nur allzu bekannte Stimme rief ihn an Deck.

Ein nach Landessitte neu eingekleideter Georg Neumeier stand auf dem Ponton wie ein männliches Mannequin auf dem Laufsteg und winkte Fischler zu.

Khaki Shorts, ein pinkes T-Shirt und ein alberner Strohhut Western-Style verrieten die Hand der extrovertierten Estrella. Die Frage war nur, ob sie ihn so eingekleidet hatte, um ihn zum waschechten Juanista oder zum öffentlichen Gespött zu machen.

„Erlaubnis, an Bord zu kommen…?"

Fischler winkte zurück.

„Erlaubnis erteilt!" rief er und half Neumeier an Deck.

„Was macht der kleine weiße Hund auf der Back?" fragte Neumeier, als sei das momentan das Wichtigste.

Fischler tat ahnungslos.

„Welcher wei0e Hund? Ach der! Keine Ahnung, hat mich durch die ganze Stadt bis hierher verfolgt. Hofft wohl, dass ich ihn adoptiere. Am besten, Sie beachten ihn gar nicht, dann haut er vielleicht irgendwann von selbst wieder ab."

„Sieht mir aber nicht danach aus. Eher so, als beschnuppere er sein neues Revier. Na, egal, ich habe eine Überraschung für Sie."

„Sie meinen eine, die über Ihre schicke Verkleidung hinausgeht?"

Neumeier drehte sich leicht nach rechts und hob den linken Ärmel seines T-Shirts, bis die eintätowierte gelbe, blutgefüllte Helikonienblüte darunter zum Vorschein kam.

Fischler war sprachlos. .

„Wer…wer hat Ihnen das gestochen?"

„Estrella," strahlte Neumeier.

„Wusste gar nicht, dass Tätowieren zu ihren Fertigkeiten gehört, aber nicht schlecht gemacht, oder?"

Fischler nickte.

„Ja, durchaus. Ich hoffe nur, Sie sind sich der damit verbundenen Verantwortung bewusst."

„Davon dürfen Sie getrost ausgehen. Und? Was liegt an? Weshalb ließen Sie mich hierherkommen?"

Fischler winkte ab.

„Aus einem Grund, der sich inzwischen erledigt haben dürfte. Aber da Sie ja nun mal hier sind, dürfen Sie mir gern bei der Lösung dieses Silbenrätsels helfen."

Er zeigte Neumeier den Zemi. Der betrachtete das Holzplättchen von allen Seiten, als würde es seinen verborgenen Sinn vielleicht dann offenbaren, wenn man es wie ein Hologramm aus verschiedenen Sichtwinkeln betrachtete.

„Woher haben Sie den?"

„Das tut jetzt nichts zur Sache. Wir blicken hier auf eine Mitteilung von wahrscheinlich beträchtlicher Bedeutung und haben keine Ahnung. Es gibt fast kein frustrierenderes Gefühl für einen Ermittler."

Baptiste, der vorn gedöst hatte, schlurfte durch den Salon in die Kombüse, wohl, um sich einen Kaffee zu brauen.

„Möchte sonst noch jemand?"

Fischler und Neumeier nickten bejahend und nahmen am Tisch Platz.

Fischler ließ sich von Neumeier über die Details seiner Reise und die Kontaktaufnahme mit Estrella berichten.

„Wie geht´s der Kleinen?"

„Prächtig, soweit ich das beurteilen kann," entgegnete Neumeier.

„Sie ist hier natürlich wesentlich besser integriert als ich. Beneidenswert."

Baptiste kam mit zwei Tassen dampfenden Kaffees aus der Kombüse, setzte sie auf den Tisch und warf dabei einen flüchtigen Blick auf das immer noch dort liegenden Zem.

„Wer oder was ist Antigua 54?" fragte er Fischler.

„Antigua 54? Wie kommst du darauf?"

Baptiste wies auf den Zemi.

„WA steht meiner Ansicht nach für den einheimischen Karib-Namen Antiguas und der lautet Wadadli."

Fischler schoss von der Sitzbank hoch wie vom Zitteraal geküsst. Dass der Mann, den sie das Orakel nannten, sich als Arawak-Nachfahre dieses Namens bedienen würde, lag nahe. Es war noch nicht die Lösung des Rätsels, aber ein erster Anhaltspunkt.

Das Orakel hatte wem auch immer vermutlich mitteilen wollen, dass sich auf Antigua etwas oder jemand befinde, der oder das sich hinter der Zahl 54 verbarg,

Gemeinsam tranken sie ihren Kaffee. Fischler dachte fieberhaft nach.

Falls die Lösung wirklich auf Antigua zu finden war, dessen Nähe zu Redonda das zu bekräftigen schien, mussten sie schleunigst dorthin, koste es, was es wolle.

Die Strecke von San Juan bis Antigua betrug Luftlinie etwa

dreihundert Seemeilen, für die man der Yellow Dancer mindestens zwei Tage und zwei Nächte Zeit gewähren müsste. Wahrscheinlich eher mehr und jedenfalls zu viel Zeit, um bei der Ankunft sicher sein zu können, dass die Verhältnisse, auf die hier angespielt wurde, noch immer in dieser Form vorlagen. Anders ausgedrückt: falls dies ein Hinweis auf den Verbleib Sponge Bobs war, hatte der in zwei Tagen vielleicht längst wieder einen neuerlichen Ortswechsel vollzogen. Ein Schuss ins Dunkle, aber was blieb ihnen anderes übrig?

Nur ein Flugzeug konnte Fischler schnell genug nach Antigua bringen, so viel war klar.

Direktflüge von Puerto Rico nach Antigua gab es seines Wissens nicht. Entweder, er ließ sich auf ein Hüpfen von Insel zu Insel ein, das letzten Endes fast so viel Zeit in Anspruch nehmen würde wie die Fahrt mit der Dancer. Oder er charterte ein kleines Propellerflugzeug mit Pilot - falls er in der Eile beides fand.

Plötzlich hatte er eine Eingabe und wandte sich im lockeren Konversationston an Neumeier.

„Sagen Sie, Georg. Mir scheint, als hätten Sie in Hamburg mal durchblicken lassen, dass Sie beim Bund eine Ausbildung als Hubschrauberpilot absolviert haben, erinnere ich das richtig?"

Neumeier nickte.

„Gratuliere zu dieser Gedächtnisleistung. Ja, stimmt, aber das war in einem anderen Leben…."

„Ja, sicher. Andererseits - so etwas ist doch nicht viel anders als Fahrradfahren und das verlernt man ja auch nicht, wird jedenfalls behauptet."

Neumeier ging innerlich auf Distanz.

„Mag sein. Aber Hubschrauber haben neben einer Klingel noch ein paar andere Instrumente…. Worauf wollen Sie eigentlich hinaus?"

„Nun ja, nehmen wir mal an, ich bräuchte dringend einen Piloten, der mich ratzfatz in einer einmotorigen Maschine nach Antigua fliegt, bevor Sponge Bob über alle Berge ist. Wären Sie dann mein Ansprechpartner?"

„Ganz sicher nicht. Ich habe nicht einmal einen Pilotenschein

170

für so etwas."

„Ach, kommen Sie, denken Sie einfach mal in größeren Zusammenhängen. Sie können Hubschrauber fliegen…."

„…in die heutzutage niemand mehr einsteigen würde, der noch alle Sinne beisammenhat."

„Ja, gut. Aber seit einem Sikorski hat sich da ja wohl nicht da so fürchterlich viel getan. Hubschrauber haben immer noch Propeller, waagerechte oben senkrechte hinten, na gut, und was weiter? Kleine Flugzeuge haben ebenfalls Propeller, vertikal angeordnete.

Dieser winzige Unterschied kann doch nicht so ins Gewicht fallen. Hätte der Rote Baron einen Hubschrauber bestiegen, wenn es den damals schon gegeben hätte? Na klar hätte er das und wie ehedem Göring gesagt: alles, was fliegt, gehört mir. Einmal Pilot, immer Pilot, hab´ ich recht? Baptiste, sag´ gefälligst auch mal was."

Der Angesprochene gab einen undefinierbaren Laut von sich und zuckte mit den Schultern. Als uneingeschränkte Zustimmung konnte man das beim besten Willen nicht werten.

„Ich fürchte Sie stellen sich das ein wenig zu einfach vor, KD," widersprach Neumeier.

„Und ich fürchte, Sie machen es sich ohne Grund zu schwer. Und das jetzt, wo Sie die Helikonienblüte am Arm tragen. Wir gehen die paar Schritt rüber zum Flugplatzgebäude und chartern, was gerade im Stall steht und mit den Hufen scharrt. Während wir mit dem Agenten über den Preis verhandeln, besorgt Baptiste uns in der Altstadt einen fast echten Pilotenschein und dann, Geronimo, heben wir ab und fliegen in die Sonne. Und ja, bevor ich´s vergesse: sollten wir unterwegs tatsächlich einem Pferd begegnen, geben sie ihm Ihren Hut zu fressen."

„Auf gar keinen Fall! Schlagen Sie sich das mit dem Flug aus dem Kopf!"

Eine knappe Stunde später standen sie in einem Hangar auf dem Luis Munoz Marin International Airport und ließen sich von dem geschäftüchtigen Makler die Vorzüge der beiden einzigen, zurzeit für die private Charter zur Verfügung stehenden einmotorigen Propellermaschinen erläutern.

„Ich weiß nicht…." zögerte Neumeier, inzwischen ohne Hut.

„Schon recht, Georg, nur keine falsche Bescheidenheit. Wir nehmen die Cessna Skylane," fuhr ihm Fischler schnell entschlossen in die Parade.

„Mit deren Reisegeschwindigkeit sind wir in anderthalb Stunden locker am Ziel."

„Oder treiben tot im Teich…" fügte Neumeier auf Deutsch hinzu.

Der Makler strahlte übers ganze Gesicht, was Fischler nahelegte, dass er die klapprige alte Cessna schon lange nicht mehr verchartert hatte.

„Eine sehr kluge Wahl, die Sie da getroffen haben, wenn ich das sagen darf. Für einen kleinen Aufpreis könne wir Ihnen noch…."

„…auch einen Motor dazu liefern?" lachte Fischler.

„Nein, danke, das passt schon."

„Wir nehmen das Teil so, wie es da steht. Ist sie wenigstens vollgetankt?"

Der Agent winkte ab.

„Nein, aber das geht rambazamba, kein Problem. In der Zwischenzeit erledigen wir die paar Formalitäten und schon sind Sie airborne wie die Apollo 13. Wohin wollen Sie?"

„Richtung Florida," log Fischler.

„Mitten durch das Bermuda-Dreieck?"

Der Agent wiegte seinen Kopf hin und her.

„Das kostet extra, wegen der Versicherung," erläuterte er.

„Wer weiß, ob wir je wieder von Ihnen hören," lachte er, ohne sich darüber im Karen zu sein, wie recht er damit womöglich haben würde.

„Kein Problem, Santiago. Das ist doch Ihr Name, Santiago?" fragte Fischler.

Die Anrede beim Namen, diese Erfahrung hatte er gemacht, schüchterte manche Menschen seltsamerweise ein.

„Wie die chilenische Hauptstadt, ja. Und wer von Ihnen beiden fliegt, ich meine, wer ist der Pilot?"

„Er," entgegnete Fischler und wies mit seinem linken Daumen

172

auf Neumeier, der seine Armprothese unter einem dünnen und trotzdem für die vorherrschenden Temperaturen eigentlich unnötigen Pullover verbarg.

Vielleicht nicht gut genug, wie der skeptische Blick des Agenten zu verraten schien.

„Nun, was geht's mich an. Die Maschine ist fast barrierefrei und über beide Flügel versichert und ich weiß im Zweifel von nichts."

Die drei verließen den Hangar und steuerten das Verwaltungsgebäude des Flughafens an.

Fischler sog die stark kerosinhaltige Luft ein und blickte auf seine Uhr. Baptiste hatte entfernte Verwandtschaft in San Juan und war sicher, über sie oder über deren Bekannte schnellstens in den Besitz einer „täuschend echten" - auch so ein Begriff - Lizenz für das Fliegen einmotoriger Maschinen wie der Cessna erlangen zu können.

„Kostet extra, wegen der knappen Zeit, ist aber machbar," lautete sein Fazit nach einigen Ortsgesprächen.

Jeden Augenblick musste er im gemieteten offenen Jeep mit quietschenden Reifen am Eingang zum Airport aufschlagen.

Fischler tischte derweil dem Makler und der strengen Flugsicherheitsaufsichts-Beamtin die Geschichte vom im Hotel verlegten Pilotenschein auf und drückte insgeheim beide Daumen, dass Baptiste es noch rechtzeitig schaffen würde.

Als er endlich eintraf, war die Geduld der Behördenvertreterin auch fast aufgebraucht.

Fischler dankte Baptiste und nahm zugleich die Reisetasche mit den wenigen Habseligkeiten wie Waffen und Handschellen entgegen, die Neumeier und er wahrscheinlich auf Antigua benötigen würden.

Steve hatte die Tasche gepackt und Baptiste hatte sie mit einem kleinen Schlenker in der Marina abgeholt. Daher die Verspätung.

„Ihr segelt die Dancer zurück nach English Harbour, presto. Wir treffen uns da in genau drei Tagen. Macht auch nichts, wenn es schneller geht...."

Baptiste nickte und fuhr wortlos davon.

173

Die Abwicklung der Formalitäten hatte wie eigentlich meistens mehr Zeit in Anspruch genommen, als Fischler gehofft hatte.

So dauerte es immerhin noch eine geschlagene Stunde, bis sie in die nun im Freien geparkten Cessna klettern konnten.

„was ist das denn?" fragte Neumeier und wies auf den Kopf des weißen Maltesers, der nun, da Fischler den Reißverschluss der Tasche eine Spaltbreit geöffnet hatte, sein Haupt aus dem Spalt reckte.

„Sie haben den Köter mitgenommen?"

Fischler gab erneut den Ahnungslosen.

„Köter? Ich? Auf keinen Fall. Den muss Steve uns untergejubelt haben. Sieht ihm ähnlich. Na warte, Smutje!"

Einmal im engen Cockpit mit Steuerknüppel, Gashebel und reich bestücktem Instrumentenpanel vor sich, blühte Neumeier regelrecht auf.

Fischler kramte die Betriebsanleitung hervor, die der Makler ihnen zusammen mit allen anderen Unterlagen in einer Mappe mitgegeben hatte und begann, Neumeier daraus vorzulesen.

„Lassen Sie das, für theoretischen Unterricht haben wir keine Zeit. Sie wollten doch unbedingt fliegen, also los! In zwei Stunden geht die Sonne unter. Bis dahin müssen wir in St. John´s gelandet sein, sonst…."

Sie setzten ihre Kopfhörer auf. Neumeier tippte auf die verschiedenen Anzeigen, als wollte er jede einzeln begrüßen.

„Ich starte den Motor," annoncierte Neumeier und zog an einem Knopf direkt vor seinem Knie, der sich kedoch als Zigarrenanzünder entpuppte. .

„Merkwürdig," rief Fischler.

„Ich hätte gedacht, das sei der Choke…"

„Ja, schon gut. Nur eine kleine Funktionsprobe," unterbrach ihn der leicht errötete Neumeier.

„Warum probieren wir nicht mal den grünen da?"

Fischler wies auf einen etwas höher angebrachten grünen Knopf, den Neumeier prompt drückte.

Der anspringende Motor stieß bläulichen Rauch aus und der Propeller begann, sich erst langsam, dann immer schneller zu drehen, bis die Flügel eine surrende durchsichtige Scheibe bildeten.

Die linke Hand am Steuerknüppel, gab Neumeier mit seiner Prothese Gas, löste die Bremse und ließ die Maschine auf den Runway rollen.

„Na also!" rief Fischler triumphierend, als wären sie gerade gelandet anstatt noch nicht einmal gestartet zu sein.

Neumeier war weniger enthusiastisch.

„Wenn wir gleich starten, geben Sie auf mein Kommando Full Thrust Vollgas bis zum Anschlag," instruierte er Fischler.

„Ich übernehme den Steuerknüppel. Alles klar?"

Fischler reckte den einen Daumen hoch und drückte den anderen als Glücksbringer. Dann schubste er den neugierig aus der Tasche lugenden Malteser wieder zurück ins „Körbchen" und lehne sich zurück.

Kaum hatte Neumeier vom Tower die Startfreigabe erhalten, rief er auch schon „Geronimo!" und drückte sich in den Pilotensitz, als befände er sich tatsächlich halb liegend in der Apollo 13-Kapsel.

Fischler drückte den Hebel ganz nach vorn und versetzte den Propeller damit in so rasende Fahrt, dass die Maschine sich regelrecht zu schütteln begann.

Nachdem sie in diesem rasanten Tempo etwa 500 Meter zurückgelegt hatten und das Ende des Runways schon bedrohlich nahe schien, ergriff Fischler erneut das Wort.

„Wenn Sie heute noch abheben wollen, wäre das jetzt meines Erachtens ein passender Moment!"

Dann schloss er die Augen.

Neumeier zog den Steuerknüppel zu sich. Die Cessna nahm mit einem Ruck ihre Nase hoch, löste sich vom Boden und gewann rasch an Höhe.

Glücklicherweise versperrten keine Berge den Weg, so dass Neumeier die Maschine ruhig und gemächlich weiter und weiter nach oben steigen lassen konnte, bis das Altimeter die zugewiesene Reisehöhe anzeigte.

„Wir sind im Geschäft!" meldete er Fischler stolz und nahm

Kurs auf Antigua.

Fischler klatschte Beifall, der im Dröhnen des Motors allerdings fast unterging.

„Was habe ich gesagt, ein Spaziergang im Park. Fliegen verlernt man nicht. Jetzt, wo der Malteser zu unserem Team gehört, müssen wir uns einen passenden Namen für ihn ausdenken. Irgendwelche Vorschläge?"

Neumeier dachte kurz nach.

„Wie wär´s mit Gasso?"

„Sie meinen Gassi? Blöder Name."

„Nein, Gasso. Die Kontraktion von Gerhard Sasso, dem Gründer des Malteser Ordens...."

„Zu verkopft," lehnte Fischler ab.

„Wir reden ja hier von einem Hund, nicht von einem Ordensbruder."

Neumeier war offensichtlich eingeschnappt und machte keine weiteren Vorschläge mehr.

„Na gut...." resümierte Fischler, „...hat ja auch noch Zeit. Bis auf weiteres heißt er eben Hund."

Sie schwiegen eine weitere volle Runde, bis Fischler die Funkstille mit einer weiteren Frage brach.

„Die dunkle Wand da vorn an Backbord, ist das etwa eine Gewitterfront?"

13. ZU ASCHE, ZU STAUB

Der Ausblick über diesen südöstlichen Teil Antiguas mit den Yachthäfen English und Falmouth Harbour, der sich Fischler von den rund 120 Meter hohen Shirley Heights an diesem Morgen bot, entschädigte ihn für den schweißtreibenden Aufstieg durch einen zurzeit ausgetrockneten Bach, dessen von gewaltigen Gesteinsbrocken übersätes Bett ahnen ließ, dass die gegenwärtige Harmlosigkeit dieses Gewässers nur vorgetäuscht war. Im Starkregen etwa eines durchziehenden Hurrikans würde er sich blitzschnell in eine rauschende, gurgelnde und alles mit sich reißende Bestie verwandeln.

Der Flug von San Juan hierher nach Antigua war in Anbetracht dessen, was hätte passieren können, erstaunlich reibungslos verlaufen. Einzig über den Jungferninseln hatte die aufsteigende Warmluft für ein paar unangenehme Turbulenzen gesorgt, welche die Cessna ins Tanzen und Pilot und Co-Pilot ins Schwitzen gebracht hatten.

Neumeier war so weit der Herr der Lüfte geblieben. Dennoch zitterten Fischler bei aller gespielter Gleichmut durchaus noch die Hände beim Gedanken an die wolkige „Spritztour".

Aus einem in großer Höhe fliegenden Airbus auf die ab und zu wolkenfreie Landschaft dort unten hinunterzuschauen, hatte eine ähnlich abstrakte Qualität wie der Astronautenblick aus der Raumkapsel auf die gewölbte Erdoberfläche.

Eine einmotorige Propellermaschine wie diese hingegen war absolut nicht „losgelöst" vom Kontakt mit den gefühlt zum Greifen nahen Details der Topografie, so dass sich das „Major Tom"-Feelung einfach nicht einstellen wollte.

„Im Grunde," hatte Neumeier gesagt, „denken die meisten von uns ihr Leben lang nur zweidimensional, lernen zwar von klein auf, wie Seeleute Länge und Breite als die entscheidenden Achsen unseres Koordinatensystems einzuschätzen. Die dritte Dimension, Höhe, spielt normalerweise eine so untergeordnete

Rolle, dass man Flugschüler viel Zeit einräumen muss, sich erst einmal an sie zu gewöhnen. Das ist fast wie das Lernen des aufrechten Gangs."

Jetzt, von den Shirley Heights nach unten blickend, lauschte Fischler dem Echo von Neumeiers Worten und fand sie zutreffend.

„Wie steht´s mit dir, Chico? Hast du den Flug genossen? Ich fürchte, eher nicht."

Der inzwischen wieder blütenweiße Malteser, den Fischler zum Gassi gehen mitgenommen und die halbe Strecke den Hügel hinaufgetragen hatte, war offensichtlich noch nicht an den neuen Namen gewöhnt, den Neumeier und Fischler sich für ihn ausgedacht hatten.

Das Terrain auf Antigua war ebenfalls neu für ihn und musste erst einmal gründlich beschnuppert werden.

Die sich aus Richtung Guadeloupe nähernde Gewitterfront mit ihren schaurig-schön wallenden Wolkenwalzen, aus denen grelle gelbe und weiße Blitze wie der Dreizack Poseidons auf die See herniederzuckten, hatten sie glücklicherweise umflogen und waren gerade noch rechtzeitig gelandet, bevor das Unwetter sie am Ende doch noch einholen und seine geballte Kraft auf den VC Bird International Airport entladen konnte.

In dem Bemühen, diese kritischste Phase möglichst schnell hinter sich zu bringen, hatte Neumeier die in den ersten Gewitterböen leicht nach links und rechts über die Begrenzung des Runways ausbrechende und mit den Flügeln wackelnde Cessna etwas zu hart aufgesetzt, aber die Reifen waren dem Aufprall gewachsen und der Rest war dann nicht mehr der Rede wert.

„Alle Achtung," hatte der erleichtert aufatmende Fischler seinen Piloten nach dem Aussteigen gelobt.

„Bei der Landung ist noch Luft nach oben. Aber alles andere konnte sich wirklich sehen lassen. Damit haben Sie die Flugtauglichkeitsprüfung mit Auszeichnung bestanden und sich eine echte Lizenz redlich verdient."

Sie hatten einen Jeep gemietet und waren in einem Hotel von Jolly Harbour abgestiegen, wo Neumeier sich von den nervlichen Strapazen des Fluges erholte, während Fischler mit Chico im Schlepp das Terrain sondierte.

Die Straßen Antiguas hatte Fischler noch in düsterer Erinnerung: rissiger Asphalt, in dessen Spalten sich bisweilen bekiffte Obdachlose wohnlich eingerichtet hatten und unbefestigte Böschungen, in denen ein Auto bei der geringsten Unaufmerksamkeit seines Fahrers auf Nimmerwiedersehen verschwand.

In English Harbour, diesem Admiral Nelson gewidmeten Freilichtmuseum der britischen Marine, hatte Fischler den Jeep geparkt und einen jungen Burschen gebeten, ein Auge auf den Wagen zu haben. Dann war er mit Chico unter dem Arm zu Fuß auf die Anhöhe geklettert.

Bei dieser „Shirley", die den Heights ihren Namen gegeben hatte, handelte es sich nicht um eine Frau, sondern um einen englischen Gouverneur, der sich offenbar nicht entscheiden konnte, ob er Männlein oder Weiblein sein wollte und heutzutage politisch korrekt vielleicht unter der Chiffre „Diverse" firmieren würde.

Sir Thomas Shirley hatte sich dadurch unsterblich gemacht, dass er die „Höhen" zu den wichtigsten englischen Befestigungen in der Karibik hatte ausbauen lassen.

Im Vergleich zu den französischen Befestigungen auf dem nur knapp 100 Seemeilen weiter südlich gelegenen Archipel der Saints machte das hier allerdings umso sparsamer aus, als die meisten Anlagen längst verfallen oder wie Fort Burt auf Tortola anderen Zwecken zugeführt worden waren.

So hatte man beispielsweise die ehemaligen Beobachtungs- und Signalstation zum Restaurant mutieren lassen und dabei viel von der ehemaligen Bausubstanz dem Tourismus geopfert.

Nichts deutete mehr darauf, dass die Briten einst von hier oben alle Schiffsbewegungen da draußen nicht nur genau zu beobachten, sondern mit Hilfe von Signalflaggen über die „Relaisstation" von Monk´s Hill an die Hauptstadt St. John´s weiter zu melden pflegten.

Heutzutage konnte man froh sein, wenn das Winken mit dem Taschentuch wenigsten unten in English Harbour zu sehen war.

Während Rundfahrtbusse die ersten Touristengruppen ausluden und die einheimischen Diener der Unterhaltungsindustrie – Schlagzeuger und Steelband-„Flüsterer" - ihren stählernen Fässern die ersten, seltsam metallenen Klänge entlockten, an denen sich der Terminator oder die Transformer erfreut hätten, ließ Fischler sich an einem noch freien Tisch des schlichten Restaurants nieder.

Es gab keinen plausiblen Grund, Brad alias Sponge Bob hier auf den Shirley Heights zu vermuten. Aber wenn es Fischler freistand, selbst zu bestimmen, wo er mit seiner Suche ansetzen wollte, dann war dieser Ort mindestens so gut wie jeder x-beliebige andere, nur eben attraktiver als die meisten.

Was hatte das Orakel mit dieser verflixten Zahl „54" im Sinn gehabt, die er auf seinem Zemi notiert hatte?

Im Laufe des Fluges hatten sie immer mal wieder darüber diskutiert, sich aber absolut keinen Reim darauf zu machen gewusst.

Eine Jahreszahl vielleicht, ja, aber ohne Nennung des Jahrhunderts doch völlig wertlos. Als geographischer Längen- oder Breitengrad völlig außerhalb der hiesigen Regionen und ohne einen „Partner" im geographischen Raster erneut wertlos.

Ein Betrag möglicherweise, dem ein paar Nullen fehlten?

Im Alphabet stünden die beiden Ziffern für „ed", womit auch nichts anzufangen war.

Da konnte nur noch Laura helfen. Vielleicht hate sie eine Eingebung.

Er griff zum Handy und wählte die nur ihm bekannte „Nummer für alle Fälle".

Es dauerte eine Weile, bis Laura das Gespräch annahm.

„Was gibt's denn so Dringendes? Hast du eine Ahnung, welche Uhrzeit wir hier....?"

Den Zeitunterschied hatte Fischler im Jagdfieber tatsächlich vergessen. In England war es bereits später Nachmittag und dort, wo Laura sich befand, vielleicht tiefe Nacht. Egal, ihren Schönheitsschlaf konnte Laura ein andermal nachholen. Diese Sache duldete keinen Aufschub.

Er entschuldigte sich für die Störung und schilderte Laura seine Begegnung mit dem toten Orakel und dem Auffinden seines Zemis.

Laura gähnte.

„Erschossen, sagst du? Eine unsägliche Tat in Anbetracht seiner Harmlosigkeit und seines allgemeinen Nutzens für uns alle. Vielleicht ein reines Zufallsopfer. Leute, die seine Identität kannten, gab es nicht zuhauf. Und nein, bei der Zahl bin ich ebenfalls überfragt, sorry. Ist mir noch nicht als Chiffre untergekommen. Orakel drückten sich ja schon im Altertum gern sybillinisch aus. Es schmeichelte ihm vielleicht, mit der delphischen Pythia verglichen zu werden. Hat er im Gespräch mit dir wollüstig gestöhnt?"

Fischler verschlug es die Sprache.

„Wie? Was meinst du?"

„Stottere ich etwa? Angeregt durch die der Erde entströmenden erotisierenden Dämpfe, die um ihren Leib spielten, pflegte die Pythia wollüstig zu stöhnen und irgendeinen Text auszustoßen, der dann von geilen Priestern so gedeutet wurde, wie es den Kunden voraussichtlich am besten in den Kram passen würde.

Als Geschäftsmodell mit dem heutiger Influencer vergleichbar."

Fischler lachte.

„Nein, das Orakel kaute nur mit Betelsaft versetzten Tabak, scheint mir. Die Nummer mit dem erotischen Gestöhn hätte bei ihm wohl auch etwas deplatziert gewirkt."

Um das Gespräch nicht völlig im Sande verlaufen zu lassen, fragte Fischler nach dem Verlauf des Golfspiels, zu dem Laura mit John-boy auf Guernsey verabredet gewesen war.

„Ein Highlight, würde ich sagen, obwohl nichts wirklich Verwertbares dabei rumkam. John-boy gab sich Mühe, mich gewinnen zu lassen. Wahrscheinlich, um mich bei Stimmung zu halten, damit ich mir seine langen Monologe über seine Schul- und Militärzeit bis zum bitteren Ende anhöre. Hat angeblich im 32. Regiment gedient, das anscheinend im Krimkrieg eingesetzt war. Es kam der Zeitpunkt, da ich mir wünschte, die Leichte Kavallerie würde aus dem angrenzenden Waldstück preschen und John-boy als einen der ihren mitnehmen."

„Verstehe. Und dieser Greg?"

„Gregory? Der spielte den Caddy und lief brav wie ein Hündchen hinter uns her. Ich glaube, er mag mich nicht, was dann auf Gegenseitigkeit beruhen würde. In der Regel kommen Schwule nach meiner Erfahrung ganz gut mit Frauen aus, solange es nicht um Sex geht, versteht sich. Gregory scheint eine Ausnahme zu bilden."

„Was den Sex anbetrifft?"

„Nein, KD, was sein Verhältnis zu Frauen angeht."

Fischler dankte Laura, entschuldigte sich ein weiteres Mal für seinen Anruf zur Unzeit und sie beendeten das Gespräch.

Fischler stand auf und ging ein paar Schritte, verfolgt von Chico, der unter dem Tisch gedöst hatte.

Die Steel-Band hatte Betriebstemperatur erreicht und Fischler brauchte Ruhe zum Nachdenken.

Während er auf einem Zahnstocher herumkaute, ließ er das Echo von Lauras Worten nachhallen. Krimkrieg? 32. Regiment?

Plötzlich wurde ihm wieder bewusst, dass er sich hier ja auf ehemals militärischem Terrain bewegte. Ein paar Schritte weiter südlich erstreckten sich die Ruinen der ehemaligen Offiziersquartiere. Es war ein weiterer Schuss ins Dunkle, aber was, wenn es dort so etwas wie ein Quartier mit der Nummer 54 gab?

Er schlenderte langsam in Richtung auf die Ruinen, bei denen es sich, von weitem betrachtet, auch um Pferdestallungen hätte handeln können.

Bei dem zerfallenen Gebäude angekommen, ging er alle Zellen durch und stieß dabei alle möglichen Graffiti und auch Jahreszahlen, mit denen sich dieser oder jener Offizier verewigt hatte, aber eine „54" war nicht dabei.

Blieb noch der Friedhof, den man glücklicherweise nicht umgepflügt und in eine Minigolfbahn verwandelt, sondern unlängst mit einer Mauer umgeben und mit einem Obelisken geschmückt hatte.

Hier ruhten die Gebeine vor allem jener Mannschaftsgrade und Offiziere, die keiner feindlichen Kugel, sondern einer der zahlreichen Tropenkrankheiten zum Opfer gefallen waren und daher nicht der See, sondern der Scholle anvertraut wurden.

Vielleicht trugen die als solche zum Teil schwer auszumachenden Gräber, die nur da und dort von rostigen Kruzifixen geziert waren, Nummern?

Fischler schritt durch das Tor und blickte sich um. Hier und da prangten metallene Namensschildchen offensichtlich jüngeren Datums, die wahrscheinlich von Verwandten der Toten eingepflanzt beziehungsweise angebracht worden waren. Nummern hingegen fand Fischler weit und breit keine.

Beim Hinausgehen fiel Fischlers Blick eher zufällig auf den am Eingang stehenden Obelisken, der, so die Inschrift, zu Ehren der im Krieg Gefallenen des 54. Regimentes aufgestellt worden war.

Schlagartig verstand Fischler, was das Orakel gemeint hatte. Die „54" war nicht mehr und nicht weniger als sine Chiffre für den Friedhof als solchen. Was sich hier verborg, blieb vorerst weiterhin sein Geheimnis, konnte aber durchaus mit den Richardson-Norden und Sponge Bob in Verbindung stehen.

Also ging Fischler wieder zurück und schritt erneut die Reihen der Gräber ab. Wenn die Löcher unter der Oberfläche so flach waren wie die vom Zahn der Zeit abgenagten „Buckel" darüber, würde er nicht lange buddeln müssen - vorausgesetzt, er erwischte das richtige Grab.

Wenn weiterhin das, was er suchte, ohne zu wissen, was es war, schon seit längerem in dieser gefriedeten Erde ruhte, war seine Chance, zufällig darauf zu stoßen, eher gering.

Hatte man es hingegen in dem Vertrauen darauf, dass die letzte Ruhe der hier Bestatteten von niemandem gestört würde, erst vor kurzem in einem der Gräber verscharrt, würde man das vielleicht der loseren Erde auf und um das flache Grab ansehen.

Langsam defilierte er an den Reihen vorüber, wobei er es sorgfältig vermied, versehentlich auf die eine oder andere Grabstätte zu treten.

Doch da war nichts, was seine Aufmerksamkeit erregt hätte.

Als er sich enttäuscht wieder dem Ausgang zuwandte, bemerkte er aus den Augenwinkeln, wie Chico an einem der mittigen Gräber mit seinen Vorderpfoten herumscharrte, als habe er Knochen gewittert, die auszugraben sich lohnen würde. Erst wollte er den Hund zur Ordnung rufen, doch dann ging er zum Grab, scheuchte Chico weg und bückte sich nach einem Fetzen dünnen weißen Papiers, das der Hund ausgescharrt hatte.

Es handelte sich um hauchdünnes Zigarettenpapier der Marke Zig-Zag.

Fischler kannte die Marke und deren lange Geschichte. Hervorgegangen waren diese dünnen Zigarettenhüllen aus dem Papier, mit dem Kugeln in die Vorderlader von Flinten früherer Jahrhunderte geschoben wurden.

Nach jedem Aufeinandertreffen verfeindeter Armeen wimmelte das Schlachtfeld dann nicht nur von Toten und Verwundeten, sondern auch von solchen halb verkohlten Papierfetzen, in die irgendein Infanterist auf dem Balkan irgendwann den mitgeführten Tabak zu rollen begann und damit indirekt den Spruch bestätigte, dass der Krieg der Vater aller Dinge sei.

Den richtigen Kick gab es erst, wenn dem Papier noch Schwarzpulverreste anhafteten, die der heutigen Warnung „Rauchen tötet" damals schon explosive Aktualität verliehen.

Fischlers beziehungsweise Chicos erstaunlicher Fund ließ nur einen von zwei Schlüssen zu.

Entweder, der hier begrabene Seebär hatte auch nach seinem Tode nicht vom Rauchen lassen können. Oder jemand hatte sich unlängst an diesem Gtab zu schaffen gemacht und sich eine Zigarette gerollt, was ihm vielleicht nicht im ersten Anlauf gelang, so dass dieses Fetzchen Papier auf der Strecke geblieben war.

Fischler lobte den leicht eingeschüchterten Chico und bückte sich zum Grab hinab. Hätte er gewusst, dass er an diesem Morgen noch eine Exhumierung würde durchführen müssen, hätte er am Strand vorbeigeschaut und einem Kind das Plastik-Schäufelchen gegen einmal Hund-Streicheln eingetauscht.

Chico war insofern keine Hilfe, als er die aufgekratzte Erde weit nach hinten katapultierte, wo Fischler sie dann hätte aufsammeln müssen.

So, wie die Dinge lagen, führte er nur seine Waffe mit. Gut,

184

ein paar Schüsse in den Boden hätten vielleicht auch genügt, die Erde zu lockern, aber er wollte nicht als der Irre in die Insel-Annalen von Antigua eingehen, der auf den Shirley Heights die Toten erschoss.

Also sah er sich um und begann, das Grab zunächst schiebend von der oberen losen Erdschicht zu befreien.

Dann krallte er seine Finger in den Boden und trug Handvoll auf Handvoll der schnell fester werdenden Scholle ab, bis er schließlich auf eine hellblaue metallene Oberfläche stieß, von der ihn eine pausbäckige Putte anlächelte.

Fischler erschrak. Hatte er etwa ein Kindergrab aufgedeckt?

Dann fiel ihm die blecherne Keksdose ein, die im Richardson-Fall den Stein der Ermittlungen ins Rollen gebracht hatte. Sollte es sich bei diesem Objekt tatsächlich um jene Dose handeln?

Die letzten Zweifel an der Identität der Dose wurden zerstreut, als ihm auf der gänzlich freigelegten Dose der Name eines bekannten, auf die Produktion von Gebäck jeder Art spezialisierten britischen Herstellers in die Augen stach.

Er griff in seine hintere Hosentasche und zog den Flachmann heraus.

„Auf dein Spezielles, Chico. Hiermit ernenne ich dich zum Polizei-Spürhund mit Pensionsanspruch."

Bevor er die Keksdose der Richardsons vollends an sich nahm, blickte er noch einmal um sich. Doch die Mauer schützte ihn vor neugierigen Blicken. Und was immer die Touristen gerade trieben - nach einer Runde Friedhofsruhe war ihnen offensichtlich noch nicht zumute.

Fischler zog die Keksdose aus dem Boden, blies den verbliebenen Staub von ihrem Deckel und öffnete sie vorsichtig.

Die Dose enthielt immer noch Asche. Vielleicht nicht mehr die ursprüngliche Menge, aber wesentliche Bestandteile von Opa und Oma Richardson waren offenkundig noch erhalten geblieben, wenn auch in einem leicht veränderten Aggregatszustand.

Fischler hielt sich nicht lange mit Mutmaßungen auf.

„Unser Geschäft," hatte sein Mentor beim LKA gesagt, „sind nicht die verborgenen seelischen Befindlichkeiten, sondern die

Handlungen der Täter, so widersprüchlichen, ja, paradoxen sie auch sein mögen."

Ein weiterer Spruch, den Fischler sich zu Eigen gemacht und im Laufe seiner Arbeit erfahren hatte, dass man als Ermittler in der Tat vor Überraschungen jeder nur denkbaren Art nie sicher war.

Ein brutaler Mörder, der genügend Pietät aufbrachte, die Reste der Richardson-Asche an einem ihm geeignet erscheinenden Ort zusammen mit den Diamanten zu bestatten? Eigenartig, aber durchaus möglich.

Die Diamanten waren entnommen, aber die Asche nicht einfach nur in den Wind gestreut worden.

Außerdem war die verbeulte Blechdose mit der Putte darauf ein Beweisstück, das man natürlich auch auf andere Weise hätte entsorgen können. Doch durch ihre Bestattung hatte Sponge Bob, wenn er dahintersteckte, das Gute mit dem Nützlichen verbunden.

So gesehen, würde er es vermutlich als grob unfair empfinden, wenn ihm ausgerechnet dieser Anflug von Pietät nun zum Verhängnis werden sollte.

Fischler schnüffelte an der Dose wie Chico am Grab. Roch ganz leicht nach Öl und Diesel.

Die Dose musste vorübergehend in einem alten Auto, einer Garage oder in einer Werkstatt herumgestanden haben, bevor man sie hier bestattet hatte.

Fischler harkte den verräterischen Aushub mit den Fingern wieder zurück an seinen Platz und bemühte sich, das Grab so aussehen zu lassen, wie er es vorgefunden hatte.

Dass hier gegraben worden war. würde einem aufmerksamen Beobachter allerdings nicht lange verborgen bleiben.

„Tut mir leid, altes Haus…." entschuldigte er sich bei dem unbekannten Verstorbenen, dessen Totenruhe jetzt bereits zum zweiten Male gestört worden war, „…aber das Ding wird noch gebraucht."

Motorenöl und Diesel? Antigua quoll nicht gerade über von öltropfenden Oldtimern oder siffigen Garagen und die einzige nennenswerte Werkstatt war Jimmy „the Coxswain" Lerbanks Bootswerft und Marina in Jolly Harbour.

Fischlers Abstieg von den Shirley Heights gestaltete sich zwar kaum weniger anstrengend als der Aufstieg. Ständig rutschte er auf dem lehmigen abschüssigen Boden fast aus den profillosen Mokassins und musste höllisch aufpassen, wohin er seine Füße setzte, zumal er die Keksdose unter dem einen und Chico unter dem anderen Arm trug.

Wieder in Nelsons ebenerdigem Dockyard angelangt, zahlte er den farbigen Knirps aus, der während seiner Abwesenheit den Jeep bewacht hatte und fuhr mit Chico auf dem Beifahrersitz über die schrecklichen Straßen von Antigua zurück nach Jolly Harbour.

14. SCHWAMM DRÜBER

Jimmy Lerbanks Bootswerft, das sah Fischler auf den ersten Blick, hatte gut zu tun. Ein halbes Dutzend Segelyachten und zwei Motorboote standen auf dem nicht asphaltierten Vorhof zwischen Anleger und Werkstatt mit ihrem unterschiedlich hohen und mal längeren, mal kürzeren Kielen auf dem Boden, während sie an den Seiten von hölzernen „Stelzen" gestützt wurden.

Auf einer der Yachten hatte offenbar gerade die Erneuerung des gesamten Riggs begonnen, so dass man sie von den alten Wanten und Stagen befreit und den Mast umgelegt hatte.

Der „Unterboden" einer anderen wurde mit einem Hochdruckreiniger vom Muschelbewuchs befreit und an einer dritten anscheinend ein Ruderschaden fachmännisch begutachtet.

Die Southern Seas hatte Lerbank nach der Freigabe durch die Behörden auf Veranlassung der jetzigen Eigner, sprich, der Richardson-Erben, umgetauft und unter ihrem neuen Namen zum Verkauf angeboten.

Als Sweet Caroline lag sie nun am Marina-Ponton „C" vertäut.

Für die Namensänderung, eigentlich ein Unheil heraufbeschwörendes No-Go für Seeleute vom alten Schlag, ließen sich in diesem besonderen Fall durchaus triftige Rechtfertigungsgründe anführen.

Ob die Maßnahme entscheidend dazu beitragen würde, die nicht ganz leicht zu bedienende und wartungsintensive Yacht zum augenblicklichen Verkehrspreis abzustoßen, schien Fischler fraglich. Rigg und Rumpf der Sweet Caroline waren unverkennbar die der Southern Seas, deren Schicksal einen Käufer vermutlich ein Leben lang begleiten würde.

Nach dem blutigen Abgang Black Matt Jacksons auf der Yellow Dancer und der unendlichen Mühe, die es gekostet hatte, den Salon der Yacht wieder zu säubern, war Fischler neugierig zu sehen, wie man es auf der Sweet Caroline geschafft hatte, alle Spuren sowohl des Massakers als auch der umfangreichen Wasserschäden zu beseitigen.

188

Aus dem doppelstöckigen, von zwei umgerüsteten und aufeinandergesetzten Containern gebildeten Werkstatt-Komplex drang der Lärm einer Schleifmaschine, deren hohes Singen von schnellen, rhythmischen Hammerschlägen gleichsam getaktet wurde. Fehlten nur noch die Fässer der Steelband der Shirley Heights, um den Workshop-Gig zu vervollständigen.

Fischler steckte die etwa zur Hälfte mit Asche gefüllte Keksdose in den Plastikbeutel, den sein Vorgänger im gemieteten Jeep hinterlassen hatte, vergatterte Chico zum geduldigen Warten im Wagen und ging langsam auf die geöffnete Werkstatt-Tür zu.

Jimmy Lerbank kannte er nur vom Hörensagen. So hatte er zum Beispiel erfahren, dass der Mischling aus dem belgischen Antwerpen stammte, dort aber nicht heimisch geworden war.

In jungen Jahren auf einem Trampschiff in die Karibik gelangt, hatte er sich entschlossen, hier auf Antigua zu bleiben.

Als der ursprüngliche Eigner der Bootswerft, auf der Jimmy jahrelang gejobbt hatte, unter nie ganz geklärten Umständen mit seiner Bavaria 38 draußen auf See geblieben war, hatte Jimmy kurz entschlossen die anderen Interessenten weggebissen, den Laden übernommen und erfolgreich weitergeführt.

Ein Self-Made Exemplar ohne besondere Ausbildung, der sich im Laufe der Jahre in die Mechanik und das restliche Innenleben von Yachten eingefuchst hatte und inzwischen für viele der Segler, die nach Wochen der Atlantiküberquerung dieses oder jenes an ihren Booten zu reparieren hatten, zur ersten Adresse der Inseln über dem Wind geworden war.

Gerüchte, dass er auch anderen, weniger koscheren Geschäften nachging, von denen einige sogar Bezüge zu seiner belgischen Heimatstadt, einem Drehkreuz des europäischen Drogen- und Diamantenhandels, aufwiesen, hielten sich zwar hartnäckig, konnten aber nie gerichtsfest erhärtet werden.

Zu dem Spitznamen „the Coxswain" war er offenbar gekommen, weil er seit seiner Ankunft auf Antigua allen, die es wissen wollten oder auch nicht, erzählt hatte, er sei ein desertierter Bootsmanns-Maat bei der belgischen Marine.

Wen kümmerte es: Belgien war klein und weit weg.

An diesem Vormittag saß Jimmy in seinem, von „analogen" Belegen wie Rechnungen, Quittungen, Auftragserteilungen, Mahnungen und Steuerbescheiden überquellenden Büro, das deutlich vernehmbar nach einem Digitalisierungsschub rief.

Fischler grüßte ihn artig, stellte sich als deutscher Globetrotter vor, der unlängst seine Yacht Rosalie im Hurrikan verloren habe und seit Monaten nach einem geeigneten Ersatz suche.

„Etwas im mittleren Segment, wenn Sie verstehen, was ich meine. Groß genug, um ein Minimum an Komfort für die Langfahrt zu gewährleisten, klein genug, um notfalls auch einhand gesegelt zu werden."

Das war eine ziemlich genaue Charakterisierung der Sweet Caroline.

Jimmy tat, als müsse er diese, zum Teil miteinander in Konflikt stehenden Erfordernisse erst einmal auf der Zunge zergehen lassen. Dann leuchtete sein Gesicht auf, als hätte er das Licht am Ende des Tunnels der Unwägbarkeiten gesehen.

„Drüben in der Marina liegt ein Gaffelschoner mit unserem Sticker am Rumpf. Der würde auf den ersten Blick Ihrem Anforderungsprofil nahekommen. Jede Menge Stautraum, wohnliche Räumlichkeiten, einfache Takelage - wie für Sie geschaffen, geradezu. Wie sieht´s mit Ihrem Budget aus?"

Fischler winkte ab.

„Da werden wir uns schon einig, ganz sicher sogar. Könnte ich mal einen Blick auf die…."

„Sweet Caroline."

„Sweet Caroline? Im Ernst, jetzt? Meine unlängst verstorbene Frau hieß Caroline. Das war alles ein bisschen zu viel für mich, wissen Sie. Erst der Unfall unseres Sohnes, dann der Untergang der Yacht und schließlich der Tod meiner Frau. Wieviel Pech verträgt ein Mensch, ohne an der Weisheit des Allmächtigen zu zweifeln?"

Der „Bootsmann" hatte keine Lust, sich die Lebensgeschichte des Kunden anzuhören.

„Sorry, eh, Mister…."

„Wagenschmied, Heinrich S. Wagenschmied, um genau zu

190

sein. Meine Freunde nennen mich alle nur Siggy, nach meinem zweiten Vornamen, den ich...."

„Gut, ja, Mister Warensmit, eh, Siggy. Ich hab´s leider etwas eilig heute Morgen, so dass ich Sie nicht persönlich auf die Yacht begleiten kann. Mal sehen, welcher meiner Mitarbeiter gerade frei ist...."

Fischler schaltete schnell.

„Wie wär´s mit Brad? Er wurde mir von Freunden als Kontaktperson empfohlen."

Das war der dritte oder vierte Schuss ins Dunkle, aber selbst, wenn Brad alias Sponge Bob nicht auf der Bootwerft jobbte, kannte Jimmy ihn vielleicht.

Doch Fischler hatte einmal mehr das Glück des Tüchtigen.

Jimmy blickte auf die Uhr. Ihm konnte es egal sein. Brads Name war vielleicht nicht der erste, der ihm in diesem Zusammenhang vorgeschwebt hatte, doch wenn sich der Wunsch eines so vielversprechenden Kunden wie dieses...Siggy so leicht erfüllen ließ, hatte er kein Problem damit.

„Okay, machen wir. Brads Schicht beginnt allerdings erst in einer halben Stunde. Aber meist ist er überpünktlich. Ich sag´ Ihnen was. Ich gebe Ihnen den Schlüssel und Sie gehen schon mal an Bord, sehen sich in aller Ruhe um. Sobald Brad auftaucht, schicke ich ihn zu Ihnen rüber. Er kennt sicher die Antworten auf die meisten Ihrer Fragen. Falls danach noch Zweifel bestehen, wenden Sie sich an mich. Die Preisvorstellung des Eigners steht ja in den Unterlagen, die Sie auf dem Tisch der Yacht finden. Aber, unter uns, der Mann hat nach meinem Eindruck keine Ahnung von Yachten, will das Ding nur möglichst schnell loswerden. Da ließe sich vermutlich noch am Preis schrauben."

Er stand auf, öffnete einen hinter ihm an der Wand angebrachten metallenen Schlüsselkasten und überreichte Fischler einen ganzen Bund klirrender Schlüssel.

„Dieser hier ist für das Schott," instruierte er Fischler und wandte sich wieder seinen Altpapierbergen zu.

Fischler überquerte den Hof und betrat den unverschlossenen Marina-Bereich.

Am Ende des Pontons „C" lag die Sweet Caroline, deren Heckleinen an den Steg-Klampen belegt waren, während sich die Palsteks der Bugleinenen um dicke, tief in den schlammigen Boden gerammten Duc d´Alben schlangen.

Fischler betrachtete den Schoner beinahe so andächtig wie ein sakrales Bauwerk von beiden Seiten. Ein schönes Schiff von zeitloser Eleganz, mit dessen Rigg die meisten Einhandsegler allerdings überfordert gewesen wären.

Die schweren Gaffelsegel mitsamt Stengen an zwei Masten hochzuwuchten - allein das setzte gehörige körperliche Kraft voraus. Für die beiden, von ihren Frauen unterstützten Richardson-Brüder war das schon eher machbar, aber sicher auch kein Kinderspiel gewesen. Vielleicht hatten sie von Zeit zu Zeit einen dritten Mann an Bord, der als Deckshand fungierte.

Zufrieden mit dem Ergebnis der äußeren Beschau schritt Fischler über die schwankende Gangway an Bord und sah sich auch an Deck gewissenhafter um, als dies ein mittelmäßig kaufinteressierter Kunde wohl für erforderlich gehalten hätte.

Falls es hier an Deck je Spuren des Verbrechens gegeben hatte, waren die rückstandslos beseitigt worden, so viel stand fest.

Die Fugendichtung der Beplankung würde über kurz oder lang erneuert werden müssen, aber das war ja Routine und nicht Fischlers Problem.

Als er das Schott zum Niedergang öffnete, strömte ihm der penetrante Geruch von Reinigungsmitteln entgegen, die das erwartete Aroma des „gelebten" Inneren einer älteren Yacht wie dieser, aber eben auch den Verwesungsgestank völlig vergessen machten.

Behutsam, fast ehrfürchtig, stieg er in den Salon hinab wie in eine Grabkammer. Als sich seine Augen an das diffuse Licht hier unten gewöhnt hatten, stellte er mit einem leisen Ausruf der Bewunderung fest, dass Jimmy Lerbanks „Tatortreiniger" ganze Arbeit geleistet hatten.

Wäre Fischler in völliger Unkenntnis des Geschehenen hier in den Salon gekommen, nichts hätte ihm den geringsten Hinweis auf das Massaker geliefert.

Fischler kramte die Keksdose aus dem Beutel und sah sich nach einer geeigneten Plazierung um. Er musste sie so aufstellen, dass sie Brad am besten nicht sogleich ins Auge fallen, andererseits aber nach einer Weile für ihn auch nicht mehr zu übersehen sein würde.

Schließlich setzte Fischler sie auf eine Art Sims zwischen zwei Schapps an der dem Tisch und der Sitzbank gegenüberliegenden Seite des Salons ab und überprüfte die Wirkung dieses Arrangements aus verschiedenen Perspektiven.

Dass der Vierfachmörder Brad alias Sponge Bob bei der Renovierung der Yacht offenbar Hand angelegt hatte und nun bereit sein würde, einen Kunden das Schiff in allen Details vorzuführen, ließ auf einen Mann ohne jedes Mit- oder Reuegefühle schließen. Doch Fischler hatte schon andere Mörder kennengelernt, die nach relativ kurzer Zeit einen so großen inneren Abstand von ihren Taten gewannen, dass sie sich ihrer selbst nicht mehr für fähig hielten. Wie sie dieses Stück Autosuggestion vollbrachten, war Fischler ein Rätsel.

Solche Straftäter stritten ihre Verantwortung für das in Rede stehende Verbrechen nicht einfach nur ab, wie die meisten Tatverdächtigen, sondern waren von ihrer Unschuld selbst zutiefst überzeugt und voller Empörung darüber, dass man ausgerechnet ihnen solche Taten zutraute.

Falls Brad zu dieser Spezies Sozio- oder Psychopathen gehörte, war es mehr als fraglich, ob die Keksdose ihn aus seinem seelischen Gleichgewicht bringen und entlarven würde. Schwer vorherzusehen, aber als Versuch alternativlos. Diese verbeulte alte Dose mit ihrem ominösen Inhalt war Fischlers einziges As.

Er stand auf und betrat gebückt den Maschinenraum. Der Dieselmotor sah nicht nur nagelneu aus, sondern roch auch so unbenutzt, als hätte er noch keine einzige Betriebsstunde auf dem Zähler.

„Gefällt er Ihnen? Ein Rolls Royce MTU 75 PS," erklang eine ruhige Bassstimme hinter ihm.

Fischler wandte sich um.

Vor ihm stand ein Mann in etwa seiner Größe, doch von erheblich rundlicherer Physiognomie und Statur. Die Stirnglatze war von einem Kranz dünner rötlicher Haare gerahmt, denen der Geruch einer billigen Pomade vorauseilte wie dem ganzen Mann sein schlimmer Ruf.

Kleine, eng beieinanderstehende Schweinsäuglein lugten spöttisch bis verschlagen unter halb geschlossenen Wimpern und schmalen Brauen hervor.

Das aufgeschwemmte Gesicht wie der ansehnliche Bierbauch des Mannes verrieten, dass er alkoholischen Getränken zumindest nicht kritisch bis ablehnend gegenüberstand. Um seinen Hals trug er ein goldenes Kettchen mit einem Kruzifix, das von seiner üppigen Brustbehaarung fast völlig überwuchert wurde wie ein altes Grabkreuz vom frischen Efeu.

„Genau der. Ich hörte, man habe mich Ihnen empfohlen. Das kommt nicht sehr oft vor. Mit wem habe ich das Vergnügen?"

Der Mann, der sich Brad nannte, war trotz seines ansehnlichen Körpergewichts entweder völlig lautlos an Bord gekommen oder hatte sich bei Fischlers Ankunft bereits hier aufgehalten.

In diesem letzteren Fall bestand die Gefahr, dass er die Manipulation mit der Dose beobachtet hatte und gewappnet war. Doch von der angeblichen Empfehlung konnte ihm nur sein Chef berichtet haben. Folglich musste er mit diesem im Büro gesprochen und sich dann erst an Bord begeben haben.

Fischler nannte Brad seinen deutschen Alias-Namen und erfand in der Eile einen amerikanischen Bekannten, der Brad als Kunde der Werft kennen und schätzen gelernt und ihn daher weiterempfohlen hätte.

„Henry F. Manson auf der John B. Sagt Ihnen das was?"

Brad schüttelte den Kopf und kniff die ohnehin winzigen Äuglein noch weiter zu.

„John B, wie im Song? Nein, sagt mir nichts. Dafür sind schon zu viele Boote durch meine Hände gegangen. Obwohl, an eine John B. würde ich mich vermutlich erinnern…."

Fischler nickte verständnisvoll, hatte er doch genau damit gerechnet.

War Brad die Keksdose bereits aus den Augenwinkeln aufge-

194

fallen und spielte ab sofort nur den Ahnungslosen?

„Was kann ich also für Sie tun?"

Fischler wischte sich den Schweiß von der Stirn. Es war stickig hier unten. Er brauchte frische Luft, konnte aber den Salon nicht verlassen, ohne absolut sicher zu sein, dass Brad angebissen hatte. Dazu musste er den Mann in die passende Position bugsieren.

„Können wir uns einen Augenblick setzen? Ich bin schon den ganzen Vormittag auf den Beinen und hetze von einem Termin zum nächsten. Am Nachmittag geht mein Flieger zurück nach Miami, Florida, wissen Sie…""

Fischlers Kehle fühlte sich so ausgemergelt an wie das trockene Flussbett, durch das er am Morgen gekraxelt war. Außerdem schmerzten ihn seine Füße.

Am Tisch nahm er mit dem Rücken zur Keksdose Platz, so dass er Brads Minenspiel genau beobachten konnte.

Die Mappe mit den Unterlagen, von der Jimmy gesprochen hatte, schob er beiseite.

Brad nutzte die kleine Unterbrechung, um sich eine Zigarette zu rollen. Sein Zigarettenpapier war von der Marke Zig-Zag.

Das allein konnte schwerlich als Beweis dienen. Dafür war die Marke viel zu verbreitet. Aber ein bemerkenswertes Indiz war es natürlich schon.

„Soll ich Ihnen vielleicht ein Glas Wasser oder ein kühles Bier…?" Fragte Brad, als er sich die Selbstgedrehte angezündet hatte.

Fischler winkte dankend ab.

„Wie gesagt, ich habe nicht viel Zeit. Was ich bisher von der Caroline gesehen habe, gefällt mir. Ich denke, sie würde ihren Zweck für mich erfüllen. Über den Preis müsste ich noch mal mit Jimmy sprechen. Was mich nämlich ein wenig beunruhigt, sind die Gerüchte, die sich um diese Yacht ranken."

„Gerüchte? Welche Gerüchte?"

„Nun, Gerüchte um mehrere Morde, die an Bord der Yacht begangen worden sein sollen, als sie noch Southern Seas hieß. Ich denke, Sie wissen genau, wovon ich spreche, oder, Brad?"

Der Killer zuckte mit keiner Wimper. Die Schweißperlen auf

seiner hohen Stirn rührten wohl von der Schwüle, nicht von irgendeinem Gefühl psychischen Drucks.

Vermutlich war Fischler auch nicht der erste, der ihn darauf angesprochen hatte.

„Die Leute reden viel," entgegnete er in lauerndem Tonfall.

„Ich meine, was soll's. Kann Ihnen doch völlig egal sein, was ein Schiff erlebt hat, solange es keine dauerhaften Schäden davongetragen hat. Alles andere ist im Kopf."

„Da haben Sie vermutlich recht. Obwohl, die bloße Vorstellung genügt ja bisweilen. Ist mehr so eine Kopfsache, wie Sue schon sagten. Man profitiert ungern vom Unglück und Missgeschick Anderer, schon gar nicht, wenn es sich um Mord und Totschlag handelt...."

Fischler unterbrach sich. Das rötliche Gesicht seines Gegenübers war plötzlich kreidebleich geworden, sein Blick in dieser Position arretiert. Er hatte die Schrift an der Wand bemerkt, die Keksdose erkannt.

Wer sonst hätte sie dort so demonstrativ platziert, wenn nicht dieser seltsame Kunde?

Fischler ließ ihm keine Zeit, sich von dem Schreck zu erholen.

„Vielleicht wollen Sie Ihre Aussage von soeben noch mal überdenken, eh, Brad? Denn diese Gerüchte, von denen ich sprach, besagen auch, dass Sie als Sponge Bob an dem Massaker nicht nur ebenfalls beteiligt, sondern sogar der Rädelsführer der Mörder waren. Tom und Black Matt sind bereits tot und für Sie stehen die Dinge auch nicht eben zum Besten. Ich halte gerade eine kurzläufige geladene S & M Kaliber .38 unter dem Tisch auf Ihren Unterleib gerichtet. Also, wenn Ihnen Ihre Gonaden lieb sind, dann sprechen Sie jetzt mit mir. Wer hat Sie zu dem Coup angestiftet? Wer ist der Auftraggeber?"

„Wer sind Sie, was wollen Sie, zum Teufel."

„Falsche Antwort, Brad, leider," sagte Fischler und schoss Brad in den rechten Oberschenkel.

Der Killer schrie auf und hielt sich das Bein.

„Sind Sie verrückt geworden? Wissen Sie überhaupt, mit wem Sie's zu tun haben?" rief er.

196

Fischler nickte.

„Doch, Brad, das weiß ich nur zu gut. Hier, drücken Sie das Tuch auf die Wunde. War nur ein Streifschuss. Aaber wenn Sie nicht bald reden, garantiere ich beim nächsten Schuss für nichts. Daher noch einmal meine Frage, zum Mitschreiben: wer war Ihr Auftraggeber?"

„Fahren Sie zum Teufel!" entgegnete Brad und drückte das Taschentuch, das Fischler ihm zugeworfen hatte, auf die blutende Wunde am Oberschenkel.

„Tja, wenn das so ist...." Resümierte Fischler und hatte den Hahn des Revolvers schon wieder gespannt, als vom Niedergang her Jimmy Lerbanks Stimme erklang.

„War das soeben ein Schuss, den ich da gehört habe?"

Fischler ließ den Hahn sanft zurückgleiten, blickte zu Jimmy herüber und zuckte mit den Schultern.

Diesen Moment nutzte Brad, der trotz seiner Verletzung aufsprang, zum Niedergang humpelte und an Deck stieg, wobei er Jimmy zur Seite stieß.

Fischler überlegte rasend schnell.

War Jimmy in die Sache verwickelt und wollte sich höchstpersönlich des angeblichen Kunden entledigen? Das erschien wenig plausibel. Weshalb sollte er sich derart aus dem Fenster lehnen? Es sei denn, er war der gesuchte Auftraggeber, wofür eigentlich auch nichts sprach. Fischler wusste, dass Brad in der Zwischenzeit nicht weit kommen würde und entschied sich für eine kurze Probe aufs Exempel.

„Brad und ich, wir hatten eine kleine Meinungsverschiedenheit und mir gingen irgendwann die Argumente aus. Kein Grund zur Sorge. Wie wär's mit einem Keks? Beruhigt die Nerven." fragte er Jimmy und hielt ihm die blaue Dose unter die Nase.

Jimmy war so verdutzt über das lächerliche Angebot, dass er zur Dose griff und sie öffnete, obwohl das unter den Umständen wenig Sinn ergab. Er stand ganz einfach neben sich.

„Was zum Teufel ist das?" fragte er, als er die Asche sah.

„Oh, sind wohl etwas zu lange im Ofen geblieben, die Kekse. Na, dann eben ein andermal."

Fischler war mit dem Ergebnis der Stichprobe zufrieden, stand auf und ging zum Niedergang, an dem er sich noch einmal zu Jimmy umdrehte.

„Ich fürchte, es wird da draußen gleich zu einem heftigen Schusswechsel kommen. Am besten, Sie bleiben so lange hier drinnen und halten die Füße still. Sehe ich auch nur Ihre Nase da draußen auftauchen, schieße ich sie Ihnen weg."

Damit klemmte er die Keksdose unter den Arm, stieg an Deck und folgte der Spur der Blutstropfen, die Brad hinterlassen hatte. Zu sehen war der Mann nirgends.

Fischler zog erneut die Waffe, die er dem Orakel abgenommen hatte und schoss zweimal in die Luft, um allen, die hier irgendwo an den Yachten arbeiteten, unmissverständlich zu bedeuten, dass sie gut daran täten, sich schleunigste vom Acker zu machen.

Die meisten Männer, die er zu Gesicht bekam, beherzigten den wortlosen Ratschlag unverzüglich.

Nur der Jobber mit der Schleifmaschine stand weiterhin wie angewachsen im Schatten der Yacht, an deren Unterboden er arbeitete.

Als Fischlers in die Runde schweifender Blick sich mit dem e3w „Schleifers" traf, wies dieser, offenbar kein enger Freund Brads, mit dem rechten Daumen diskret in Richtung der Gwendolina, jener Sloop, die offenbar ein Ruderschaden hierhergeführt hatte und jetzt, zu beiden Seiten durch besonders hohe „Stelzen" abgestützt, etwas prekär auf ihrem schlanken Fin-Kiel ruhte.

Fischler quittierte den Hinweis mit dankbarem Kopfnicken. Im Staub und Dreck des Vorhofes war Brads Blutspur nicht mehr so leicht zu erkennen. Es kam also auf einen Versuch an.

Er zielte auf den Kiel der Yacht, hinter dem der blutende Brad offenbar in Deckung gegangen war.

Nun verließ auch der Schleifer den Ort des Geschehens, so dass Fischler seine Position hinter dem gemäßigten Langkiel der Hallberg-Rassy einnehmen konnte.

Flach auf dem Boden ausgestreckt, forderte er Brad lauthals auf, seine Waffe von sich zu werfen und mit erhobenen Händen aus der Deckung zu kommen.

Der Angerufene dachte gar nicht daran, der Aufforderung Folge zu leisten, sondern begann stattdessen, aus allen Rohren in Fischlers Richtung zu schießen, indem er mal links, dann wieder rechts vom Fin-Kiel kurz auftauchte.

Fischler zählte die Einschläge in Kiel und Rumpf der Hallberg. Mit neuem Anti-Fouling Anstrich würde es nach diesem Gefecht wohl nicht mehr getan sein.

Er hatte keine Ahnung, wie viele Patronen das Magazin von Brads HK SFPO aufnahm. Dass Brad sein Magazin inzwischen bis zum Anschlag gefüllt hatte, davon musste er ausgehen.

Irgendwann würde sich der Killer so oder so leergeschossen haben und das Magazin wechseln musste. Diese Gelegenheit durfte Fischler dann nicht verpassen.

Bei zehn oder elf angelangt, hörte Fischler plötzlich Chicos helles Gebell.

Who let the dog out? Wie war der Hund aus dem Wagen gekommen?

Der Einzige, der in dieser Situation auf den Gedanken kommen konnte, den kleiner Malteser aus dem Jeep zu lassen, war Neumeier. Und da der keine Ahnung hatte, was sich hier abspielte, liefen beide Gefahr, zwischen Brad und eine seiner für Fischler gedachten Kugeln zu geraten.

Brad war offenbar durch das plötzliche Auftauchen Chicos für einen Moment irritiert, hatte sich gedreht und seine Waffe auf den Hund gerichtet.

Der Fin-Kiel gab dem für Fischler unerreichbaren Brad einerseits Deckung, sorgte andererseits aber auch dafür, dass der Rumpf der Yacht höher über den Boden ragte als alle anderen. Dies wiederum hatte zur Folge, dass die dünnen „Beine" ihrer hölzernen Stelzen besonders exponiert waren.

Als Fischler sah, dass Brad den Malteser aufs Korn nahm, schüttelte er auch seine letzten Skrupel ab und schoss in rascher Folge mehrmals auf die „Füße" der Stützen, die sich auf Brads Seite befanden.

Der erneut überraschte Brad zögerte allem Anschein nach einem Moment, wandte sich um, erkannte aber schnell, dass weder die Geschosse noch die umherwirbelnden Holzsplitter ihm unmittelbar gefährlich werden konnten.

Als er sich wieder Chico zuwandte, war der schon bei Fischler angekommen und von diesem aufgenommen worden.

Neumeier, der weiter rechts, in einem ähnlich toten Winkel zu Brad stand wie Fischler, hatte dessen Absicht offenbar verstanden und feuerte nun ebenfalls auf die Stelzen, was seine Waffe hergab.

Brad schoss reflexhaft zurück, obwohl er Neumeier von dort, wo er sich befand, praktisch nicht treffen konnte.

Er hätte sich längst eine neue, günstigere Position suchen müssen, hatte damit aber, wie ihm jetzt bewusstwurde, vielleicht auch unter dem Einfluss des schmerzenden Beins zu lange gewartet.

Ein hässliches Knirschen und Knacken war unter diesen Umständen eine Warnung, die zu spät kam.

Denn nun brachen die bereits labilen Stelzen, deren „Füße" wie die High Heels von Stöckelschuhen weggeschossen worden waren, urplötzlich zusammen. Brad riss beide Arme hoch, war aber natürlich nicht in der Lagem den tonnenschweren Rumpf zu halten und wurde so unter ihm begraben.

„War das…?" fragte Neumeier, als sich der Staub wieder etwas gesetzt und eine Art andächtiger Grabesstille über dem Werftgelände lag.

Fischler nickte und setzte den winselnden Chico auf dem Boden ab.

„Ja, das war Sponge Bob, unsere letzte Hoffnung, irgendwann an die Namen der Hintermänner zu gelangen. Platt wie er da liegt, werden wir nicht mehr viel aus ihm herausquetschen können. Habe ich Ihnen schon mal gesagt, dass Sie unbedingt an Ihrem Timing arbeiten müssen, Georg?"

200

15. HOLE IN ONE

„Wieso sind Sie da überhaupt so plötzlich mit Chico aufgetaucht? Sie konnten doch gar nicht wissen, wo ich war und was gespielt wurde."

Fischler sah auf die Uhr. Nach dem Shoot-out bei Jimmy „the Coxswain" Lerbark würde sich auch diese Abreise zwangsläufig wieder etwas überstürzt gestalten.

Die Yellow Dancer war drauf und dran, die Strecke San Juan – English Harbour in neuer Rekordzeit zu absolvieren, konnte aber trotzdem bestenfalls im Laufe der Nacht auf Antigua eintreffen. Bis dahin mussten Neumeier und Fischler ein sehr niedriges Profil wahren und darauf hoffen, dass sie bei hiesigen Bekannten Lauras unterkommen würden. Ins Hotel zurückzukehren war jedenfalls keine Option.

„Versucht's bei Miss. Baltimore," hatte Laura den beiden geraten.

Die stets in knallige Outfits gewandete Miss Baltimoe war eine Zuwanderin aus Jamaica, die schon seit Jahrzehnten ihren Lebensunterhalt in English Harbour damit bestritt, dass sie trotz ihres schwer zu schätzenden, aber inzwischen zweifellos hohen Alters immer noch Tag für Tag an den Kais und Pontons die Runde machte, mit Schmutzwäsche gefüllte Säcke einsammelte und tags darauf die mit der gewaschenen und bisweilen auch gebügelten Kleidung an die Boote und Yachten verteilte.

Ein kleines, aber nicht zu verachtendes Zubrot verdiente sie sich mit der Vermietung einer Handvoll einfacher, karg eingerichteter Zimmer ihres nur wenige Minuten Fußweg von Nelson's Dockyard entfernten Häuschens an Durchreisende jedweder Couleur.

Fischler und Neumeier hatten Glück. Just an diesem Morgen hatte Mrs. Baltimore zwei zahlungsunwillige Gäste vor die Tür setzen müssen und war froh, zu dieser touristenarmen Zeit umgehend Ersatz zu finden.

„Ich wachte gegen Mittag schweißgebadet aus einem Alptraum auf, in dem ich eine Boeing 747 auf Redonda landen sollte," nahm Neumeier das Gespräch wieder auf, als sie ins Gästehaus der Mrs. Baltimore eingecheckt hatten und in dem kleinen Gärtchen hinter dem Gebäude Ti Punches aus dem „Labor" ihrer Gastgeberin schlürften.

Chico war nebendran mit seinem Fresschen beschäftigt, das Mrs. Baltimore ihm freundlicherweise bereitgestellt hatte.

„Schwarz und weiß müssen zusammenhalten wie Pech und Schwefel," hatte sie gestrahlt und den Malteser zu verwöhnen beschlossen.

„Dann schickte ich mich gerade an, ein paar Bahnen im Pool zu ziehen," fuhr Neumeier fort, „…als ich plötzlich Schüsse hörte. Natürlich dachte ich sofort an Sie und sprang, noch pitschnass vom Abduschen, wie ich war, in meine Klamotten, holte meine Waffe und lief los.

Ich folgte dem Knall der Schüsse und sah den Jeep, in dem Chico saß und wie verrückt jaulte, vor der Bootswerft stehen. Ich ließ den Hund raus und begab mich auf das Gelände der Bootswerft, wo ich Sie gerade in Lebensgefahr wähnte."

Fischler schüttelte den Kopf.

„Das wirkte nur so. Tatsächlich hatte ich alles im Griff. Eine Frage der Taktik. Ich hatte Sponge Bob fast so weit, dass er sich ergab und auspackte. Da kamen Sie und Chico mir in die Quere. Ich konnte ja nicht zulassen, dass Brad ihn erschießt."

„Den Hund nicht, aber mich schon? Nur gut, dass Brad ein so schlechter Schütze war…."

„Gar so schlecht auch wieder nicht. Immerhin hat er die Putte auf der Keksdose getroffen."

Er holte das blaue Objekt aus dem Plastikbeutel und stellte es auf das Gartentischchen. Die auf der Vorderseite abgebildete pausbäckige Putte wie in der Tat ein hässliches Einschussloch genau zwischen den Augen auf, das sein Pendant in dem noch größeres Austrittsloch auf der Rückseite fand.

„Wir müssen das irgendwie stopfen, damit nicht noch mehr Asche rausrieselt."

„Jetzt werden wir wohl nie erfahren, wer die Morde in Auftrag gegeben hat und wo die Diamanten abgeblieben sind."

„Vermutlich hatte Brad ja zuletzt seine Hand auf den Steinchen und machte sie jedenfalls zum Teil irgendwie zu Geld, glauben Sie nicht?"

„Falls ja, wird er sie vermutlich weit unter Wert abgegeben haben. Weshalb sollte er sonst weiterhin der Arbeit auf der Bootswerft nachgegangen sein?"

„Um nicht aufzufallen, was weiß ich. Wann rechnen Sie mit dem Eintreffen der Dancer?"

„Morgen früh sollte sie eigentlich hier sein. Nicht in English Harbour, versteht sich, sondern drüben in der Nonsuch Bay."

„Und dann?"

„Dann geht´s erst mal zurück zur Basis, Dominica. Danach müssen wir sehen, wie wir weiter verfahren. Entschuldigen Sie mich eine Sekunde."

Fischlers Handy hatte geklingelt. Er kramte das Telefon aus der Tasche und entfernte sich ein paar Schritte vom Tisch.

„Laura? Wem oder was verdanke ich das Vergnügen?"

Fischlers legerer Ton war aufgesetzt. Ein weiterer Anruf Lauras innerhalb von was, vierundzwanzig Stunden sah ihr überhaupt nicht ähnlich. Es sei denn…."

Bevor Fischler ihr noch den Tod Sponge Bobs vermelden konnte, zog Laura vom Leder.

„Wir haben ein Problem, KD. John-boy wurde gerade vor meinen Augen auf dem Golfplatz erschossen."

Jetzt war Fischler nicht mehr nur besorgt, sondern vollends konsterniert. Nicht genug damit, dass Laura ihm seinen Theaterdonner mit Brad gestohlen hatte, brach auf einen Schlag das mühsam errichtete Kartenhaus der Richardson-Ermittlungen zusammen.

Kein Wunder, dass es eine ganze Weile dauerte, bis er seine Sprache wiedergefunden hatte.

„Was ist mit dir? Bist du verletzt? Wie konnte das passieren?"

„Das Wie ist nicht halb so interessant wie das Warum. Und nein, ich bin nicht verletzt, nur ein paar neue Kratzer auf der Politur meines Stolzes. Ich belauerte den Mann, wo ich ihn doch eigentlich hätte beschützen sollen."

Fischler gab sich Mühe, die radikale Kehrtwendung der Entwicklung zu verdauen. Er fühlte sich wie Galileo, dem soeben von einem über jeden Verdacht erhabenen Inquisitor mitgeteilt worden war, dass die Sonne sich allen anderslautenden Gerüchten zum Trotz doch um die Erde drehte.

„Was ist mit dem Caddy?"

„Wir hatten keinen dabei. Greg war am Vortag damit einverstanden gewesen, den Caddy zu spielen, hatte aber am Morgen um Urlaub gebeten. Angeblich, um sich seiner erkrankten Mutter anzunehmen. Die leide an unvorhersehbaren Demenzschüben und benötige dann sogleich die Hilfe ihres Sohnes.

Im Clubhaus stand so früh auch noch keiner zur Verfügung und John-boy versuchte vergeblich, jemanden telefonisch aufzutreiben. Guernsey wird vornehmlich von reichen Rentnern bewohnt, da machen junge Burschen sich rar. So beschlossen wir letzten Endes, die Eisen selbst übers Green zu schleppen, nur begleitet von Gilbert und Sullivan."

„Bist du ganz sicher, dass John-boy tot ist? Ich meine, wenn ich´s nicht besser wüsste, würde ich denken, er will uns mit der Nummer an der Nase herumführen. Wir betrachten ihn wochenlang als unseren Hauptverdächtigen und ihm fällt nichts Besseres ein, als sich, mir nichts, dir nichts, erschießen zu lassen. Das spricht doch jeder Logik Hohn und hat auch irgendwo narzisstische Züge."

„Du klingst wie der Chefarzt, der die Meldung, der Hypochonder auf Station vier sei am Morgen verstorben, mit der Bemerkung quittiert: Jetzt übertreibt er aber echt.

Ganz im Ernst. Ich lag zwei unter par, wenn dir das was sagt, und hörte die zehn Riesen, um die wir gespielt haben, bereits in meiner Hosentasche knistern. Und dann dies. Typisch."

„Hast du einen Blick auf den Schützen erhaschen können?"

Laura lachte.

„Erhaschen? Hast du sie nicht alle? Ich legte mich flach auf den Bauch und wusste nicht, was ich mehr fürchten sollte - den zweiten Schuss des Snipers oder den Angriff der Hunde, die mich für den Tod ihres Herrn verantwortlich machten."

„Na und?"

„Na und, was? Ich hatte den Schuss wohl zunächst nicht registriert. Erst, als John-boy nicht mehr aus dem Bunker zurückkehrte, in den er seinen Ball gedroschen hatte, begann ich zu realisieren, dass die Partie für heute beendet sein könnte."

„Und die Hunde?"

„Die winselten und jaulten um John-boys Leiche herum. Da fiel mir ein, dass John-boy mir am Vortag im Suff das Angriffswirt genannt hatte. Er lautete wicket. Ein Begriff aus dem Cricket anscheinend, keine Ahnung. Also rief ich das Wort, woraufhin die Hunde wie verrückt mal hierhin, mal dorthin über den Rasen irrten und schließlich in dem Waldstück verschwanden."

„Ja, und? Haben sie den Schützen erwischt?"

„Ja und nein. Sie bellten plötzlich und jaulten, aber mehr so, als hätten sie da im Wald einen alten Freund getroffen, jemand, den sie nie im Leben angreifen würden. Dann kamen sie wieder zurückgelaufen und leckten an John-boy herum, als könnten sie ihn so wieder zum Leben erwecken."

„Schade, ich hatte gerade begonnen, mich an John-boy zu gewöhnen. In euren Schilderungen kam er ja fast schon sympathisch rüber."

„Darauf, dass John-boy zurzeit mit einem Loch im Schädel mausetot in der örtlichen Gerichtsmedizin von St. Peter Port liegt, hast du mein Wort. Und, wo wir gerade davon sprechen: Logik ist bekanntlich eine Frage der Prämissen. Die unsrigen entpuppen sich offenbar gerade als eklatant falsch. Habt ihr wenigstens diesen Brad erwischt und etwas aus ihm herausgepresst?"

„Eh, ja, wie man's nimmt...."

Er berichtete ihr über die Ereignisse, die zu Brads Ableben geführt hatten.

„Verstehe. Damit sind wir dann insgesamt so klug als wie zuvor?"

„Immerhin wissen wir jetzt, wen wir vernachlässigen dürfen. Aber du hast recht. Nicht die Entwicklung hat eine Kehrtwendung vollzogen, sondern wir waren von Beginn an auf dem falschen Dampfer."

„Wir? Ich denke eher du."

„Ja, gut, geschenkt. Nicht John-boy, sondern Debbie ist ab sofort unsere Hauptverdächtige. Sie hält offenbar die Fäden in der Hand, nach denen Puppen wie Brad oder Susan tanzen."

Sie schwiegen eine Weile.

„Der Mörder John-boys muss jemand sein, der ihm nahe genug stand, um seine Tagesabläufe genau zu kennen. Jemand, der außerdem im Umgang mit Waffen hinreichend geübt war, um sein Ziel auf…wieviel Meter mit einem einzigen Schuss zu treffen?

„Plus minus fünfhundert, würde ich schätzen. Und nicht zu vergessen die Reaktion der Hunde."

„Ja. Zu einem solchen Schuss bedarf es schon eines ausgezeichneten Gewehrs, mit dem nicht jeder Hinz und Kunz umzugehen weiß. Wir suchen jemand mit militärischem Hintergrund, der John-boy nahestand, kein hieb- und stichfestes Alibi aufzuweisen hat und den Hunden anscheinend persönlich bekannt ist. Nach wem klingt das für dich?"

„Greg, kein Zweifel. Aber was wäre sein Motiv?"

„Nehmen wir an, er macht gemeinsame Sache mit Debbie. Dann könnte neben dem finanziellen auch das erotische Moment eine Rolle spielen.

Vielleicht ist ihm nicht bekannt, dass Debbie Frauen zumindest nicht verschmäht. Sie wird es ihm wohl auch nicht direkt auf die Nase gebunden haben."

„Sein Alibi ist jedenfalls keinen Pfifferling wert. Kranke Mutter mein schlaffer Hintern. Falls er tatsächlich noch eine hat - Mutter, meine ich - sollte die sich lieber aus dem Staub machen. So, wie ich Greg einschätze, würde der sie beim ersten Anzeichen eines schwereren Leidens sofort entsorgen. Obwohl, man kann sich in den Menschen täuschen."

„Hattest du deine Waffe bei dir?"

„Ich verlasse das Haus selten ohne sie, wie du weißt. Aber auf Golfbälle schießen, anstatt sie zu schlagen und zu putten war So-

206

litaires Art, ihre Verachtung für diesen Rentner-Sport zum Ausdruck zu bringen. Und was sonst hätte ich bei der Entfernung mit meiner Ruger anrichten sollen?"

„Ja, hätte wohl nicht viel gebracht," konzedierte Fischler.

„Wie bist du eigentlich danach von Guernsey weggekommen?"

„Ein…Bekannter flog mich im Heli nach St. Malo an die Bretagne-Küste. Von dort nahm ich den TGV nach Paris."

„Dieser Bekannte hieß nicht zufällig Schramm?"

„Sehe ich da unter der Maske des kriminalpolizeilichen Biedermanns die hässliche Fratze des Othello hervorkommen? Nein, den U-Bootkommandanten Schramm habe ich seit unserem letzten Rendezvous bei den Shetlands nicht wieder gesehen. Dürfte inzwischen endgültig abgetaucht sein."

Fischler lachte kurz höhnisch, wurde aber sofort wieder ernst.

„Apropos U-Boot. Susan und Greg haben sich wie ein Wolfsrudel unter unseren Geleitzug schleichen können, weil wir uns vom Sonnenuntergang beim Tudor Manor haben blenden lassen."

„Zwei Hunde machen noch kein Rudel. Und nicht wir stehen nun ziemlich betölpelt da. Das tust du ganz allein. Ich kann mich irren, aber mir scheint, du hattest von Beginn an eigentlich alles auf ihn gesetzt."

„Noch ist nicht endgültig raus, ob ich damit völlig falsch lag. John-boys gewaltsamer Tod könnte ja auch das Werk eines Rache-Engels sein, der uns in die Parade fährt."

„Vergiss´ es! Wo sollte der herkommen?"

„Von da, wo alle Engel wohnen. Mir war übrigens so, als hätte ich Susans White Musk in San Juan gewittert. Nicht beim Orakel, sondern etwas später in der Altstadt. War wohl nur Einbildung. Dessen ungeachtet dürfte sie es sein, die sowohl den Bruder Black Matt Jacksons als auch das Orakel auf dem Gewissen hat."

„Abgebrüht und skrupellos, wie sie sich beim Besorgen von Debbies Geschäften gezeigt hat, wird sie spätestens dann, wenn die zarten Gefühle der beiden füreinander abebben, versuchen, Debbie zu erpressen. Und da spreche ich nicht von den Killern oder dem Orakel, sondern von den vier Richardsons. Denn sollte Debbie die Auftraggeberin sein, dürfte Susan Beweise dafür gesammelt haben. Hätte ich an ihrer Stelle jedenfalls getan, und sei es auch nur als Lebensversicherung."

„Du meinst….?"

„Was sonst? Susans Nützlichkeit für Debbie dürfte sich allmählich erschöpfen. Ab sofort ist sie nur noch eine Lat, genau wie Greg, übrigens."

„Apropos Last. Was wird mit Estrella?"

„Sie braucht Verstärkung. Mit beiden Frauen zugleich ist sie überfordert, fürchte ich. Außerdem könnte Greg demnächst ebenfalls in Ponce oder San Juan auftauchen, um mal nach dem Rechten zu sehen. Dann wird´s für Estrella eng. "

„Das heißt, wir konzentrieren ab sofort alle Kräfte auf Puerto Rico?"

„Absolut. Ich schicke ihr umgehend Neumeier. Das war ja ohnehin so angedacht und, ganz ehrlich, hier auf der Yacht läuft er uns allen nur ständig um die Füße wie…Chico."

Fischler biss sich auf die Lippen. Zu spät….

„Welcher Chico? Du hast doch nicht etwa….?"

„Ich fürchte doch. Was soll ich machen, Neumeier ist ganz vernarrt in das Tier, kennst ihn ja…"

„Ihn kenne ich nicht halb so gut wie dich. Und deshalb weiß ich immer, wann du lügst, wie jetzt. Der verrückte Hundenarr bist du, nicht Neumeier. Hat man Töne…! Vielleicht solltest du Neumeier diesen Chico mitgeben. Das Tier scheint mehr Verstand zu haben als ihr beiden zusammen."

Fischler lachte.

„Gute Idee. Ich lasse mir die Sache mit Neumeier noch mal durch den Kopf gehen. Ich meine, seit Wochen laufen wir jetzt den Ratten hinterher. Vielleicht sollten wir den Spieß einfach mal umkehren und abwarten, bis sie einander an die Gurgeln gehen. Die Reste können wir dann immer noch einsammeln."

„Das kann dauern. Wir sollten versuchen, die Dinge zu beschleunigen und vor allem die Kontrolle wieder herstellen. Wenn da so weiter geht, werden wir als Zuschauer an die Seitenlinie

208

relegiert. Das darf nicht passieren."

„Du meinst...?"

„Frag´ nicht. Weiß ich selbst nicht genau. Es ist deine Show, KD, also zerbrich´ dir gefälligst deinen eigenen Kopf. Von mir hast du Carte Blanche, solange du Estrella nicht ins Messer laufen lässt. Das würde ich dir nie verzeihen."

„Die Diamanten!"

Fischler schien plötzlich ein Geistesblitz zu überkommen.

„Was ist mit denen?"

„Das Trio wird inzwischen vom gewaltsamen Tod Sponge Bobs, der Schlüsselfigur, erfahren haben und sich fragen, wo die Diamanten abgeblieben sind. Dass Brad sie bei sich aufbewahrte und einige bereits zu Geld gemacht hatte, ist ein auch für sie naheliegende Vermutung. Nicht bekannt aber ist ihnen, wo der „Schwamm" den Rest versteckt hat. In der Keksdose vielleicht, ja, sicher, aber wo die jetzt ist...."

„Ja, und?"

„Na ja, es dürften noch genug Steinchen übrig sein, um die Suche danach lohnend erscheinen zu lassen. Zumal das Vermögen der Richardsons nun erneut auf Eis liegt, bis der Mord an Johnboy aufgeklärt ist."

„Der Speck, mit dem man Mäuse fängt?"

„Ratten sollen ebenfalls darauf anspringen."

„Ich weiß nicht recht. Hier stehen doch sehr viel höhere Vermögenswerte im Raum: die Besitzungen auf Guernsey, Wertpapier-Depots, Bankguthaben und so weiter. Vorläufig kann Debbie nicht daran rühren, aber allein ihre verbriefte Anwartschaft dürfte den Banken als Garantie genügen, um sie nach Wunsch mit Krediten zu versorgen. Warum sollte sie sich dann wegen einer Handvoll Blut-Diamanten aus der Deckung locken lassen?"

„Habgier. Wenn Debbie, wie wir jetzt annehmen müssen, hinter allem steckt, handelte sie von Beginn an aus reiner Habgier. Die aber ist ihrer Natur gemäß unersättlich. Und ihre Komplizen Greg und Susan riskieren sowieso, am Ende mit leeren Händen dazustehen - wenn sie denn überleben.

Nein, glaub´ mir, die werden den Köder schlucken, wenn wir

ihn nur appetitanregend genug aromatisieren. Und nicht nur das. Sie werden die Gelegenheit der Suche nach den Diamanten zu nutzen versuchen, reinen Tisch zu machen, indem sie einander ein für alle Mal ausschalten.

Fressen oder gefressen werden. Wir müssen ihnen nur eine von uns kontrollierte Bühne bereiten, auf der sie sich ungestört austoben können."

„Du denkst an…."

„Willkommen im Redonda Ritz."

16. SCHWARZ AUF WEISS

Fischler griff zu seinem Flachmann und goss Neumeier und sich selbst einen ordentlichen Schluck Demon´s Share in den lauwarmen Kaffee, den Steve ihnen nach dem von Fischler überschwänglich gelobten Abendessen kredenzt hatte.

„Auf unsere Frauen und auf jene, die es ihnen in unserer Abwesenheit besorgen!"

Neumeier kannte den eigenwilligen Trinkspruch schon von seiner Hamburger Zeit an Fischlers Seite, fand ihn aber immer noch seltsam unpassend.

„Ich habe derzeit keine Frau," wandte er ein.

Fischler lachte.

„Umso besser, Georg. No woman, no cry."

Sie saßen im Salon der Yellow Dancer, die mit der Sonne zusammen in English Harbour angekommen war, genau, wie Fischer vorhergesagt hatte.

Da ihnen der Boden Antiguas dann doch etwas zu heiß geworden war, hatten sie sich in die nur einen halben Segeltag entfernte Bucht von Deshaies am Nordwestzipfel Guadeloupes verholt und dort den Haken rausgehängt, wie Baptiste sich ausdrückte.

Die Bucht war ein veritables Drehkreuz für den nord-südlichen Yachtverkehr in den Kleinen Antillen. Das ließ sich an der Zahl von Booten ablesen, die hier für gewöhnlich die Nacht verbrachten, dass man wie bei der Schlacht von Salamis trockenen Fußes an Land stiefeln konnte, indem man von einem Deck aufs andere stieg.

Zurzeit war Platz für alle. Außer der Dancer schwojten nur noch drei andere Boote um ihre Anker, so dass die Privatsphäre aller hinreichend gewahrt blieb.

„Wie geht´s jetzt weiter? Was haben Sie mit Laura vereinbart?"

„Laura gibt mir freie Hand, solange ich darauf achte, dass Estrella nichts zustößt. Sie zu hüten wie Ihren eigenen Augapfel, wird daher Ihre vornehmliche Aufgabe auf Puerto Rico sein."

„Danke für das Vertrauen. Ein Sack Flöhe ist leichter zu kontrollieren als Estrella.. Sie wollen mich also nach Ponce zurückschicken?"

Fischler nickte.

„Umgehend, aber mit einer ordentlichen Maschine von Pointe-à-Pitre aus. Das heißt, Sie müssen diesmal nicht selbst den Steuerknüppel schwingen. Soweit die gute Nachricht."

„Und die schlechte?"

„Folgt wie immer auf dem Fuß. Estrella und Sie werden es auf Puerto Rico mit zwei, vielleicht sogar mit drei ausgebufften Killern zu tun bekommen: Debbie, Greg und Susan."

Neumeier schüttelte den Kopf.

„Ich kenne Greg, aber er dürfte sich auch meiner erinnern. Von Debbie und dieser Susan sah ich nur Fotos. Und wie sollen zwei Cops auf drei Räuber aufpassen? Da sind wir doch hoffnungslos unterbesetzt."

„Bei oberflächlicher Betrachtung könnte man diesen Eindruck durchaus gewinnen. Doch ob Greg in den nächsten Tagen nach Puerto Rico reist, steht noch dahin. Falls er es tut, wird er Sie dort nicht vermuten und Sie sehr wahrscheinlich auch nicht wiedererkennen. Zumal dann nicht, wenn Sie Ihr Äußeres mit Estrellas Hilfe noch einmal ein wenig verändern. Debbie wird sich nach meiner Einschätzung vornehm zurückhalten. Bliebe noch Susan, aber mit der werdet ihr beide doch wohl fertig. Es geht für Estrella und Sie allein darum, die Verdächtigen auf Puerto Rico nicht gänzlich aus den Augen zu verlieren, damit wir möglichst früh erkennen, ob sie angebissen haben oder unseren Köder verschmähen, und ihre eigenen Pläne umsetzen, die wir nicht kennen."

„Und wie sieht er aus, Ihr Köder?"

„Es handelt sich nicht um einen Köder im Sinne von one size fits all. Ich muss die Köder auf die Charaktere maßschneidern. Ib eiben Punkt stimmen sie allerdings überein - bei allen spielen die Diamanten die entscheidende Rolle. Die Diamanten und die Keksdose.

Und jetzt entschuldigen Sie mich, meine Wache beginnt in…"

212

er sah auf die Uhr, „…zehn Minuten. Lassen Sie sich von Steve noch einen Tee oder Kaffee machen oder ein Steak braten, damit Sie uns nicht vom Fleisch fallen."

„Wir fahren nicht nach English Harbour zurück?"

„Nein, das wäre erstens zu riskant und zweitens überflüssig. Nein, wir bleiben vorerst hier, wo uns niemand Fragen stellt und wir unsere Ruhe haben. Ich bringe Sie zum Flughafen. Das Ticket hat Laura bereits Online für Sie gebucht. Ihr Zimmer in Ponce ist bezahlt?"

„Ja, einen Monat im Voraus."

„Gut. Dann läuft ja alles wie auf Schienen. Vergessen Sie nicht Ihre…."

Fischlers Handy schlug erneut an. Fischler rechnete schon mit Laura, aber die hatte vorerst offenbar keinen weiteren Gesprächsbedarf.

„Estrella? Du hast das gleiche Problem wie Neumeier, mit dem ich hier gerade im Salon der Dancer stehe: dein Timing ist unterirdisch. Ich liebe dich trotzdem. Du bist übrigens auf Lautsprecher."

„Hallo, ihr beiden Schlafwandler. Wo seid ihr gerade? Na, ist auch egal. Ich bin zurzeit in San Juan, war Debbie auf den Fersen, hab´ sie aber verloren, als mein Blick auf die Titelseite einer hiesigen Gazette fiel."

„Und was stand da so Aufsehen erregendes?"

„Ich sah zunächst nur drei Fotos von Leuten, die offenbar bei einem der hier nicht so seltenen Überfälle durch Straßenräuber ums Leben kamen. Zwei Männer und eine Frau. Die Frau, eine Farbige mit Arawak-Hintergrund, wies für meine Begriffe große Ähnlichkeit mit dieser Susan von Tortola auf. Ich habe das Bild abfotografiert und dir aufs Handy geschickt. Die Auflösung lässt zu wünschen übrig, aber vielleicht kannst du trotzdem etwas damit anfangen."

„Danke. Augenblick, ich seh´s mir eben mal an."

Fischler wischte über das Display, bis er zur Foto-App gekommen war.

„Ja, du hast recht, das sieht sehr nach Susan aus. Und sie wur-

213

de bei dem Überfall getötet, sagst du?"

„Ja. Ein Überlandbus, der regelmäßig zwischen San Juan und Ponce verkehrt, wurde mitten auf der Strecke an einer Steigung von drei maskierten Banditen in einem Pick-up Truck überfallen. Sie brachten den langsam fahrenden Bus zum Stehen und zwangen den Chauffeur, ihnen die Tür zu öffnen. Dann stiegen zwei von ihnen ein, während der Dritte draußen absicherte. So jedenfalls habe ich den Text des Artikels verstanden."

„Und was weiter?"

„Die beiden im Bus ließen den Klingelbeutel rumgehen, wie sie es nannten, und forderten die dreißig oder so Fahrgäste auf, Bargeld und alle Wertsachen einschließlich ihrer Handfeuerwaffen und Telefone da hineinzuwerfen. Sie drohten damit, danach alle zu filzen. Wer etwas von Wert bei sich behalten hatte, den würden sie erschießen."

„Da muss einiges zusammengekommen sein. Was weiter?"

„Ja, hier schleppen so gut wie alle Männer Knarren mit sich herum. Die meisten überlebenden Fahrgäste sagten nachher aus, dass ihnen der eine der beiden Räuber im Bus sehr fahrig und nervös erschienen sei. So, wie ein Drogensüchtiger auf vorübergehendem Entzug. Dieser Mann habe dann auch plötzlich völlig unmotiviert das Feuer eröffnet, die drei abgebildeten Personen erschossen und weitere drei oder vier so zugerichtet, dass sie in der Klinik immer noch mit dem Tode ringen."

„Ein fürchterliches Blutbad."

„Ja. Hätte aber alles noch viel schlimmer kommen können, wenn der andere, besonnenere Räuber seinen durchgedrehten Komplizen nicht seinerseits durch einen Schuss ins Bein außer Gefecht gesetzt hätte."

„Und den Verletzten ließen sie im Bus zurück?"

„Nein. Der Besonnene rief nach dem dritten, draußen postierten Mann, der darauf ebenfalls den Bus bestieg und half, die Beute und den angeschossenen Komplizen aus dem Bus zu schleppen und auf ihren Pick-up Truck zu laden, mit dem sie in Richtung Ponce verschwanden.

Das Fahrzeug fand die Polizei später ausgebrannt in der Nähe von San Juan."

Fischler schien von Estrellas Bericht beeindruckt. Ein weiteres Ereignis, das sich ihrer kollektiven Kontrolle entzog.

„Was halten Sie davon?" mischte Neumeier sich erstmals ein.

„Könnte Debbie....?"

Fischler schüttelte den Kopf.

„So sehr ihr das in den Kram passen dürfte, glaube ich kaum, dass sie etwas damit zu tun hat. Zunächst einmal wissen wir ja noch nicht einmal mit letzter Sicherheit, ob es sich bei der Toten tatsächlich um Susan handelt. Die portorikanische Polizei hat offenbar ihre Identität noch nicht feststellen können. Vermutlich, weil sie ihre ID mit dem Rest in den Klingelbeutel warf. Und junge Frauen wie sie findet man auf Puerto Rico an jeder Straßenecke. Aber selbst wenn es sich um Susan handelt....Nein, ich kann mir beim besten Willen nicht vorstellen, dass Debbie Susan nach dem Prinzip des lachenden Polizisten ausschalten würde."

„Was ist das für ein Prinzip?"

„Benannt nach dem Titel eines Kriminalromans von Sjöwall und Wahlöo, dem Stockholmer Autorenpaar, das in den sechziger Jahren die Tradition des schwedischen Krimis begründeten, die dann von Mankell und anderen fortgeführt wurde. Ein als Polizist verkleideter Täter besteigt in Stockholm einen Bus, eröffnet das Feuer und erschießt ein Dutzend Fahrgäste, obwohl er es im Grunde nur auf einen einzigen abgesehen hat. Doch hätte er nur den getötet, wäre die Polizei ihm sehr bald auf die Spur gekommen. So aber müssen die Ermittler im Leben eines ganzen Dutzend von Opfern stöbern, um auf irgendein plausibles Motiv zu stoßen. Etwas Ähnliches ereignete sich kurz nach dem Krieg in Kanada, wo ein verkrachter, von Haustür zu Haustür ziehender Schmuck- und Talmihändler eine mit rund 30 Passagieren sowie Besatzung voll besetzte DC 3 zwischen Quebec und Seven Isles mit einer selbst gebastelten, zeitgezündeten Bombe zum Absturz brachte, nur, um sich seiner ebenfalls in der Maschine sitzenden Ehefrau zu entledigen und mit seiner jüngeren Freundin ein neues Leben beginnen zu können."

„Krass!"

„Ja, passt hier aber nicht ins Muster. Wenn Debbie sich Susans entledigen wollte, würde sie einen weniger spektakulären Anschlag möglichst ohne Kollateralschäden verüben lassen. Alles andere würde nur unnötig Aufsehen erregen und anstelle einer alten hätte sie dann drei neue Mitwisser. Das ergibt absolut keinen Sinn. Dafür ist sie zu schlau."

„Also ein purer Zufall?"

Fischler nickte.

„Ich denke schon, ja. Ermittler glauben nicht an Zufälle. Nichtsdestoweniger gibt es sie ja. Raubüberfälle vor allem auf weiche Ziele wie diesen Bus kommen auf Puerto Rico häufi vor. Meist verlaufen sie wohl glimpflich, aber sobald einer die Nerven verliert…."

„Was bedeutet das für uns?"

„Könnte sich als Glücksfall nicht nur für Debbie, sondern auch für uns herausstellen. Ab sofort haben wir es nicht mehr mit einem mörderischen Trio, sondern mit einem tödlichen Duo Infernale zu tun. Und vielleicht können wir den Überfall sogar in unser Szenario einbauen."

„Wie das?"

„Weiß ich noch nicht, aber mir schwebt da so etwas vor."

„Was kann ich tun?" meldete sich Estrella zurück.

„Am meisten hilfst du uns, wenn du an Debbie dranbleibst. Debbie und Greg sind die beiden Überlebenden im Ring und werden eher früher als später versuchen, untereinander den last man standing auszukegeln."

„Debbie würde von Gregs Tod profitieren, einverstanden. Aber was hätte umgekehrt Greg davon, wenn er Debbie umbrächte?"

„Er würde zwar nicht direkt profitieren. Es sei denn, Debbie hätte ein Testament zu seinen Gunsten erstellt oder Greg ein stattliches Legat zugedacht. So oder so wird er verstanden haben, dass er von geborgter Zeit lebt und sich seiner Haut wird erwehren müssen, wenn er nicht auch von der Spinne Debbie verspeist werden will. Unter diesen Umständen wäre es nicht das Schlechteste, der weitere Mordpläne schmiedenden Debbie zuvorzukommen. Das wird ein gnadenloses Duell auf Leben

216

und Tod und wir müssen alles daransetzen, in der ersten Reihe zu sitzen. Estrella, ich schicke dir Neumeier."

„Bitte nicht! Ich kann nicht dauernd auch noch auf ihn aufpassen."

Fischler lachte.

„Unterschätze ihn mal nicht. Der Mann war nicht ohne Grund Hauptkommissar im LKA Hamburg. Und er kennt Greg, was er dir voraushat. Da Greg aber leider auch ihn kennt, wirst du ihm ein anderes Aussehen verleihen müssen. Und bitte nicht noch einmal eine solche Harlekinade wie beim letzten Mal."

„Na gut. Wann trifft er voraussichtlich hier ein?"

„Du kannst auch direkt mit ihm reden, er steht ja hier in personam an meiner Seite und ist der Sprache mächtig. Ich muss jetzt sowieso an Deck, Ankerwache achieben. Sei vorsichtig und blicke immer mal wieder über deine Schulter. Bis dann…."

Er reichte den Hörer weiter an Neumeier und stieg mit Chico im Arm an Deck.

In Wahrheit ging Fischler in seiner Eigenschaft als Skipper grundsätzlich nie Ankerwachen, sondern überließ diese langweilige Aufgabe Männern wie Miguel, der gerade am Bug die Lage der Ankerkette überprüfte oder Baptiste, der am Steuerkompass herumschraubte. Jede Gegend hatte ihre eigene Missweisung und auch die an die Verteilung der Metallteile des Rumpfes gebundene Deviation konnte mit der jeweiligen Ausrichtung der Yacht geringfügig von den eingestellten Werten abweichen.

„Ich fahr´ mal kurz an Land," rief er Jack zu, der gerade aus dem Maschinenraum kam und wie Steve McQueen in Sand Pebbles seine öligen Hände an einem fleckigen Tuch abwischte.

Der Texaner nickte und bot Fischler an, ihn zu begleiten.

„Das wird nicht nötig sein, danke dir. Aber wenn ich in zwei Stunden noch nicht wieder hier bin, dürft ihr nach mir suchen."

Sprach´s und kletterte mit Chico in das am Heck festgemachte Dinghy.

Nach drei vergeblichen Startversuchen sprang der Außenborder endlich an. Jack warf die Sorgleine los und Fischler tuckerte in Richtung Ponton, an dessen Kopfende bereits zwei andere

Dinghys mit hochgeklappten Außenbordern dümpelten.
Chico hatte er mitgenommen, weil der Hund augenscheinlich
Auslauf brauchte.

Kaum hatte er seinen Fuß an Land gesetzt und Chico losgelassen, als die abendliche Dämmerung auch schon von der nächtlichen Dunkelheit abgelöst wurde.

Die Straßenbeleuchtung und mehrere, mit bunten elektrischen Birnen bestückte Kabelgirlanden zweier rustikaler Bars tauchten die menschenleere Uferstraße des winzigen Ortes in ein schummrig-schönes Zwielicht.

Fischler war an Land gefahren, weil er Ruhe zum Nachdenken brauchte, die er an Bord nicht bekam.

Wo fand er bessere Voraussetzungen als auf dem örtlichen Friedhof, der sich ausgangs des Ortes wie ein runder Abszess um den Hügel wölbte, von dem Deshaies leidlich gegen den Nordost-Passat notdürftig geschützt wurde.

Fischler kannte diesen Friedhof, dessen Gräber, Gruften und Urnenhäuser ausnahmslos in schwarz-weißer Abfolge entweder als Streifen oder als Quadrate gehalten waren. Darin folgten Deshaies den beiden anderen, größeren und oft von Touristen umlagerten Exemplaren in Morne à l'Eau und bei der alten Hauptstadt Basse-Terre, die vor nicht allzu langer Zeit vom Hafen Pointe-à-Pitre abgelöst worden war.

Im Gegensatz zu diesen beiden sah der Friedhof von Deahaies im Laufe des Jahres bei weitem nicht so viel Fremdenverkehr, was zu Folge hatte, dass er sich seinen noch ursprünglichen Zustand weitgehend erhalten hatte und nicht künstlich um Ansichtskarten-Motive bereichert worden war.

Fischler schritt durch eine der hinteren Gassen mit Chico immer im Schlepptau, und setzte sich schlie0lich auf einen marmornen Grabdeckel, den das gerahmte Konterfei des Verstorbenen auf schwarz-weißem Grund zierte.

Dann zog er seinen Flachmann aus der Gesäßtasche und gönnte sich einen ersten Schluck für Laura und einen zweiten für Neumeier.

Das allgegenwärtige binäre Muster gemahnte natürlich an die

218

Dichotomie von schwarzen Sklaven und weißen Herren auf den Inseln, die groß genug waren, Plantagen zu tragen.

Gleichzeitig hatte es etwas von der schlichten und zugleich genialen Sachlichkeit, die unser Leben in all seiner Vielfalt auf seine binäre Struktur reduzierte.

Egal, wie man sie nannte: plus / minus, ein / null, männlich / weiblich.

Versuche, diese elementare Struktur durch Hirngespinste wie „diverse" aufzulösen, waren nach Fischlers Überzeugung zum Scheitern verurteilt. Die Natur tolerierte Chabins nur vorübergehend.

„Mach´ dir keine Illusionen, Jiglo," fuhr er den erschrockenen Chico an.

„Ich bin nicht zum Sterben hierhergekommen."

Der grelle Schein des Vollmonds, dessen oberstes Viertel gerade hinter Fischlers Rücken über den Hügel gekrochen kam wie ein Dieb mit Taschenlampe, verdunkelte sich für einen Moment. Chico jaulte auf und verkroch sich dann zwischen Fischers Füße.

Fischler hatte Gesellschaft bekommen. Und er glaubte auch zu wissen, um wen es sich handelte.

„Guten Abend, Baron. Schon lange nichts mehr von Ihnen gehört oder gesehen. Kommen Sie doch hier zu mir ins Licht, damit ich Ihnen in die Augenhöhlen blicken kann."

Baron Samedi kam Fischlers Bitte nach und setzte sich auf das Mäuerchen des gegenüberliegenden Grabs, wobei sein Skelett in allen Fugen knirschte und knackte.

„Guten Abend, KD," hauchte der Baron und stieß eine Wolke sich kondensierenden Nebels aus..

„Mir schien, als hättest du nach mir gerufen; are we human or are we dancers. Offenbar eine Identitätskrise. Also mache ich mich auf den Weg und was muss ich feststellen? KD Fischler ist auf den Hund gekommen. Wer hätte das gedacht."

Die Stimme des Barons klang tief und hohl wie stets, allerdings mit einem ungewohnten Hauch von Heiserkeit. Können Skelette sich erkälten? Eine Frage für die forensischen Anthropologen.

„Sie scheinen sich einen Virus gefangen zu haben. Ich wünsche gute Besserung. Das hier ist übrigens Chico, der Hund des verstorbenen Orakels. Kannten Sie ihn?"

Der Baron winkte herablassend ab.

„Ob ich ihn kannte, diesen untalentierten Amateur? Vom Wegsehen, wie man zu sagen pflegt. Ein Klugscheißer und Besserwisser, der nicht einmal seinen eigenen Tod vorherzusagen wusste. Albernheiten."

„Was kann ich für Sie tun, Baron?"

„Falsche Frage. Wenn einer von uns beiden etwas für den anderen tun kann, bin ich das wohl eher."

„Und was...?"

„Ich bin gekommen, um dich davor zu bewahren, weiter auf die schiege Bahn zu geraten. Du steckst jetzt schon ganz schön in der Scheiße und wenn du keine harte Kehrtwendung vollziehst...."

„Ich verstehe nicht. Als Abgesandter des Leibhaftigen müssten Sie sich doch über jede arme Seele freuen, die in der Hölle endet."

Der Baron schüttelte seinen Schädel.

„Diese Logik greift zu kurz. Wenn ale schlecht und verkommen sind, bleibt mein Job auf der Strecke. Ich werde dann nicht mehr benötigt."

„Ja, gut, da ist was dran. Doch was werfen Sie mir eigentlich vor?"

„Das weiß5 du sehr wohl. Habgier und Mordlust sind zwei der schlimmsten Todsünden."

„Vor denen Sie mich bewahren wollen? Ich fühle mich nicht angesprochen."

„Tatsächlich nicht? Den Tod wie vieler Menschen hast du inzwischen zu verantworten. Ich meine, nur hier, seid du an diesem Fall arbeitest? Und dann die Sache mit den

Fischler zuckte mit den Achseln.

„Was kann ich dafür, wenn die Gegenseite gleich so vehement in die Vorlage geht und mir Steine in den Weg legt?"

Der Baron lachte sein stimmloses, gehauchtes Lachen.

„Immer zum Scherzen aufgelegt, unser KD. Hüte dich vor dieser Frau, sie ist ein schlechter Einfluss.

220

Ihr Verstand ist gnadenlos und ihr Herz ein Eisberg. Halte Abstand von ihr. Glaub´ mir, eines Tages wirst du mir für diesen Rat dankbar sein."

„Ich nehme an, Sie sprechen von Laura. Sie ist der Grund, dass ich hier bin."

„Das kann weder dir noch ihr zur Rechtfertigung dienen. Ich sag´s dir noch mal - bleib´ ihr fern. Sie verödet, was sie berührt."

„Sie ist, wer und was sie ist und tut, was ihr gefällt."

„Richtig. Du aber bist aus ganz anderem Holz geschnitzt. Diese Frau und die Karibik machen etwas mit dir. Nichts Gutes. Finde zu deinem früheren Ich zurück und werde nicht wie sie, sonst kannst du dich demnächst auch gleich als Auftragskiller an den Meistbietenden verdingen. Wobei du dann allerdings auf meine Mithilfe verzichten müsstest."

„Schon klar. Sonst noch irgendwelche Ratschläge oder Empfehlungen?"

„Nein. Oder doch: hüte dich vor den Ratten…. Und sieh´ zu, dass du diesen Kläffer loswirst. Hunde wie ihn schickt die Hölle, glaub´ einem Experten."

Fischler lachte.

„Verwechseln Sie das nicht mit den schwarzen Pudeln des Faust?"

Doch der Baron war bereits wieder verschwunden.

Fischler nahm noch einen Schluck aus der Pulle und schickte sich an zu gehe, als jemand ihm eine künstliche Hand auf seine Schulter legte.

„Was gibt´s Neumeier?" fragte Fischler und wandte sich um.

Ein vollständig bekleideter und doch irgendwie durchnässt wirkender Neumeier sah ihn fragend an.

„Täusche ich mich oder haben Sie hier gerade mit jemand gesprochen?"

„Ich sprach mit dem Hund. Nicht wahr, Chico? Ein eher einseitiges Gespräch. Wie sind Sie hierhergekommen? Doch nicht etwa geschwommen?"

Neumeier strahlte im Mondlicht übers ganze Gesicht und wies

auf den wasserdichten Beutel, den er auf dem Rücken trug.

„Doch. Jack war so nett, mir seinen Rucksack und die Schwimmflossen zu leihen. Damit gleitet man wie von selbst durchs Wasser und hat trockene Klamotten, wenn man an Land geht."

„Alle Achtung. Und was wollten Sie hier?"

„Nun, ich dachte, ich sehe mal nach Ihnen und bin dann mehr zufällig hier auf diesem eindrucksvollen Friedhof gelandet, auf dem die Toten in Vollmondnächten Schach zu spielen scheinen."

„Und? Würde Sie eine Partie mit dem Großmeister der Untoten reizen?"

Neumeier lachte.

„Wenn schon, dann mit Gevatter Tod selbst."

„Einsatz?"

„Meine Lebensspanne natürlich. Gewinnt er, war's das. Gewinne ich, bekomme ich zehn Jahre Nachschlag."

Fischler grinste.

„Vorsicht beim Äußern von Wünschen, Georg. Sie könnten sich erfüllen und als Alpträume erweisen."

222

17. DAS ENDSPIEL

„Noch eine Kelle Gumbo, Skip?"

Fischler winkte dankend ab und reichte Steve, der gerade seinen Kopf aus dem Schott gereckt hatte, den leergegessenen Teller.

„Ich bin satt, Cookie. War mal wieder eine kulinarische Glanzleistung. Aber Chico sieht so aus, als hätte er seinen Appetit wiedergefunden."

Der Hund hatte sich während der Überfahrten mehrmals übergeben und seinen nagelneuen Futternapf seitdem nicht angerührt. Jetzt schien sein Magen wieder zur Nahrungsaufnahme bereit, was Chico dadurch signalisiere, dass er den leeren Blechnapf mit der Schnauze durch das Cockpit trieb.

Fischler reichte Chico nach unten und lehnte sich auf der Sitzbank zurück, um seine „Tänzer" zu mustern.

Baptiste schnitzte an einem Stück Holz, das er aus dem Wasser gefischt hatte. Sollte vermutlich ein Spielzeug für den einen oder anderen seiner Söhne werden.

Jack reinigte wie jeden Tag seine Waffen, denen die salzhaltige Luft arg zusetzte und Miguel zupfte gedankenverloren an den Saiten seiner Gitarre herum.

Was verband diese Männer? Was hielt sie auf der Dancer?

Die Abneigung gegen jede Form der Fremdbestimmtheit? Die Lust am Abenteuer und die Freiheit, außerhalb der meisten gesellschaftlichen Normen leben zu dürfen? Gewiss, sie ordneten sich auch hier an Bord bis zu einem gewissen Grad unter, taten dies aber aus freien Stücken und waren im Grunde nur sich selbst und dem Schiff verantwortlich.

Der Vergleich mit seinem Hamburger „Rentnerband" drängte sich nicht gerade auf, kam Fischler aber dennoch in den Sinn. Rudi, Gabi, Heike und Rainer, die ihm vor etwas mehr als einem Jahr geholfen hatten, den „Duke" zu stellen und Laura aus den Fängen des Hamburger LKA zu befreien, waren letzten Endes wohl auch von dem Wunsch beseelt gewesen, ihr Schicksal bis zum Ende selbst mitgestalten zu können.

Leute wie Fischler gaben ihnen die Gelegenheit dazu. Insofern traf Neumeiers scherzhafte Anspielung vom „Menschenfischler" vielleicht zu.

So gelangweilt Fischler zurzeit auch tat - diesen Männern konnte er nichts vormachen. Zumal es ausreichend Gründe gab, sich zu sorgen.

Zwar hatte er nach seinem Eindruck alles getan, was in seiner Macht stand, aber das war im Falle eines Scheiterns nur ein schwacher Trost.

Die Yellow Dancer lag in der Little Bay zu Füßen des Davy Hill an der Nordwestküste Montserrats. Die Luft hier war klar und rein, was man von der im Süden der Insel nicht behaupten konnte.

Dort sorgte die unablässig wehende lange Rauchfahne des Soufrière-Vulkans für eine stark schwefelhaltige Atmosphäre, die zur gespenstischen Szenerie der vom jüngsten Ausbruch in den neunziger Jahren zerstörten und von der Lava begrabenen ehemaligen Hauptstadt Plymouth angemessen untermalte.

Kaum hatten sie die paar Seemeilen von Guadeloupe hierher zurückgelegt und den Anker fallengelassen, war Baptiste sogleich ins Wasser gesprungen, um sich persönlich davon zu überzeugen, dass der „Haken" sich in den morastigen Grund richtig eingegraben hatte.

Keine große Sache, eher eine Routinehandlung, die aber von der Gewissenhaftigkeit des Bootsmanns zeugte und im Interesse der Sicherheit lag.

Routine ja, aber nicht ohne Risiken. „Echte" Seeleute gingen nicht gern ins Wasser. Zum einen, weil sie selten Schwimmen konnten. Zum anderen, weil sie eine Vorstellung davon hatten, was da außer ihnen noch so alles im Wasser trieb und ewig auf Nahrungssuche war. Fischler erinnerte sich an den Fall eines deutschen Einhandseglers, der irgendwo nahe einer pazifischen Insel bei einem solchen Kontroll-Tauchgang angefallen und getötet worden war. Ausnahmsweise mal nicht von einem Hai, sondern von einem jener Salzwasser-Krokodile, die sich dort herumtrieben und auf der Suche nach eigenen Revieren erstaunlich große Entfernungen schwimmend und tauchend zurückzulegen imstande sind.

Die Assoziation „deutsch" brachte ihn zu Neumeier. Jack hatte sich drüben in Deshaies einen Wagen geliehen und Neumeier zum Le Raizet-Flugplatz von Pointe-à-Pitre gefahren. Dort hatte er gewartet, bis Neumeiers Flieger abhob und in Richtung Puerto Rico schwenkte.

Noch am Abend hatte Neumeier sich aus San Juan gemeldet. Estrella hatte versprochen, ihn mit dem Wagen abzuholen, den Debbie ihr ab und an überließ. Neumeiers neuerliche Verwandlung in einen Einheimischen sollte dann am darauffolgenden Morgen über die Bühne gehen.

Jetzt galt es, darauf zu warten und zu hoffen, dass Debbie oder Greg, ohne sich dessen bewusst zu sein, den ersten Schritt in ihre Richtung machten.

So schwer Fischler schon immer das nervige Abwarten gefallen war, gehörte es in vielen Fällen zum Wesen der Ermittlungstätigkeit, der Zeit die Zeit zu lassen, wie es die Franzosen formulieren.

Zumal jeder Versuch, die Dinge zu beschleunigen, von einem bestimmten Punkt an kontraproduktiv sein konnte.

Die Rattenfallen waren aufgestellt, die Köder eingebracht Jetzt musste sich erweisen, ob diese wirklich von so unwiderstehlicher Anziehungskraft waren, wie Fischler, Laura und sie alle hofften.

Auf Fischlers Bitte hatte Estrella von einem Uralt-Copyshop, wie er wohl nur noch in San Juan anzutreffen war, eine anonyme, in absichtlich fehlerhaftem Spanisch verfasste Mail an Debbie geschickt, in der sie sich als Anführer der Straßenräuber ausgab, die den Überlandbus gestoppt und dessen Fahrgäste ausgeraubt geplündert hatten. Bei der Sichtung der Beute habe unter anderem ein noch im Laptop steckender USB-Stick ihr Interesse geweckt. Beides gehörte offenbar der „jungen Schwarzen", die ja „leider bei dem Überfall ums Leben gekommen" war.

Man habe den Stick geöffnet und darauf eine Vielzahl von Dateien gefunden, in denen jemand die Identitäten und Aufenthaltsorte unzähliger „Personen von Interesse" und deren nachgewiesene oder naheliegende Verwicklung in zumeist zwielichtige Transaktionen aller nur denkbarer Arten gefunden.

Die Dateien hätten mindestens die letzten fünfzehn, zwanzig Jahre umfasst und seien insofern vielfach bereits „verjährt". Doch es seien auch Unterlagen jüngeren Datums dabei gewesen. Wie etwa jene zu den Richardson-Morden. Und da sei ihnen aufgestoßen, dass im Zusammenhang mit diesen immer wieder die Namen Susans, also der toten Schwarzen, sowie einer gewissen Debbie und eines gewissen Greg aufschienen.

Nicht genug damit sei die Rede auch wiederholt von einem Säckchen Diamanten gewesen, das einem Killer-Trio als Lohn für seine Dienste im Richardson-Fall überlassen worden sei. Da dieses Trio inzwischen offenbar liquidiert wurde, dürften die Diamanten folglich zurzeit herrenlos sein. Ein Zustand, der nach Abhilfe rufe.

Wenn Debbie Richardson, die als Ergebnis ihrer, der Räuber Nachforschungen, mit der Debbie auf dem Stick identisch sein müsste, ihnen die Diamanten binnen dreier Tage aushändigte, würde man ihr den Stick überlassen. Anderenfalls sähe man sich leider gezwungen, ihn der portorikanischen Polizei zuzuspielen. Übergabe-Ort sei La Fortalezza, die Festungsruine von San Juan, in der Debbie von Freunden bereits mehrmals gesehen worden sei und sich also bestens auskenne.

Nichts davon entsprach irgendeiner Realität, aber alles wirkte hoffentlich plausibel genug, um Debbie auf Trab zu bringen.

Mit einem Erpressungsversuch Susans hatte Debbie womöglich sowieso bereits gerechnet. Nicht aber damit, dass die mutmaßliche Mörderin des Orakels diesem den unbezahlbaren Stick mit allen kompromittierenden Unterlagen, Listen und Protokollen entwendet hatte, der jetzt per Zufall in die Hände von Gangstern gelangt war, die zwei und zwei zusammenrechnen konnten.

Damit gewann die Sache an gefährlicher Aktualität. Abwarten und Tee trinken war gestern, jetzt musste gehandelt werden.

Wenig später war auf Gregs Mail-Account eine ähnlich lautende Mitteilung eingetroffen, derzufolge ein gewisser, anscheinend von Antigua aus operierender Jack Desmoine sich als ex-Arbeitskollege und „Freund" Brad Tollivers, so Sponge Bobs voller bürgerlicher Name, vorstellte und vorgab, das Versteck jener Diamanten zu kennen, die anscheinend ursprünglich einem John Richardson gehört hatten und irgendwann in Brads Besitz gelangt waren. Der habe ihm, Jack, im Suff verraten, wo die Diamanten versteckt seien.

Da John Richardson dem Hörensagen zufolge unlängst das Zeitliche gesegnet habe, wende Jack sich nun an Greg, den ihm sein Freund als die rechte Hand Johns und „Mastermind" der Richardson-Morde genannt habe.

Falls Greg an den Diamanten und der nachhaltigen Verschwiegenheit Jacks interessiert sei, solle er ihm die Summe von zwei Millionen US Dollar zukommen lassen, damit er sich in den USA eine neue Existenz als Chandler aufbauen könne. Übergabeort sei La Fortalezza in San Huan. Den genauen Zeitpunkt würde er kurz vorher erfahren.

Greg würde sich natürlich fragen, wieso dieser Jack die Diamanten nicht selbst einsammelte, wenn er doch deren Versteck zu kennen behauptete.

Dazu würde Jack ihn wissen lassen, dass sich die Diamanten an einem Ort befänden, den Jack um nichts in der Welt zu betreten beabsichtige - auf der verwunschenen Ratteninsel Redonda.

Ob Greg wusste, dass diese vor nicht allzu langer Zeit von ihrer Rattenplage befreit worden war, blieb dahingestellt.

Doch selbst wenn er es wusste, musste Greg das Argument dieses Jack schon deshalb einleuchten, weil der die Insel ohne die Hilfe Dritter weder von See noch aus der Luft würde erreichen und betreten können. Dies wiederum würde Verdacht erregen und neue Mitwisser auf den Plan rufen, an denen Jack nicht gelegen sein konnte.

Da war die Aussicht auf den Erhalt eines substantiellen Sümmchens wesentlich unkomplizierter und verschwiegener.

Den geforderten Betrag hatte Fischler absichtlich so tariert, dass er für Greg selbst praktisch unerschwinglich war, den Kreditrahmen Debbies hingegen nicht sprengen würde.

Greg brauchte einen Geldgeber und wer anderes als Debbie kam da wohl in Frage. Die zwei Millionen würde er ja normalerweise leicht mit Zins und Zinseszins zurückzahlen können, sobald er im Besitz der Diamanten war.

Stellte Greg es geschickt genug an, würde sich die Rückzahlung sogar gänzlich erübrigen. Oder noch besser, er würde diesen Jack bei der Geldübergabe umlegen und die zwei Millionen in die eigene Tasche stecken.

Dass Debbie die Diamanten selbst benötigte, um den verräterischen USB-Stick des Orakels zu erstehen, würde sie ihm vermutlich erst mitteilen, wenn sie dem am Boden liegenden Greg mit dem Ausdruck lebhaften Bedauerns den Gnadenschuss verpasste.

Auf diese Weise war das Duo gezwungen, gemeinsam Sache zu machen und, einander dabei unablässig belauernd, im Redonda Ritz einzuchecken.

Was sich auf der Insel abspielen würde, ließ sich leicht vorhersehen: Greg würde versuchen, Debbie zu töten, um ihr nicht die drei Millionen Greenbacks zurückzahlen zu müssen und Debbie würde Anstalten machen, Greg über die Klinge springen zu lassen, um in den alleinigen Besitz der Diamanten zu gelangen, und sein es auch um den Preis der drei Millionen, deren Verlust sich locker würde verschmerzen lassen, sobald die Behörden den Nachlass der Richardsons freigaben.

Soweit der Plan, den Fischler nach seinem inspirierenden Gang auf den Friedhof von Deshaies ersonnen hatte.

Wobei sich ihm mehr als einmal das defätistische türkische Sprichwort vom Allmächtigen aufgedrängt hatte, den man als unwürdiger Erdenwurm am besten dadurch zum Lachen bringen könne, indem man ihm von seinen Plänen erzählte.

Was ihm ebenfalls nicht aus dem Kopf gehen wollte, war das Gespräch mit Baron Samedi, das erste seit den Tagen von Hamburg.

Wenn dem Baron oder dem, für dessen Rechnung er agierte, wirklich daran gelegen war, Blutvergießen soweit möglich zu vermeiden, hätte er früher intervenieren müssen. Jetzt rollte die

Roulette-Kügel durch die Trommel, die Einsätze waren gemacht, nichts ging mehr.

Die Skepsis des Barons Laura gegenüber war, so Fischlers Verdacht, wenigstens zum Teil „beruflich" motiviert. Denn obwohl sich Lauras Karriere nicht mit der des Barons messen konnte, reichte sie nach dessen subjektivem Empfinden vielleicht näher an ihn heran, als ihm lieb war. Der Rest war pures Macho-Gehabe.

Dafür, dss Laura die für das Richardson-Massaker Verantwortlichen nicht unbedingt den hiesigen Behörden überlassen wollte, gab es triftige Gründe. Deshalb hatte sie auch nicht von „stellen" gesprochen, sondern „liquidieren" gesagt.

Dass es sich dabei um einen historisch belasteten Begriff handelte, dessen sich Kreaturen wie Lenin, Stalin und Hitler zu bedienen pflegten, war ihr sicher bewusst, in diesem Falle aber auch egal.

Gleichgültig, weil weder Greg noch Debbie sich widerstandslos in ihr Schicksal fügen, sondern sich im Angesicht einer so unerbittlichen Gegnerschaft ihr eigenes Ende bereiten würden.

Das Handy klingelte.

„Hej, Laura, was gibt´s? Wer hat jetzt dran glauben müssen?"

„Niemand, den ich kenne. Ich gehe davon aus, dass ihr Gewehr bei Fuß steht…."

„Aber so was von."

Fischler skizzierte Laura den geplanten Ablauf in groben Umrissen.

„Ich nenne es die portorikanische Eröffnung."

„Klingt mir, ehrlich gesagt, ein wenig zu konstruiert, um zu funktionieren. Nichts geht über Einfachheit, ist meine Erfahrung. Aber gut, hoffen wir, dass diesmal die Komplexität obsiegt.

Davon abgesehen, erhielt ich gestern den Anruf eines der Juweliere meines Vertrauens. Er teilte mir mit, dass einem Antwerpener Kollegen einige Rohdiamanten angeboten worden waren, die aus einem mehrere Jahre zurückliegenden Raubüberfall auf sein eigenes Geschäft stammten, weshalb er sie auch sofort erkannt habe."

„Kommt vor. Diebe und Hehler sind selten identisch, so dass

letzterer in diesem Fall wohl nicht wusste, wem er da gegenübersaß. Weiß du mehr über ihn?"

„Nicht viel. Er schöpfte offenbar schnell Verdacht und verließ den Laden umgehend wieder, bevor der Besitzer die Polizei alarmieren konnte. Aber er wurde immerhin von der Kamera erfasst und wirkt auf mich wie ein typischer Antillais, Puerto-Ricaner vielleicht."

„Und der Diamantenhändler ist sicher, dass es sich tatsächlich um seine Klunker handelt?"

„Ja. Ist mir auch ein Rätsel, wie die bei in etwa gleich großen Diamanten den einen vom anderen zu unterscheiden vermögen. Aber wenn du tagein, tagaus nichts anderes machst, als Steinchen zu begutachten, na ja, dann erwirbst du wohl ein Auge dafür."

„Und das ist wichtig im Hinblick auf uns, weil…?"

„Keine Ahnung. Ich möchte nur, dass du es weißt. Falls die Diamanten tatsächlich aus einem Raub stammen, könnte Greg auch hinter dieser Sache stecken."

„In wessen Auftrag?"

„Sicher nicht in dem der Richardsons oder John-boys."

„Nein, wohl nicht. Das wäre dann die Handschrift Debbies."

„Wahrscheinlich. Sicher ist: wer immer am Ende dieser Moritat mit den Diamanten in der Tasche in den Sonnenuntergang reitet, sollte sich darüber im Klaren sein, dass die Steinchen nicht nur blutig, sondern auch vorgemerkt sind. Falls du damit irgendwann beim Händler auftauchst, klicken bald darauf die Handschellen."

„Ich? Wie kommst du da auf mich?"

„Kein Grund zur Aufregung. Ich meinte zwar du im Sinne von man…."

„Klang aber anders…"

Sie beendeten das Gespräch, das Fischler einigermaßen verstört zurückließ. Hatte der Baron auch mit Laura gesprochen? Unwahrscheinlich, nach der Art, wie er über sie hergezogen war. Völlig unmöglich jedoch nicht.

Er schüttelte den Kopf und nahm Chico entgegen, den ihm Steve von unten hochreichte.

„Sieht so aus, als wolle sich der Kleine einen Baum suchen."

Fischler hatte keine Lust mehr, Kindermädchen für ein Malteserhündchen zu spielen und gab Chico an Miguel weiter.

18. DIÉGUEZ BEACH

Der blau glänzende Eurocopter Dauphin schwebte eine Weile wie eine metallene Libelle über dem Scheitelpunkt der rundlichen abgeflachten höchsten Erhebung Redondas, als kämen dem Piloten im letzten Augenblick noch Zweifel, ob er seiner sensiblen Maschine dieses tückische, unebene Gelände dort unten wirklich zumuten könne. Endlich schien er sich entweder entschieden oder daran erinnert zu haben. Dass ihm gar keine andere Wahl blieb.

Die Kufen des Helis setzten in einer Wolke aufgewirbelten Staubs so behutsam in einer Mulde des Terrains auf, dass sie wahrscheinlich nicht einmal ein herumliegendes Möwenei zerdrückt hätten.

Soweit durch die Staubwolke erkennbar, saßen nur zwei Personen im Dauphin, die auch dann noch keine Anstalten machten, dem Heli zu entsteigen, als dessen Rotor zum völligen Stillstand gekommen war und die Enden der Rotorblätter schlaff herabhingen wie die Schwingen eines vom langen Flug erschöpften Tölpels.

Offensichtlich warteten die beiden Gestalten im Cockpit darauf, dass sich der Guano-Staub allmählich legen und die vor dem lärmenden Ungeheuer auseinandergestobenen Seevögel sich wieder beruhigen und zur Tagesordnung übergehen würden.

Aber da verbarg sich mehr in diesem auffälligen Zögern. Ein instinktives Widerstreben vielleicht, ihre hochtechnisierte Kapsel zu verlassen und sich der unwirtlichen Natur in ihrer ganzen Lebensfeindlichkeit zu stellen. Den ersten Astronauten auf dem Mars würde es nach glücklicher Landung dereinst vermutlich ähnlich ergehen.

Inzwischen war auch klar zu erkennen, dass es sich bei den Personen im Heli-Cockpit um einen Mann und eine Frau handelte. Der Mann hatte offensichtlich den Hubschrauber geflogen, die Frau als Co-Pilotin fungiert oder sich einfach nur dem Vergnügen des Fluges über eine leicht gekräuselte See hingegeben.

Konnte das zögerliche Aussteigen vielleicht auch von gegenseitigem Misstrauen gespeist werden?

Nun öffnete sich die Cockpittür und der in schwarze Jeans und ein weißes kurzärmeliges Hemd gekleidete Pilot entstieg steifbeinig dem Dauphin. Über seiner rechten Schulter hing der Riemen einer Ledertasche, wie sie Jäger auf die frühmorgendliche Entenjagd mitzunehmen pflegen. In seinem Hosengürtel steckte ein Revolver. Nicht vorn, auf amerikanische, sondern hinten, auf europäische Art.

Der Mann stakste unsicheren Schritten über den dicken, nachgiebigen Guano-Teppich, bezog breitbeinig auf der nächsten Bodenwelle Position und entnahm seiner Tasche einen Feldstecher, mit dem er langsam in die Runde schaute, als sei er auf der Suche nach etwas Bestimmtem.

Beim Anblick einer winzigen alten, leicht windschiefen Steinhütte zu seiner Rechten hielt er inne, reckte sich noch ein wenig mehr in die Höhe und gab schließlich seiner weiterhin im Heli ausharrenden Begleiterin ein Handzeichen, mit dem er ihr klar zu erkennen gab, dass sie im Dauphin verbleiben solle, während er sich die Hütte aus der Nähe genauer ansah.

Auf seinem Gang zur Hütte musste der Pilot sich wiederholt vor allem zorniger und angriffslustiger Möwen erwehren, die vermutlich ihre Brut in Gefahr wähnten.

Schließlich verlor der Mann die Geduld, zog seinen Revolver und feuerte ein paar Mal ungezielt in die Möwenmeute, was die nur noch aggressiver zu machen schien.

Sein Revolver immer noch in der Rechten, näherte sich der Mann der Hütte, wartete neben der Türöffnung kurz ab und trat schließlich mit schussbereiter Waffe entschlossen ein.

Es vergingen nur wenige Sekunden, bis er aus dem Dunkel der Hütte wieder ins gleißende Sonnenlicht trat. Seinen Revolver hatte er gegen ein bläulich schimmerndes Objekt von der Größe einer Keksdose getauscht, den er mit seiner ausgestreckten Rechten hochhielt, um sie gleichsam triumphierend seiner Begleiterin zu zeigen.

Die Frau im beigen Hosenanzug und roten, um die Haare gewickelten Kopftuch hatte inzwischen entgegen der Empfehlung ihres Begleiters ebenfalls den Heli verlassen und war ihrem jetzt mit seinem Fundstück unter dem Arm auf dem Rückweg befindlichen Piloten etwa zwanzig, dreißig Meter entgegengestiefelt, als sie sich, wie einer plötzlichen Eingebung folgend, flach auf den Boden warf.

Das war ihr Glück, denn nur Sekunden später wurde die bislang allein vom Vogelgeschrei widerhallende Stille des einsamen Eilands von einer Explosion zerrissen, die bis hinüber nach Montserrat im Süden und Nevis im Norden zu hören gewesen sein musste und deren Luftdruckwelle den Mann ins Straucheln brachte.

Es dauerte eine ganze Weile, bis die Frau sich wieder aufgerappelt und den Staub von ihrem Hosenanzug abgeklopft hatte.

Ihr Begleiter hatte inzwischen das Weite gesucht, ohne sich um seine Begleiterin zu kümmern.

Es dauerte eine Weile, bis die erneut aufgewirbelte Staubwolke den Blick auf den Dauphin freigab.

Der „Delfin" war in zwei nur noch rauchende Haufen glühenden, verbogenen und geborstenen Metalls zerbrochen.

Die Frau wischte sich den schweißnassen Schmutz von der Stirn, griff hinter sich und zog eine großkalibrige, eigentlich nicht für zarte Frauenhände gedachte Handfeuerwaffe aus dem Hosengürtel.

Dann ging sie mit dem Revolver im Anschlag in die Hocke und lugte vorsichtig über den Kamm der Bodenwelle.

Die bloße Tatsache, dass Ihr Partner die momentane Verwirrung genutzt hatte, um abzutauchen, durfte als Beweis dafür gelten, dass er es war, der hinter diesem Anschlag stand. Wäre die Frau seinem Rat gefolgt und im Heli geblieben, wäre sie jetzt als verkohlte Leiche unter den Trümmern begraben.

Um ganz sicher zu gehen, hätte der Mann keinen Zeitzünder benutzen dürfen, sondern die Bombe von Hand, beispielsweise mit dem Handy auslösen müssen.

Einzig die jetzt geöffnete Keksdose hatte er zurückgelassen. Die verströmte nun ihren aschartigen Inhalt im Wind, als beher-

234

berge sie einen Flaschengeist, der, endlich auf seiner heimatlichen Insel angelangt, nichts Besseres zu tun hatte, als der Dose zu entweichen.

„Komm´ raus, du Feigling!" rief die Frau plötzlich buchstäblich in den böigen Wind, verschaffte sich jedoch über das Pandämonium der verstört krakeelenden Vögel kaum Gehör.

„Komm´ raus und kämpfe, als wärst du ein Mann!" versuchte sie es noch einmal, erneut ohne zählbares Resultat.

Die offensichtlich geringe Neigung des Piloten, sich auf einen Schusswechsel mit der Frau einzulassen, ließ argwöhnen, dass er um deren Schießkünste wusste und sie respektierte.

Langsam schritt die Frau im da und dort aufgerissenen Hosenanzug auf die zerbeulte und inzwischen leere Keksdose zu, hob sie auf und drehte sie um, so dass auch die allerletzten Aschenreste, vom Wind erfasst, wegwirbelten. Dann warf sie die Dose von sich wie etwas, das ihren Erwartungen nicht entsprochen und sie insofern tief enttäuscht hatte.

Was immer sie auf Redonda zu finden gehofft hatte, befand sich offenkundig nicht oder nicht mehr in der Dose.

Die verlorenen Blicke, die sie um sich warf, galten wohl nur zum Teil der Suche nach ihrem heimtückischen Begleiter. Mindestens ebenso unabweislich dürfte sich ihr die Erkenntnis aufzudrängen begonnen haben, dass ihr ohne den Hubschrauber der Rückweg abgeschnitten war. Im Vergleich zum Verdursten auf diesem Felsen schnitt ein Tod durch Erschießen immer noch recht glimpflich ab.

Dann schien ihr jedoch zu dämmern, dass ihr Partner diesen logistischen Aspekt in seine Planung einbezogen haben und ein alternatives Transportmittel vorgesehen haben musste.

Wenn sie es geschickt anstellte, würde nicht er, sondern sie dieses Transportmittel für die Rückreise benutzen.

Jetzt und hier musste sie den Rivalen stellen und eliminieren. Das konnte so schwierig nicht werden, war das Eiland doch zu klein und zu bar, als dass man sich auf ihm lange hätte verstecken können.

Vermutlich mit diesem tröstlichen Gedanken im Gepäck schritt die Frau, die ihre Waffenhand hatte sinken lassen, auf die Hütte zu - wohl, um sich hier auf die Lauer zu legen.

Als sie aus deren Richtung plötzlich eine gespenstisch zottelige bewaffnete Gestalt auftauchen und auf sich zukommen sah, erstarrte sie gleichsam zur Salzsäule und schaffte es nicht einmal mehr, ihre Waffe zu heben und auf die Gestalt anzulegen - der Mars war tatsächlich von bewohnt. Von rotbraunen Yetis, wie es schien.

„Willkommen im Redonda Ritz," rief der Zottel, als er sie fast erreicht hatte.

„Deborah Richardson, nehme ich an? Ihre Ankunft hier wurde uns bereits avisiert."

Der Zottelige baute sich vor ihr auf und löste mit der Linken das mit Staub und Guano bedeckte militärische Tarnnetz von seinen Schultern, das ihn, flach auf dem Boden liegend, bislang vor der Entdeckung durch die beiden Neuankömmlinge bewahrt und selbst für die Vögel so gut wie unsichtbar gemacht hatte.

Die Frau, die sich nun nicht mehr eine verwahrloste Zottel, sondern einem ganz gewöhnlichen Mann noch dazu fortgeschrittenen Alters gegenübersah, schöpfte neuen Mut und brachte ihre Waffe in Anschlag.

„Ihre Zimmerflak ist hier rein gar nichts wert. Sehen Sie sich mal um."

Ihren schweren Revolver weiterhin mit zittriger Hand haltend, blickte die Frau zögernd über ihre beiden Schultern und sah sich von weiteren drei schwer bewaffneten „Yetis" umringt, die sich ihr lautlos von hinten und den Seiten genähert hatten.

„Einen Schuss haben Sie noch frei, Debbie, aber das war´s dann auch," sagte der ihr gegenüberstehende Mann.

Debbie begann zu realisieren, dass ihr Begleiter und sie in eine Falle getappt waren und sie fortan nicht mehr das Heft der Handlung in der Hand haben wprden. Mit ihrem Partner hätte sie fertigwerden können, doch gegen diese Männer hatte sie keine Chance. Blieb nur das Schachern.

„Parley," griff sie instinktiv zum „Zauberwort", mit dessen Hilfe sich Opfer eines Piratenüberfalls eine meist nur sehr kurze Audienz erwirkten.

236

Fischler lächelte, ging aber auf den alten Brauch ein.

„Sprechen Sie, Debbie, es geht hier schließlich um ihr Leben, nicht um das Meinige."

„Wer sind Sie und was wollen Sie von mir?" fragte sie und ließ ihren Revolver erst sinken, dann aus der Hand auf den Boden gleiten.

„Eine Frage, mit der ich in letzter Zeit häufig konfrontiert werde. Ich bitte um ein wenig Geduld. Kommen Sie, gehen wir aus der Sonne und machen es uns im Ritz gemütlich, während wir warten."

Sie folgte ihm in die Hütte und nahm auf dem Klappschemel Platz, den er ihr anwies. Die drei anderen hatten sich ebenfalls von ihren Tarnnetzen befreit und standen draußen in Hörweite.

„Wasser?" fragte Debbies Gastgeber.

Die lehnte dankend ab.

Der Mann zuckte mit den Schultern und setzte sich ebenfalls auf einen der herumliegenden Klappschemel.

„Wie Sie wollen. Wasser ist hier oben lebenswichtig. Die salzhaltige Luft, der ewige Staub, die Sonne...Aber wie Sie wollen. Mein Name ist Fischler, KD Fischler, ehemals vom BKA, dem deutschen FBI, wenn Sie so wollen. Hier in der Karibik arbeite ich als Privatdetektiv für eigene Rechnung und bin, war den Killern Ihrer Eltern, Ihres Onkels und Ihrer Tante auf der Spur."

Fischler berichtete ihr von seinen, für die Betroffenen tödlich verlaufenen Begegnungen mit Vier-Finger Tom, Black Matt Jackson und Brad alias Sponge Bob.

„Kopfzerbrechen bereitete uns die Frage der Urheberschaft. Lange Zeit hatten wir Ihren Cousin John-boy im Verdacht, der Auftraggeber zu sein. Sie hatten ihn ja selbst sehr geschickt ins Rampenlicht geschoben, indem Sie Laura Förster auf die Keksdose aufmerksam machten. Ausgerechnet Laura! Das war ein schwerer Fehler, denn erst dadurch brachten Sie mich, uns ins Spiel."

Debbie hatte begriffen, dass diese Männer nicht zu Greg gehörten. Vielleicht konnte sie sie immer noch umstimmen. Dazu musste sie als erstes deren aufgeblähtes Ego attackieren.

„Und für wen halten Sie sich, dass Sie mich richten wollen?"

fragte sie.

Fischler schüttelte den Kopf.

„Ich bin nur der Ermittler und arbeite im Auftrag der Frau, die Sie leichtfertig hinters Licht führen zu können glaubten."

Debbie überlegte fieberhaft.

„Das war alles Gregs Idee, von Anfang bis Ende. Er hat mich dazu angestiftet, hat die Killer gedungen und John-boy erschossen. Sie haben doch soeben selbst mitrlebt, wie er auch mich um ein Haar erledigt hätte, wäre ich nicht, meinem Instinkt folgend, rechtzeitig aus dem Hubschrauber ausgestiegen...."

Wie aufs Stichwort trug der Passat in diesem Moment das Echo mehrerer Schüsse offensichtlich unterschiedlicher Waffen und Kaliber zur Hütte hinauf. Kurz darauf folgte der kurze, markerschütternde Schrei eines offenbar aus großer Höhe fallenden Menschen.

Fischler bekreuzigte sich kurz auf Griechisch - nicht, weil er der Orthodoxie nahegestanden hätte, sondern weil der schnelle „Kreuzstich" auf Höhe des Sternums weniger auffiel.

„Ich fürchte, das war Gregs Ende. Einer meiner Mitarbeiter muss ihn aufgespürt und erledigt haben."

Wenn Debbie irgendeiner Gemütsbewegung fähig war, dann der einer spürbaren Erleichterung. Verständlicherweise, denn Schließlich war man ihr soeben lediglich zuvorgekommen und hatte einen lästigen Mitwisser eliminiert, auf den sie nun alle Verantwortung umso leichter würde schieben können.

„Geschieht ihr recht, der schwulen Canaille."

Fischler nickte.

„Ein etwas derber Nachruf, finden Sie nicht? Gut, ihm war ja auch wenig heilig und so gut wie nichts fremd. Und, wie die Briten sagen, was du unter die Leute bringst, kommt irgendwann wieder zu dir zurück."

Er wandte sich Jack zu, der gerade seinen Kopf in die Hütte reckte und nahm dessen Meldung entgegen.

„Wir trafen am Diéguez Beach auf ihn. Kurzer Schusswechsel. Als sich eine Möwe auf ihn stürzte, wich er zurück, geriet ins Stolpern und fiel über die Klippe."

238

Fischler dankte Jack, obwohl er an dessen Version Zweifel hegte und nahm selbst einen Schluck Wasser. Dann musterte er Debbie wie Gevatter Tod seine nächste Kundin.

Das Foto, das Laura ihm von ihr besorgt hatte, tat der Frau Unrecht. Sie war eher untersetzt, aber schlank, von sportlicher Figur. Ihre da und dort von grauen Strähnchen durchzogenen dunkelbraunen Haare trug sie ungefärbt streng nach hinten gekämmt und am Hinterkopf zu einer Kombination aus Dutt und Zopf geflochten, die sie vermutlich jünger aussehen lassen sollte, tatsächlich aber ihre an sich ebenen, aber hier und da von Fältchen gekennzeichneten Gesichtszüge durch den Kontrast eher älter erscheinen ließ.

Ihre graublauen Augen wirkten kühl, aber keineswegs so eiskalt wie Fischler erwartet hatte. Ihre Augäpfel huschten während des Gespräches hin und her wie kleine Nager auf der verzweifelten Suche nach einem Ausweg aus dem Käfig, in den sie sich dank ihrer Habgier selbst hineinmanövriert hatte.

Ihre Lippen waren Botox-unbehandelt dünn, ihre Wangen wiesen keine Grübchen auf. Wenn Debbie jemand anlächelte, war der bald abserviert oder tot.

„Auch so ein ironisches Toponym, wie es auf Redonda einige gibt," erläuterte Fischler einer Debbie, die wohl kaum an dieser Belehrung interessiert war.

„Diéguez Beach ist kein Strand, der zum Sonnenbad einlädt, sondern eine mehrere hundert Meter kerzengerade aus dem Meer ragende Steilwand, zu deren Füßen harte, spitze Klippen jeden aufspießen, der wie Greg das Pech hat, dort abzustürzen."

„Und worauf warten wir? Wenn Sie mich ebenfalls dort den Haien zum Fraß vorwerfen wollen, können wir es genauso gut unverzüglich über die Bühne bringen."

„Führen Sie mich nicht in Versuchung. Nein, wir warten auf meine Auftraggeberin, die es sich nicht wird nehmen lassen wollen, ein paar ganz persönliche Worte mit Ihnen zu wechseln. Weiß der Teufel warum."

Fischler stand auf und verließ das „Ritz" für einen Augenblick, um sich zu vergewissern, dass Neumeier die Hughes OH-6

Cayuse, deren Landeanflug nicht mehr zu überhören war und bereits erste Staubwirbel auf der Kuppe von Redonda verursachte, sicher aufsetzte. Schließlich waren mit Laura und Chico zwei Wesen an Bord, die ihm ganz besonders am Herzen lagen.

Eigentlich hatte er sich gegen Neumeiers Mitwirkung bei dieser Aktion ausgesprochen, war aber von Laura und Estrella überstimmt worden.

„Kann der Typ Helis fliegen oder kann er nicht?" hatte Estrella gefragt. Fischler hätte am liebsten mit einem klaren „Njein" geantwortet, es aber dann doch bei einem wackligen „Ja" belassen.

Zu Recht, wie sich gezeigt hatte, denn dies war nicht der erste Shuttleflug zwischen Antigua und Redonda, den Neumeier an diesem Tag absolvierte. Zuerst mussten Fischler und seine Männer hier abgesetzt werden und nun war Laura an der Reihe.

Diesmal gab es allerdings das Hindernis des Heli-Wracks zu gewärtigen, dessen verkohlte Metalltrümmer den eigentlich optimalen Landeplatz so weit blockierten, dass Neumeier sich eine andere, rund dreißig Meter davon entfernte Stelle für seinen Toucdown aussuchen musste.

Dessen ungeachtet, setzte er den Hubschrauber erneut so behutsam auf, als hätte er mehrere Kisten „schwitzenden" Dynamits geladen.

Die Kufen hatten kaum den Boden berührt, als Laura auch schon absprang und leichtfüßig durch die Staubwolke auf die Steinhütte zulief, wobei sie sich das Kopftuch, das sie in der Maschine getragen hatte, vom Haarschopf riss.

Fast hatte sie diese schon erreicht, als sie stoppte, noch einmal ein paar Schritte zurückging und etwas vom Boden auflas.

Dann betrat sie die Hütte, umarmte Fischler und ging auf Debbie zu.

„Freut mich, dich wohlauf zu sehen, KD. Ich habe seit langem ein paar drängende Fragen an diese Dame und wäre daher ganz gern allein mit ihr, wenn´s dir nichts ausmacht."

Fischler nickte.

„Klar. Wir waren sowieso fertig miteinander, denke ich. Aber sei vorsichtig. Auch tote Vipern beißen. Ein Nervenreflex, sagt man."

240

Er verließ die Hütte und winkte seinen Männern, ihn zu begleiten und sich ein paar Schritt von der Hütte zu entfernen.. Das war vielleicht auch insofern besser, als Baptiste, Miguel, Steve und Jack zwar schon so einiges in ihrem Leben gehört hatten, was nicht direkt druckreif war. Doch wenn Laura ernsthaft wütend wurde, fand oder erfand sie Wörter, die jeden an Flüche gewöhnten Seemann zum Erröten brachten.

Erst jetzt, da er sich dem Helikopter näherte, bemerkte Fischler, dass Neumeier auf dieser Fuhre auch Estrella mitgebracht hatte, die von Chico dazu gebracht worden war, ihn zu sich auf ihren Schoß zu nehmen.

„Sie ließ mir keine andere Wahl," sagte der inzwischen dem Heli entstiegene Neumeier und wies auf Estrella, die keine Lust auf einen Wortwechsel mit „Onkelchen" Fischler hatte und deshalb im Hubschrauber geblieben war.

„Ich weiß," nickte Fischler.

„Sie kann ziemlich überzeugend argumentieren."

„Was ist da passiert?" fragte Neumeier mit Blick auf das Wrack.

„Das ist Gregs Werk. Er hatte eine Bombe mit Zeitzünder angebracht, doch Debbie roch den Braten und brachte sich gerade noch in Sicherheit. Was man von Greg leider nicht sagen kann. Sie erinnern sich an Diéguez Beach?"

Neumeier nickte.

„Da ist er runter?"

„Ja. Ich vermute, Jack hat ein wenig nachgeholfen. Glückwunsch übrigens zu Ihren Flügen. Vielleicht sollten Sie einen Lufttaxi-Dienst gründen. Wäre nicht der erste, könnte aber der einzige werden, der schwarze Zahlen schreibt."

„Was passiert da drinnen?" fragte Neumeier und wies auf die Hütte.

„Ein Frauending. Unterhaltung zwischen zwei endkrassen Bitches, das möchten Sie nicht hören. Laura vereinigt gern Staatsanwältin, Geschworene und Richterin in einer Person. Keine schlechte Idee, wenn man mal drüber nachdenkt. Wozu der personelle Aufwand? Wo es Justitia doch angeblich sowieso an kompetenten Jüngern gebricht. Mit ihr als Ministerin würde die

241

deutsche Rechtspflege aber mal richtig flott auf Vordermann gebracht."

„Das mit dem Lufttaxi-Dienst ist überlegenswert."

Sie schwiegen eine Weile. Fischler winkte Estrella zu sich.

„Hallo Kleines. Ich hab´ dir noch gar nicht für die Arbeit gedankt, die du auf Puerto Rico geleistet hast. Das war erste Sahne."

An Neumeier gewandt:

„Ich denke, wir ernennen sie hiermit zur Hauptkommissarin ehrenhalber. Was sagen Sie dazu, Georg?"

„Ein saftiger Scheck wäre mir lieber. Das Studium in den Staaten ist arschteuer…."

„Kann ich mir lebhaft vorstellen. Als ich damals beim FBI zu Gast war, hatten wir…."

Das Ende seines Satzes ging im Echo eines weiteren Schusses unter, der diesmal aus dem Ritz kam und dessen Klang Fischler bekannt vorkam. Als Laura damals in Blankenese einen auf Fischler angesetzten Killer durch die geschlossene Tür des Hotelzimmers erschoss, hatte das ganz ähnlich geklungen.

Alle wirbelten herum wie elektrisiert und liefen zur Hütte, in deren Türöffnung Laura erschien. Sie hielt ihre noch aus dem Lauf rauchende Ruger in der Rechten und di ebenfalls leicht rauchende Keksdose in der Linken.

Während Fischler sich um Laura kümmerte, blickte Neumeier in die Hütte.

„Was ist passiert?" fragte Fischler.

Laura zuckte mit den Schultern.

„Wie du schon sagtest, auch tote Vipern können zubeißen. Debbie hatte plötzlich einen Saturday Night Special in der Hand. Weiß der Allmächtige, wo sie den hergeholt hatte."

„Ja, und?"

„Was sie nicht wusste und nicht bemerkte: mein Zeigefinger lag seit dem Betreten der Hütte am Abzug der Ruger hier unter dem Kopftuch. Sie hatte keine Chance."

Fischler schüttelte sein Haupt. Irgendwo im Hintergrund hörte er die Stimme des Barons.

242

„Debbie hätte sich definitiv nie mit dir anlegen sollen. Darf ich das Ding mal sehen."

Laura zeigte Fischler die Waffe, die sie Debbie abgenommen hatte.

„Ein Derringer Double Tap 45," konstatierte er wie der professionelle Ermittler, der er war.

„Allerdings. Wieso habt ihr sie nicht genauer auf Waffen untersucht?"

„Haben wir. Ich meine, habe ich. Gut, ich bin nicht mehr der Jüngste und scheue davor zurück, einer Dame überall hinzugreifen. Aber dass mir eine Waffe wie entgangen sein soll…."

Neumeier kam aus der Hütte, blickte auf Fischler und schüttelte langsam den Kopf zum Zeichen der Bestätigung dessen, was längst alle argwöhntten.

„Hat sie dir wenigstens noch mitgeteilt, weshalb sie das alles tun zu müssen glaubte?" fragte Fischler Laura.

„Habgier, reine Habgier, wie du schon annahmst. Und dass sie Greg zumindest zu Beginn in gewisser Wise hörig war, stimmt schon. Er hat ihr offenbar immer wieder eingeredet, sie hätte ein Recht darauf, jetzt und hier in den Genuss des Reichtums zu kommen und nicht erst als alte Frau am Ende ihres Lebens."

Fischler dachte nach.

„Der Vorhang zu und alle Fragen offen," murmelte er schließlich wie im Selbstgespräch.

„Ja. Vor allem die, weshalb um alles in der Welt die Richardsons diesen Felsen ansteuerten und neben ihm aufstoppten…." Pflichtete Laura ihm bei.

Fischler rückte noch näher an sie heran und ging zum Flüsterton über.

„Ich frage mich die ganze Zeit, wieso du dir bei der Ankunft die Zeit gelassen hast, die Keksdose da draußen vom Boden aufzusammeln."

Laura zuckte mit den Schultern.

„Ein Reflex. Schließlich hat mit der Dose alles begonnen."

Fischler schüttelte den Kopf.

„Kauf ich dir nicht ab. Du bist nicht der sentimentale Typ.

Nein, ich glaube, der Derringer kam von dir. Du hast ihn in die Dose gelegt und irgendwann Debbie vor die Wahl gestellt: Dort in der Dose befindet sich eine Waffe. Wenn du glaubst, dies sei dein Glückstag, nimm sie an dich und erschieß mich. Debbie kam der Aufforderung nach. Was hatte sie schließlich noch zu verlieren! Und du hattest deinen Grund, sie zu liquidieren."

Laura rückte empört von ihm ab.

„Was unterstellst du mir da. Sie hatte die Wahl, traf die falsche Entscheidung und zahlte den Preis. Mehr ist dazu nicht zu sagen. Aber da wir gerade dabei sind, nach Verborgenem zu suchen…"

Plötzlich hob sie ihrer Stimme wieder, so dass alle in den Genuss dessen kamen, was sie Fischler zu fragen hatte.

„Ich kann mir nicht helfen, aber ich würde wirklich zu gern wissen, wo diese verdammten Diamanten abgeblieben sind."

Ihre Worte schlugen ein wie Geschosse. Aller Augen richteten sich mit einem Mal auf Fischler, der unter der Last seines Geissens ein Stückweit zu schrumpfen schien.

„Wann hattest du vor, sie den Behörden abzuliefern, KD?" insistierte Laura, offensichtlich immer noch im staatsanwaltlichen Modus.

Neumeier schlug sich mit der flachen Hand gegen die Stirn.

„Also doch! Ahnte ich´s doch schon beim ersten Besuch hier! Sie hatten die Diamanten tatsächlich gefunden und uns das die ganze Zeit verheimlicht."

Fischler zog grinsend ein prall gefülltes Stoffsäckchen aus der Hosentasche.

„Euch beiden kann man eben nichts vormachen."

Er händigte Laura das Säckchen aus.

„Neumeier fliegt dich und Estrella zurück nach Antigua. Wo zum Teufel ist Chico? Dieser Hund bringt mich mit seiner Suche nach Bäumen noch um. Verstehe einfach nicht, weshalb er beim Pinkeln dann trotzdem nicht das Bein hebt."

„Könnte damit zu tun haben, dass Chico in Wahrheit eine Chica ist," entgegnete Estrella.

Fischler war sprachlos. Oder fast.

244

„Pfui, schäm´ dich," redete er auf den eingeschüchterten Hund ein.

„Typisch Frau! Mich und meine Crew so zum Narren zu halten…"

„Deshalb musst du sie ja nicht von der nächsten Klippe schubsen," legte Laura ein Wort ein.

In Cork, Irland, war Fischler einmal eine Frau begegnet, die ihre Langhaar-Dackelhündin „George" nannte.

„So hatten wir ihn bereits getauft, bevor uns auffiel, dass er eine sie war. Ihr kann´s egal sein und uns gleich zweimal, also was soll´s."

„Sobald ich Laura und Estrella abgesetzt habe, komme ich und hole Sie und die Crew," ging Neumeier wieder zum geschäftlichen Teil über.

Aber Fischler konnte sich immer noch nicht von der Hündin trennen.

„Haben Sie das gehört? Chico eine Chica?"

Doch Neumeier hatte andere Sorgen.

„Ich hoffe, ich schaff´ es noch bis zur Dunkelheit."

„Das wird vielleicht nicht nötig sein. Ich gehe davon aus, dass Greg ein Motorboot oder irgendwas bestellt hat, das ihn hier abholen sollte. Davon, wie schwierig sich das Abholen auf Redonda gestalten kann, hatte er wohl keine Ahnung. Egal. Wenn mich meine vom Star getrübten Augen nicht trügen, nähert sich da drüben ein offenes Boot aus Richtung Nevis. Sein Skipper weiß vermutlich nicht, wie Greg aussieht, aussah. Ich werde mich ihm als der Verblichene vorstellen und ihn bitten, mit den Männern und mir einen Schlenker nach English Harbour zu machen. Wir sehen uns auf der Dancer im Ayers Creek, Nonsuch Bay Sollte wider Erwarten etwas dazwischenkommen, so dass wir hier oder auf Nevis übernachten müssen, rufe ich Sie an. Dann können Sie uns morgen früh immer noch mit dem Heli holen."

Die Gruppe teilte sich. Während die einen in den Heli stiegen, stapften die anderen in Richtung Totmanns-Rutsche.

Bald war der Hubschrauber in der Ferne verschwunden und auch die Männer nicht mehr zu sehen.

Zurück im Redinda Ritz blieb allein die auf dem Boden sitzende und mit dem Rücken gegen die feuchte steinerne Wand lehnende Debbie, deren sich bereits versteifende Hände eine blaue, verbeulte und durchschossene Keksdose hielten, während ihre toten Augen unverwandt durch die als Eingangs- und Ausgangs-Öffnung in Richtung auf das fauchend wie immer Schwefel ausstoßende Höllentor von Montserrat zu starren schienen.

Ende

Vom selben Autor:

- Frau in Flammen: Feme im norwegischen Eistal
(2019, ISBN: 978-3-7407-6251-3)
- Female on Fire: The Ice Valley Revisited

- Gentlemen segeln nicht gegen den Wind
(neue Ausgabe, 2019, ISBN: 978-3-7407-5390-0

- Inseln, Mensch und Geschichte(n)
(2015, Verlag Dr.Balistier, ISBN: 978-3-93710835-3)

- Wir sind alle tot: Geschichten um die Douglas DC-3
(2021, ISBN: 978-3-7407-0384-4)

- Dolmetscher der See
(2021, ISBN: 978-3-740786328)

**- Weißer Juglo, schwarzer Mulo:
Der Freiburger Kindesmord von 2014**
(2022, ISBN: 978-3-740706197)

- Solang der alte Peter: Die Entführung der Ursula H.
(2023, ISBN: 978-3-740724854)

*Bereits erschienen aus der KD Fischler Reihe
(alle im bod-Verlag „26")*
**- Der tätowierte Troll trieb tagelang
im tautrüben tidentrotzenden Torfmoorteich:
KD Fischler ermittelt im Elb-Gomorrha**
(2024, ISBN: 978-3759769244)

Die Laura-Förster Tetralogie / The Laura Forster Tetralogy:
(alle im bod-Verlag „26", alle auch in englischer Version)

- **Im blutigen Reigen der Yellow Dancer**
(2016, ISBN: 978-3-7407-2771-0)
- The Legacy of the Yellow Dancer.

- **Yılan oder Die Erschossene Madonna**
(2017, ISBN: 978-3-7407-4515-8)
- Yılan or The Bullet-Proof Madonna

- **Die Ballade von den Yarmouth Sechs**
(2018, ISBN: 978-3-7407-5060-2)
- The Ballad of the Yarmouth Six

- **Die letzte Reise der Yankee Seas**
(2019, ISBN: 978-3-7407-6227-8)
- The Last Voyage of the Yankee Seas

- **Yorricks Coup**
(2020, ISBN: 978-3-7407-6633-7)
- Yorrick´s Ploy